Claire Etcherelli

Élise
ou la vraie vie

Denoël

EUR/340/01-02

PREMIÈRE PARTIE

Surtout ne pas penser. Comme on dit « Surtout ne pas bouger » à un blessé aux membres brisés. Ne pas penser. Repousser les images, toujours les mêmes, celles d'hier, du temps qui ne reviendra plus. Ne pas penser. Ne pas reprendre les dernières phrases de la dernière conversation, les mots que la séparation a rendus définitifs, se dire qu'il fait doux pour la saison, que les gens d'en face rentrent bien tard ; s'éparpiller dans les détails, se pencher, s'intéresser au spectacle de la rue. Dehors, les passants marchent, se croisent, rentrent, partent. Il y a des ouvriers qui portent leur petit sac de casse-croûte vide roulé dans la main. Les bars doivent être pleins, c'est l'heure où l'on s'y bouscule. Ce soir, il y aura des femmes qui seront heureuses sur une terre à la dérive, une île flottante, une chambre où l'on est deux. Quitter la vitre, descendre ? Dans la rue, il y aurait sûrement une aventure pour moi. Les trottoirs sont pleins d'hommes avec leurs yeux chercheurs. Je n'aime pas les aventures. Je veux partir sur un bateau qui ne fera jamais escale. Embarquer, débarquer, cela n'est pas pour moi. Cette image d'un bateau, je l'ai prise à mon frère, Lucien. « Je te promets un vaisseau qui tracera au

9

milieu de la mer une route où pas un autre n'osera le suivre. » Il l'avait écrit pour Anna. Il doit être sept heures, il fait bon, c'est un vrai mois de juin avec des soirées tièdes qui font penser : « Enfin l'été... » La chaîne s'arrête à sept heures. Les hommes vont se ruer dans les vestiaires. Je commence ici ma dernière nuit. Demain je quitterai la chambre. Anna viendra chercher la clé. Il faudra la remercier. Elle ne s'étonnera pas, elle ne questionne jamais. Quand elle parle c'est toujours au présent. Elle est non point discrète ou pudique, mais idéalement indifférente. Lucien nous voulait amies, mais elle n'a besoin ni de confidente, ni de conseillère, ni de bienfaitrice. Quant à moi, j'ai perdu l'habitude. A treize ans, j'avais une amie « pour la vie » ; à quinze ans, je n'avais plus que des camarades dont l'œil devenait critique. D'ailleurs, j'étais déjà du côté de Lucien. Cette année de mes quinze ans, je lui abandonnai ma chambre. Jusqu'alors, mon frère avait dormi dans la cuisine, sur un lit que nous enlevions le matin. Pour le gagner à moi, je lui cédai ce qu'il désirait le plus, cette petite pièce carrée, ensoleillée jusqu'à midi, et qui ouvrait sur la cour. Quand la grand-mère nous vit déménager nos affaires, elle se fâcha. Pour l'apaiser, je lui promis que, désormais, je partagerais son grand lit. Cela lui fit plaisir, elle aimait parler la nuit, dans le noir. Une année avant la guerre, nous étions venus habiter chez elle puisqu'elle allait nous élever. En 40, nous traversions le Pont de Pierre quand les premiers camions allemands arrivèrent. « Les Boches », dis-je à Lucien. Il prit le mot, le répéta partout. Il fallut lui apprendre à l'oublier. C'était le temps du collège. Nous nous disputions le soir, je le giflais, il déchirait mes papiers. Nous tracions à la craie des V sur nos chaussures ; nous étions mal nourris, la grand-mère avait refusé que nous fussions placés à la campagne, elle ne voulait pas nous séparer d'elle. Aussi nous ne manquâmes pas un seul bombardement, pas une seule chaîne devant les épiceries. Chaque matin, Lucien et moi partions ensemble et, par prudence, je ne le quittais qu'à la porte de son école. Je continuai, après la guerre, à vouloir le conduire. Il me supportait à peine et je m'accrochais à lui. Comme il marchait vite, je pressais le pas. Nous traversions la place de la Victoire et ses bouquets de fleuristes. Dans chaque étalage trônaient les généraux vainqueurs. Lucien s'arrêtait, les regardait. Je m'arrêtais aussi. Il guettait cet instant, s'élançait, courait pour me perdre. Je le trouvais cynique, rusé. Je décidai que mon exemple serait pour lui la meilleure des morales.

J'étais doucement tombée dans une dévotion scrupuleuse, sévère, de laquelle je tirais tous mes bonheurs. La grand-mère n'y était pas pour grand-chose, elle nous avait enseigné nos prières, les mots péché et sacrifice, mais sa foi, comme sa philosophie, se résumait dans cette phrase qu'elle aimait à répéter : « Le Bon Dieu a une grande louche et il sert tout le monde. » Émotions et plaisirs m'étaient venus dans ces jardins du patronage, verts comme une oasis, où, chaque jeudi et dimanche, à l'ombre des religieuses calmes, s'était formé mon goût des fleurs, des napperons brodés, des teints pâles et de l'âme propre.

La grand-mère faisait encore quelques ménages dans les bureaux du port. Son principal souci restait le ravitaillement, toujours difficile. Lucien, depuis qu'il avait sa chambre, s'enfermait chaque soir. Je regrettais de la lui avoir cédée. Dormir avec la grand-mère me devenait pénible. A seize ans, je quittai le collège et commençai à travailler. Des commerçants voisins m'avaient conseillée : louer une machine à écrire, apprendre seule puisque les cours étaient au-dessus de nos moyens, et taper des copies. Plus tard, disposant d'un peu d'argent, je pourrais faire mieux. Je n'avais ni vocation ni ambition. Je rêvais de me sacrifier pour Lucien. Personne ne me guidait et je me jugeais favorisée en comparaison des filles de mon quartier qui, à quinze ans, prenaient le chemin de l'usine.

Le matin, je m'occupais de notre ménage et des courses. A midi, quand Lucien rentrait, j'étais fière qu'il trouvât une table prête, une maison rangée, des visages tranquilles, autant d'images de ce que j'appelais la vie droite, et qui se graveraient en lui, le marqueraient, lui créant l'habitude, puis le besoin de cet équilibre.

Demain, elle frappera doucement :

— C'est Anna.

J'ouvrirai, nous nous saluerons.

— Vous partez ? Vous n'avez plus besoin de la chambre ?

— Non, j'ai ramassé toutes mes affaires.

Viendra le plus difficile : remercier. Pressées l'une et l'autre de ne plus nous voir, nous éviterons les longues formules. Parlera-t-elle de Lucien ?

A quatorze ans, mon frère eut deux passions : son amitié pour Henri, ce qui était sa passion noble, et des patins à roulettes, qu'il chaussait dès son retour du collège. Pendant des mois nous entendîmes chaque soir le roulement des patins le long du trottoir, dans la rue.

Le dimanche, il se levait tôt, déjeunait vite, rentrait à midi pour repartir jusqu'au soir et se coucher tremblant de fatigue. Un matin, par curiosité, je me rendis derrière les Quinconces. La brume froide effaçait le toit des maisons, les branches des arbres noirs étaient givrées et les réverbères brûlaient encore. Je m'inquiétai pour Lucien et décidai de le ramener avec moi. Je l'aperçus seul dans le brouillard glacé, avec son petit pardessus beige qui s'arrêtait aux cuisses, ses chaussettes tirées sur les genoux et les patins aux pieds. Il avait quitté son écharpe rouge, je la vis par terre, près d'un arbre. Je le regardai, le jarret creusé, la peau de ses cuisses nues rougie, les bras en avant prêt à s'élancer. Je devinai son bonheur, ce vagabondage dans la brume, la douceur de la solitude, de la vie endormie, la sensation de la liberté retrouvée, l'ivresse de courir devant soi, sans obstacle, les yeux mouillés de froid, les mains glacées, les pieds brûlants. Je pensai à son retour dans la cuisine, la grand-mère tricotant, moi lisant, et lui flottant entre nous deux.

Plusieurs fois, j'essayai, les après-midi, de l'accompagner. Assise au milieu des mères, j'attendais six heures, patiemment, son goûter sur les genoux, trouvant toujours quelqu'un à écouter. Mais je dus renoncer même à ce plaisir, car, sur le chemin du retour, il m'accusait de le surveiller, de l'épier, de l'agacer, menaçait de changer d'endroit, de ne plus sortir si je devais le suivre partout.

La grand-mère et lui se disputaient souvent. Elle l'accablait de reproches futiles, il lui répondait avec insolence. Quelque temps encore il nous parla d'Henri, mais avec pudeur, la voix changée, timide. Cette retenue me fit sentir combien il l'aimait. Je connus cet Henri un jour, à la sortie du collège. Plus âgé que

13

Lucien, sa froideur lui tenait lieu d'autorité. Il parlait lentement, la voix grave. Il m'intimida beaucoup, bien qu'il n'eût que dix-sept ans. Il me trouva, paraît-il, petite. A vingt ans, il est vrai, je paraissais très jeune. J'étais orgueilleuse de ma fadeur, je m'habillais sans couleurs et me satisfaisais de n'être pas « comme les autres ».

— Toi, me dit plus tard Lucien, tu n'es exceptionnelle que pour toi-même.

Les Jeux du collège approchaient. Ils avaient lieu le dernier dimanche de mai. Henri, l'athlète entraîné, préparait la fête gymnique, et mon frère espérait en être la vedette. Il exerçait ses muscles, le soir, quand il nous croyait en bas. Il était sûr d'être choisi ; il m'en parlait, mais avec détachement, comme de tout ce qu'il aimait. Il n'eut pas cet honneur. Henri prit un certain Cazale, meilleur que Lucien sans doute.

— Je dois me hisser au portique et prendre la pose, m'avoua-t-il. Cazale grimpe à la perche et il commence ses acrobaties. Moi, je suis près de lui et je n'ai rien à faire qu'à l'aider deux fois à se redresser. Je sers de chandelier. Je ne jouerai pas.

Il accepta pourtant. De chaque répétition, il revenait insolent et malheureux. Il ne voulait pas du succès de Cazale, il ne voulait pas le voir saluer sous les applaudissements, voir Henri lui taper sur l'épaule et l'emmener boire après le triomphe.

En maillot bleu, il grimpa nerveusement et s'immobilisa sur la poutre. A l'instant où Cazale, qui l'avait rejoint, commençait ses exercices, nous vîmes Lucien reculer jusqu'à l'extrême bord de la planche et, comme s'il ne savait pas le danger, tomber en arrière. Tout le monde cria, se leva. Cazale descendit, tremblant.

Lucien avait gagné. Cazale ne joua pas. Mon frère resta trois mois allongé, la jambe gauche cassée, un poignet fêlé, des plaies à la tête et au visage. Il ne passa pas son examen, ne retourna plus au collège. Henri ne vint jamais le voir ; il envoya, une seule fois, une carte d'excuses et de vœux.

Ni lettres ni visites, rien que nous trois. Pas d'autre vue que la pierre des maisons d'en face. Il lisait. Il lui fallait beaucoup de livres. Il jouait aux dames. Il fumait. Le matin, je restais près de lui. Il m'avoua la vérité, ce désir enragé, que Cazale ne fût pas la vedette. Touchée de sa confiance je n'osai le blâmer. Je passai des semaines inoubliables. Il me parlait, m'appelait si quelque lecture l'enthousiasmait, essayait en riant de me faire partager ses goûts, ses idées qui, souvent, me choquaient. Son lit était encombré de journaux qui portaient en gras le nom de Mao-Khe. On s'y battait, mais je ne m'en souciais pas. Il n'ouvrait jamais aucun cahier, ne parlait pas de retourner au collège. Parfois il disait : « Laissez-moi guérir, marcher, et je m'engage. » La grand-mère s'affolait, elle le voyait déjà dans les rizières d'Indochine — elle disait de Chine. Mal guéri, il traîna tout un hiver.

Nos grandes tendresses étaient terminées. Elles n'avaient pas duré longtemps. Il passait à nouveau ses journées enfermé et nous menaçait, à la moindre réprimande :

— Si ça continue, je m'engage...

Sur son mur, il avait épinglé une carte avec des drapeaux minuscules, tricolores et noirs. La grand-mère, impressionnée, n'osait plus rien lui dire. Quand il sortait le soir, je savais qu'il allait regarder les bateaux, l'eau et les réverbères du Pont qui s'y noyaient. Il n'avait pas d'argent et nous en réclamait rarement.

Deux ans après l'accident, il restait encore d'une santé fragile. Il ne s'engagea pas, ne partit pas, il épousa Marie-Louise.

Quand Lucien paraissait le matin, je détournais la tête. Il nous disait bonjour en grognant. Il nous en voulait d'être là, d'exister, de le voir. Il nous aurait souhaitées indifférentes, aveugles, et que son apparition dans la cuisine ne nous fît même pas tourner la tête. Déjà, petit garçon, réveillé entre nos deux sourires, il se débattait : « Non, non... »

Il y avait ce moment difficile à traverser, son arrivée, sa froideur, son humeur lourde, longue à se déchirer. Il fallait ne pas faire d'erreurs, trouver le geste, le mot qui détendrait. Se lever, accomplir tous les gestes intimes du matin devant nous lui coûtait. Je l'imaginais sortant frais étrillé, souriant, d'une salle de bains. J'avais épuisé tous les moyens, la douceur, la gaieté, la moquerie, car je voulais à tout prix rendre agréable notre première heure en commun. Parce qu'il me fallait une certaine atmosphère de sérénité, de gentillesse, je voulais l'obliger à y pénétrer.

Il m'arriva de lui proposer un emploi dans les maisons qui me faisaient travailler. « Non, mais... » me rabrouait-il avec ce mépris particulier à ceux qui, n'ayant jamais travaillé, passent leur vie dans l'attente d'une occupation digne d'eux. Une seule passion l'habitait : son amour neuf. Sans copains pour ironiser, railler, vulgariser les premiers désirs, les élans, et tout ce qu'on veut dire à dix-huit ans avec le mot amour, il l'avait agrandi démesurément, transfiguré. Son imagination féconde, l'indifférence qui le coupait de ce qu'il appelait « le reste » l'enfermaient entre leurs murs épais, le préservaient de nous. Quand les fenêtres s'ouvrent après les pluies de mars, il y avait eu, dans le petit matin, Marie-Louise, les bras levés, coiffant sa frange noire. Une ombre d'abord, des contours imprécis, puis, à l'approche de l'été, un visage doré par le contre-jour.

La grand-mère les heurta, un soir qu'ils s'embrassaient derrière la porte de la rue. Elle se fâcha, lui conseilla de chercher des filles ailleurs que dans la maison.

Je fouillais souvent sa chambre et son linge. Mais il avait un désordre si bien organisé qu'il pouvait cacher quelque chose sans risque. Sur le mur, la carte s'empoussiérait. Il ne nous supportait plus, nous blessait de ses critiques grossières et quand il nous parlait — ce qui arrivait rarement — il se lançait dans des dissertations enflammées sur la fierté d'être, en des temps pareils, un opprimé.

— Oui, mais toi, Lucien, tu fais ce que tu veux. Jusqu'à maintenant, il est vrai, tu as choisi de ne rien faire.

Je l'atteignais. Je le voyais dans ses yeux. Il m'aurait frappée avec plaisir. Alors, il retournait dans sa chambre. Devant ses yeux, la fenêtre de Marie-Louise. Il écrasait son front contre la vitre, attendait qu'elle parût, lui faisait signe et sortait.

Le soir du réveillon, il s'habilla de bonne heure.
— Tu ne dînes pas avec nous ?
— Oui, mais avant, je passe chez un copain.
— Tu as un copain ?
— Eh oui, j'ai un copain.

17

Nous attendîmes tard. Sans lui fondait la joie des réveillons, la féerie de la cuisine odorante avec les plats recouverts jusqu'au dernier moment, la surprise cachée dans le four.

— Il doit être avec celle d'en face, dit la grand-mère.

Puis elle se mit à évoquer les morts en mangeant la surprise.

Quand furent passées les fêtes, je me décidai, j'allai à Saint-Nicolas, et vis le principal. Lucien y avait fait ses premières classes, la paroisse prenant habituellement un orphelin en charge dans une de ses écoles. J'exposai le cas de mon frère. Le principal m'écrivit le surlendemain et m'annonça qu'il engagerait Lucien à la rentrée de janvier pour surveiller les études du soir. C'était tout ce qu'il pouvait faire ; il le convoquerait sous peu. Lucien, quand il reçut la lettre, la lut, la relut et disparut dans sa chambre. A table, il ne dit rien et sortit comme les autres jours. Le soir, je l'interrogeai :

— Tu n'as rien reçu d'important ce matin ?

Il me regarda durement.

— Ah, c'est toi ? C'est tout à fait ton genre. Mais est-ce que vous ne pouvez pas me laisser tranquille ? Tu te rends compte, moi, surveillant ? Si c'était le besoin d'argent, il fallait le dire, j'avais les quais, l'usine...

Il y alla pourtant.

A la fin du mois, il nous apporta son enveloppe, la posa sur la table.

— Qu'est-ce que c'est ? demanda la grand-mère.

Elle ouvrit et sourit :

— Ton premier argent gagné !

Il eut peur des attendrissements qui suivraient et sortit.

Après le dîner, un soir, alors que la grand-mère, somnolente, traînait à table, il lui avait dit :

— Écoute-moi, je connais une fille, tu sais qui. Je veux me marier. Maintenant, je travaille, je sais ce que je fais.

D'abord elle avait ri, puis menacé, puis supplié, et un dimanche, enfin, accueilli Marie-Louise et son père. Celui-ci nous avait énuméré ses charges et averti qu'il ne pourrait rien faire pour eux. Ragaillardie par cette discussion qui tenait plus de la chicane que de l'accord, la grand-mère avait conclu : « On se reverra, on n'est pas loin. »

Ce fut un printemps froid. La rosée de l'aurore givrait le square. Je gardai mon manteau jusqu'en mai. Il sentait le chien mouillé, lourd des pluies séchées devant la cuisinière. Chez nous, ce fut un temps de disputes. Le froid des matins, les couleurs fades sous un soleil sans chaleur, la chute des journées dans la bruine collante, ce lourd manteau remis chaque matin, l'obstination hargneuse de Lucien, ses violences et son mutisme, le grattement du crochet dans la cuisinière quand la grand-mère ne savait plus que dire ; notre impuissance, notre défaite, le plâtre écaillé du corridor, qui nous suivait jusqu'à notre paillasson, la porte d'entrée qui se fermait d'un coup de vent — il fallait frapper trois coups, rester sous l'averse, répondre au « pour qui ? » la tête levée, alors me remontaient à la gorge des découragements, la sensation d'être envasée, et je restais quelques secondes la tête renversée, les

yeux pleins de larmes et de pluie et j'attendais, le cou
glacé, un imaginaire secours — ce fut cela, notre
printemps.

« Me faire une petite vie à moi et ne plus m'occuper
de lui. » J'essayai un jour ou deux. Cela commençait
par des rangements. Je déplaçais mes affaires. Les
toucher, leur assigner une nouvelle place créait l'illusion d'un changement. Restait à vivre. Et tout rentrait
dans l'ordre, dans mon ordre. Je surveillais Lucien et
je souffrais par lui. Un soir, il rentra tôt, à huit heures.
Les jours allongeaient, on y voyait encore. Il ne
ressortit pas et s'assit le dos à la fenêtre, l'air fatigué.

— Est-ce le travail qui t'épuise ? dit la grand-mère.
Couche-toi plus tôt. Regarde ta sœur, elle est au lit tous
les soirs à dix heures. Tout de même, Élise, j'aurais cru
te marier avant ton frère...

Je soupirai. Il me fixa et me fit un signe inattendu en
montrant la porte de sa chambre, puis se levant, s'étira
et y pénétra sans me quitter des yeux. Quand je l'eus
rejoint, il se mit à rire en se frottant les mains.

— Tu peux parler ! dit-il à la grand-mère invisible.
Mais très vite, nous nous sentîmes gênés de nous
trouver ensemble, ne sachant plus quoi nous dire. A la
dérobée, il jeta un regard vers la fenêtre. Peut-être en
avait-il déjà assez de ma présence.

— C'est vrai que tu parais fatigué. Le travail ?
Il me parla de l'étude qu'il surveillait. Les enfants
l'avaient aimé le premier jour. Maintenant ils étaient
las de lui

— C'est noir, c'est triste. Depuis l'estrade, je ne
vois qu'un peu de ciel. Quand j'étais couché après
l'accident, depuis ce lit, c'était aussi ma seule vue. J'ai

passé des journées sans le quitter du regard. J'aurais presque vu le grain du ciel, les yeux m'en brûlaient.

— Tout cela est fini, dis-je pour l'encourager.

— Je sais. Et ça ne reviendra plus. J'étais comme un être enfermé dans une bulle de verre, et tout le monde me voyait, mais personne ne m'entendait. Et moi, ce que je voulais, c'était casser la bulle pour que quelqu'un m'écoute.

Je pensai : « Est-ce Marie-Louise qui va t'entendre ? » Mais je ne le dis pas, je n'osais pas encore. De la poche de sa canadienne, il tira un journal roulé qu'il déplia.

— Tu le veux ? Je te le laisse, ça t'intéressera sûrement.

— En ce moment, dis-je, je n'ai guère le temps de lire.

Aussitôt, je regrettai ma réponse. J'allais le décevoir.

— Donne-moi ce journal. C'est un nouveau ? Je ne l'ai jamais vu.

— Nouveau et très important.

— Ah oui, fis-je, étonnée.

— Ils sont à fond contre la guerre.

— Quelle guerre ? Tout le monde est contre la guerre.

— Tu crois ? Tu ne sais pas que depuis cinq ans on se bat ?

— Ah mais en Indochine !

Je me souviens de quel ton léger je lui dis cela. Une guerre lointaine, discrète, aux causes imprécises, presque rassurante, une preuve de bonne santé, de vitalité.

— Bon, ça va, me dit-il, comme s'il avait conscience de perdre son temps. Maintenant, on va dormir.

— Quand tu partiras, je reprendrai la chambre.

— Quand je partirai où ?

21

— Tu dis que tu veux te marier, ou bien partir. Je ne dis plus t'engager, mais enfin, tu t'échapperas un jour d'ici.

— Et toi, non ? La grand-mère est vieille ; quand tu seras seule... Tu n'as jamais envie de partir ?

Sa voix s'étouffait dans le tricot qu'il enlevait en tirant sur le col, selon sa mauvaise habitude. Les bras encore dans les manches, il s'assit à mon côté. Je cherchai mes mots. Je voulais être adroite, ne pas prononcer le nom de Marie-Louise. Qui sait ? ces mots, sa mémoire les retrouverait un jour, au hasard, comme des fleurs séchées dans les pages d'un livre.

— La vraie vie, dit-il avec douceur, c'est comme toi. Le calme, la paix en dedans. Moi aussi, j'ai envie d'être calme. Crois-moi, Élise, je suis pressé d'être marié pour atteindre cette vie-là. Je suis sûr d'être heureux, plus heureux exactement. Et toi aussi tu seras plus heureuse, et la grand-mère aussi.

Il réussit à m'attendrir. Il me savait vulnérable à ces images de la vie tranquille, droite, simple.

Après les serments : « jamais je ne dirai oui », après les larmes, les scènes, les menaces, la grand-mère avait cédé. Lasse des discussions violentes, de la mine sinistre de Lucien, prévoyant qu'elle ne le convaincrait pas, craignant qu'il ne fît quelque sottise, elle avait préféré, par lassitude, lui dire un soir, en lui versant la soupe :

— Fais comme tu voudras, marie-toi, reste, va-t'en, je t'accorde toutes les permissions.

Elle s'était assise, soulagée, et avait parlé d'autre chose.

Quand Lucien nous entretint de démarches, de papiers — d'un air las et triste —, elle l'écouta calmement. Mais seule avec moi, elle pleura souvent.

Avec une grande bonne volonté, elle descendit nos escaliers et monta les deux étages au fond de la cour. Là il fut convenu que Marie-Louise continuerait à travailler et qu'ils habiteraient chez nous. Ainsi nous nous trouvâmes devant le fait accompli. La date était choisie, et la grand-mère n'eut que le temps de nettoyer sa robe noire. La veille, elle avait fait friser ses cheveux. Elle fut certainement la plus remarquable de ce maigre cortège, l'œil brillant, sans autre fard que sa surexcitation contenue, toute en noir, robe, souliers, chapeau, un camée attaché bas sur la poitrine. Quelque chose de fugace, d'impalpable comme un parfum, ce qu'on appelle un air, la faisait ressortir sur nous autres. Elle parla peu, mangea et but avec réserve, elle si gloutonne chez nous. Nous étions sept à la courte bénédiction qui suivit le mariage civil. Le sacristain n'avait allumé qu'une lampe. L'abbé l'appela au milieu des prières pour lui demander d'éclairer.

Les parents de Marie-Louise partaient le soir même aux vendanges. Lucien et sa femme s'installèrent dans leur logement vide pour quelques jours. Le soir même, je dormis dans la chambre de mon frère avec le sentiment d'étreindre quelque chose qui allait définitivement m'échapper. J'avais oublié, depuis des années, que les bruits, les odeurs mêmes, n'y ressemblaient pas à ceux de la rue. Jusqu'au milieu de la nuit, les garçons s'appelaient à grands coups de sifflet, leurs pieds ferrés claquaient sur le ciment des marches, les gens se parlaient de fenêtre à fenêtre et les fritures grésillantes des locataires qui mangeaient tard réveillaient l'appétit.

Ils formaient un couple bizarre. Elle se levait tôt, partait avant sept heures pour la biscuiterie, où jusqu'au soir, elle restait debout devant sa machine.

Quand elle revenait, Lucien était parti. Elle l'attendait dans leur chambre en lisant des magazines. Quelquefois, à peine rentrée, elle se recoiffait, se repoudrait et partait à sa rencontre vers la place de la Victoire.

Lucien nous ignorait tout à fait. Je m'aperçus la première qu'il y aurait un enfant. Je le dis à la grand-mère.

— Tu penses que je m'en doutais... Avec ce garçon, je me verrai tout. Il faut dire que la petite lui était derrière. Maintenant c'est fait ; à lui de se débrouiller pour gagner leur vie.

— Est-ce que tu aimes Marie-Louise ?

— Elle n'est pas désagréable, je l'aurais crue pire.

Bien entendu, je ne l'aimais pas. J'allais jusqu'à me réjouir de la voir déformée et lourde.

Et l'automne passa : bourrasques de pluie, premiers gels, café au lait à quatre heures quand s'allument les lampes de la rue, rien que de connu, d'habituel, d'attendu. La vie — ma vie — se décomposait en quatre temps, les quatre saisons, qui modifiaient quelques gestes de cette gymnastique bien réglée. Mais cet automne-là, avec l'étrangère détestée, fut le plus malheureux de ma vie. Il fut aussi, mais je ne le savais pas, le dernier avant que s'ébranlât, à petits tours de roues, la charrette qui nous mènerait par des chemins détournés sur la pente où notre existence s'accélérerait jusqu'au tonneau final.

Quand nous étions tous réunis, l'insaisissable Lucien se plaisait aux conversations les plus vulgaires. J'avais observé que, seul avec Marie-Louise, il changeait de ton et de sujet. Les murs, trop minces, laissaient filtrer beaucoup de leurs paroles. Après le repas, Lucien se levait, jetait sa serviette et, du seuil de sa chambre, sifflait Marie-Louise qui le rejoignait en riant. La porte fermée, je les entendais rire encore. « Ils rient de moi... » Si je me plaignais à la grand-mère, elle m'écoutait avec ennui. Depuis quelque temps, son visage changeait. Les paupières gonflaient, l'iris de ses yeux jaunissait et les oreilles surtout devenaient immenses.

Marie-Louise approuvait toujours Lucien. Il m'arrivait de la plaindre, elle toute simple, sans exigences, aux idées réduites à leur plus fade expression, que son emballement pour Lucien avait conduite chez nous, les raisonneurs, les questionneurs, les inquiets, les indécis, les insatisfaits. Nos problèmes, ceux de mon frère, les miens, elle les considérait sans doute comme une manie fatigante ; mais quoi, pour avoir Lucien, il fallait en passer par là ! Ces idées, ces mots finirent quand même par la marquer. Elle commença par les répéter, sans effort pour les comprendre — elle était faite pour suivre — puis, l'habitude aidant, elle les considéra comme siens.

Lucien lisait de nombreux journaux. Je ramassais ceux qu'il laissait traîner, quelquefois aussi des livres qu'il oubliait dans la cuisine.

Je lisais et se levaient les voiles épais. C'était une impression pareille à la musique. Me délier, comprendre, pénétrer au milieu des mots, suivre la phrase et sa logique, savoir. Je ressentais une satisfaction physique, je fermais les yeux de plaisir. S'élever, j'en comprenais le sens. J'enviais Lucien de courir les bibliothèques. Je persévérai, je multipliai les difficultés ; c'était comme un canevas compliqué, chaque point faisait apparaître le grand dessin. « Il faudrait que je parle à quelqu'un. » De tout ce plaisir que j'accumulais, personne ne savait rien. Je n'avais aucune chance de rencontrer le spectateur de mes pensées.

Les lectures de Lucien me troublaient. Avec une logique terrible, ces écrits dénonçaient tout ce qui m'avait paru naturel.

Je me sentis vite concernée. Je vis ma condition, j'en devins fière. Autour de moi, les faits dessinaient leurs contours, le port était immobilisé par les grèves, les dockers tenaient depuis vingt-trois jours, on jugeait une jeune femme qui s'était mise en travers d'un train chargé d'armes. Me restait à comprendre le contenu. Lucien me parlait rarement mais il suffisait qu'il daignât quelquefois.

« Je n'avais pas vu que j'étais assis auprès de ma sœur. Je n'avais pas vu l'arbre qui penchait vers l'eau et je n'avais pas vu l'eau. Je n'avais pas levé les yeux quand la péniche avançait avec la majesté d'une femme grasse. Les remous de l'eau, de petits tressaillements qui la hérissaient à peine, nous envoyaient son odeur, et je ne l'avais pas respirée. Je n'avais pas vu les couleurs, je ne savais même pas que ce jour-là le monde fut coloré. Je l'avais cru transparent puisque mes yeux n'étaient arrêtés ni par l'écorce verte de l'arbre jeune, ni par l'eau grise et ses ronds d'argent — ses yeux fous — ni par la péniche, calme matrone en noir, ni par l'autre rive où les gabariers discutaient. Mes yeux passaient à travers les corps épais, les corps liquides, mes yeux ne regardaient que moi, et, aujourd'hui, si je les ferme, les couleurs d'autrefois, de ce jour où je ne savais pas qu'il y en eût, m'éblouissent comme si, arrivé en haut d'une colline, je découvrais un jeune garçon heureux assis entre sa sœur et sa grand-mère, face au fleuve, un soir de juin. »

C'était écrit dans le cahier vert de Lucien — que je découvris en son absence —, à la date du 1er mars. Marie était née la veille ; Lucien avait choisi ce prénom. Nous installâmes chaque soir des cordes en diagonale dans la cuisine pour y sécher les couches. Après quelque temps de repos Marie-Louise remit son chandail rouge et reprit le chemin de la biscuiterie. Je ne le lui montrai pas, mais elle me touchait beaucoup. Les exigences de Lucien la déroutaient. Il ne se privait pas de la reprendre ; il voulait, disait-il, la façonner, l'éduquer. Elle suivait sans comprendre, s'imaginant parfois qu'elle allait l'atteindre, mais quand elle disait ou faisait quelque chose en progrès sur ses attitudes passées, il était déjà plus loin, ou bien il avait fait marche arrière et ils ne parvenaient pas à se rencontrer. Dans les contradictions de Lucien, qui se serait retrouvé ?

Excepté ses trois heures de surveillance quotidienne, il n'avait aucune occupation. Marie-Louise l'encourageait dans son inaction. Était-elle jalouse, craignait-elle qu'il n'approchât d'autres filles ? A ses camarades, elle disait :

« Il est étudiant. » Dans la maison, personne n'y croyait plus. Je n'arrive pas à comprendre pourquoi nous tremblions toutes trois quand il nous menaçait d'accepter le premier travail venu. N'avions-nous pas l'arrière-pensée de le tenir davantage ainsi, de profiter de lui ? Loin de nous, il nous échapperait, il aurait des copains, un ami, d'autres amours. Il était si jeune, pas encore vingt ans. Il pouvait se préparer encore, se perfectionner comme il disait.

On y voyait encore à huit heures, et, le soir, Marie-Louise descendait à la rencontre de Lucien. Il arrivait, l'attrapait par la nuque ; elle accrochait sa main au revers du blouson et ils montaient ensemble. Un soir, par hasard, je descendis aussi. Lucien tardait. Enfin il tourna le coin de notre rue. Il faisait une nuit, à peine froide, sans étoile ni lune, avec pour seul astre le néon vert d'un club qui venait de s'ouvrir à l'angle de l'impasse. Trois garçons se dirigeaient vers l'entrée. La lumière crue les éclairait et celui de gauche, quand il croisa Lucien qui nous rejoignait, le regarda et s'arrêta. Sans élan, Lucien sortit la main de sa poche.

— Eh bien, dit l'autre, si j'avais pensé te retrouver ici, depuis si longtemps ! Je t'ai reconnu tout de suite. Tu vas au Club toi aussi ?

Marie-Louise s'était approchée de Lucien. Le garçon, je le reconnaissais à ses cheveux frisés toujours longs. Le vert de l'enseigne lui faisait un deuxième visage en relief sur le vrai. Je guettai Lucien, je me sentis lui. Les rancunes entassées, les années de solitude, l'amitié déçue, cette plaie jamais bien guérie, la vision rapide de ce qu'il n'était pas devenu, l'humiliation de n'avoir rien à dire, je les éprouvai comme lui.

— Bonsoir, dit-il enfin.

Il y eut un petit vide. Je n'osai pas bouger.

— Je ne vais pas au Club. J'habite là.

Je respirai. Là, c'était la rue moisie, la maison délabrée, le corridor humide, la fenêtre où sèche le linge, là, parmi les hommes débraillés, les vieux chiqueurs assis sur la porte, les vieilles au jupon sale plus long que le tablier, les filles d'usine qui vernissent leurs ongles noirs, les gens pauvres et les pauvres gens.

— Je ne savais pas. Mais qu'est-ce que tu es devenu ?

— Moi ? Je ne suis rien devenu.

La réponse de mon frère sembla plaire à l'autre. Il le regarda, le nez plissé par un sourire, un reniflement de chien sur la trace, une joie fureteuse éclairant sa figure.

— Viens prendre un pot avec nous. A cette heure-ci, il n'y a personne, nous allons parler un peu.

Marie-Louise s'avança.

— Lucien, je monte.

— C'est ça, monte. Attends...

Il la prit par le coude.

— Je te présente ma femme.

Avant de descendre, elle s'était débarbouillée pour n'avoir qu'à mouiller sa figure le matin. Son visage du soir, fatigué, rougi, avait moins d'éclat.

— Tu es marié ? Enchanté, madame ; je suis un copain de collège de Lucien.

Marie-Louise fit un grand sourire.

— Monte, dit Lucien. Je te rejoins dans cinq minutes.

— Allons, viens...

Lucien secoua la tête.

— Merci, non, je ne bois pas. Qu'est-ce que tu fais ? Le droit ?

— Oui, le droit. Et je traîne pour éviter l'armée en ce moment. Toi, ça y est ?

— Non, j'étais réformé.

— Il y a longtemps que tu es marié ?

— Un an bientôt.

Ils se dirent encore quelques mots, puis Lucien s'excusa et tendit la main.

— Bonsoir, dit l'autre. A un de ces soirs.

— Tu étais là, toi ? me demanda Lucien qui me vit sur la porte.

— C'est Henri ?

— Oui, c'est Henri. Tu l'avais reconnu ?

— Il n'a pas changé.

Lucien hocha la tête et nous montâmes. Les soirs suivants, il rentra rapidement comme s'il craignait de rencontrer Henri. Ils se retrouvèrent pourtant. Plus tard, mon frère me raconta qu'Henri l'avait guetté et abordé devant chez nous. Lucien refusant de descendre au bar, ils se donnèrent rendez-vous un après-midi dans un café du port. Lucien se promit de n'y pas aller, puis, d'hésitations en hésitations, s'y rendit. Henri questionna, Lucien parla. Henri écouta. L'insolite, l'être en marge l'attirait. La révolte des autres, la misère, une odeur de pauvreté lui étaient de puissants excitants. Appartenant à une famille aisée sans histoires, il faisait ses délices de celles qu'il flairait ailleurs. Mais tout chez lui n'était pas qu'exotisme. Il avait abouti, par le raisonnement et l'analyse, aux mêmes conceptions que celles de mon frère. Henri habitait chez ses parents et profitait de sa condition, mais c'était, dit-il à Lucien, « parce qu'il faut tricher avec cette société que nous voulons détruire, et il est plus efficace et plus habile de la contourner et d'en profiter pour mieux l'abattre ».

Lucien retrouva pour lui l'admiration de jadis. Ils prirent vite l'habitude de se rencontrer quotidiennement. Un soir, Lucien l'introduisit chez nous. Ils s'enfermèrent dans la chambre. Marie-Louise dut désormais passer les soirées dans la cuisine, avec nous. La première fois, la venue d'Henri nous remua. La grand-mère se crut obligée à de grands nettoyages, à des effets de nappe sur la table de la cuisine, où il ne s'arrêtait pas, tandis que Marie-Louise refaisait son maquillage parce qu'il lui disait bonsoir en passant. Nous n'osions parler fort, dans le secret espoir de saisir quelques phrases. Henri paraissait heureux de venir chez nous. Il devait, en montant, humer les senteurs de l'escalier, se griser du décor.

Marie-Louise fut sacrifiée. Habituée à ce que Lucien s'occupât d'elle, lui parlât, la questionnât, lui expliquât, elle se retrouva des soirées entières, des dimanches entiers seule avec Marie qu'elle promenait le long des quais quand il y avait du soleil. Il la laissa au moment où son esprit, engourdi comme un muscle qui n'a jamais travaillé, commençait à se délier. Il avait semé avec acharnement, il s'était obstiné — il n'avait qu'elle —, il s'arrêta brusquement. Je la revois, certains soirs d'été, assise sur le lit, inutile, l'air de réfléchir sans comprendre. Lucien et son ami étaient partis discuter en fumant au bord du fleuve. Il était heureux. Henri l'encourageait à ne rien changer à sa façon de vivre. Et nous avions imaginé que l'ami ferait jouer ses relations ! Nous avions déjà vu Lucien casé dans un emploi rentable et sérieux.

Un soir qu'il s'était attardé, Henri demanda à mon frère que je téléphone à sa mère pour excuser son retard.

— Ma sœur n'osera pas entrer dans un café pour téléphoner. Je crois même qu'elle n'a jamais téléphoné.

Henri me regarda. C'était vrai. A qui aurais-je téléphoné ? Nous n'avions pas d'amis. Quand nous désirions un renseignement, nous nous dérangions pour l'obtenir. S'il nous fallait le docteur, nous passions chez lui, il habitait tout près. Une grande tristesse coula en moi. Une année aussi, la grand-mère, à qui je montrais deux cartes reçues pour le Jour de l'An, s'était extasiée : Oh des cartes !... C'était un tel événement. Provinciaux minables. Isolés, gauches, pauvres de la pauvreté qui se cache. J'aimais mon frère en de pareils moments pour ce qu'il en souffrirait un jour, pour ce qu'il en avait déjà souffert ; je l'aimais aussi parce que j'avais peur de la vie sans lui, seul pont entre le monde des autres et nous. A partir de cet incident, Henri me marqua une certaine déférence. On ne pouvait croire son attitude dictée par la charité. Non, j'étais un de ces êtres insolites, inadaptés, dont son esprit curieux faisait sa jouissance. Il m'accorda quelques poignées de main, de petites phrases en passant auxquelles je répondis dans un sens qui lui plut, et Lucien, réticent au début, consentit quelquefois à ma présence entre eux deux.

Cette époque fut celle de ma revanche, du moment prédit et souhaité : le délaissement de Marie-Louise. Devant moi, elle essayait de jouer, accrochant Lucien avec des questions qui, autrefois, l'eussent ravi.

— Dis, Lucien, explique-moi... dis-moi pourquoi...

Il rentrait le soir vers onze heures, ou plus tard, la cherchait.

— Marie-Louise, où est-elle ?

— Je suis là.

— Qu'est-ce que tu as ?

— Rien.

— Alors si tu n'as rien, ça va.

Ils se retiraient dans leur chambre, j'entendais la voix de Marie-Louise chuchotante, celle de Lucien plus haute. Ils parlaient longuement.

Chaque après-midi, Henri arrivait vers une heure, s'asseyait simplement devant la porte, attendant que mon frère descendît ; d'autres fois, il faisait les cent pas dans la cour où l'arbre, vert comme jamais, tendait ses branches en parapluie sur les pavés secs. Nos fenêtres restaient ouvertes nuit et jour et nos murs séchaient. Lucien soupirait parfois quand il était avec son ami :

32

— Un jour, ce sera la vraie vie, on fera tout ce qu'on veut faire.

On fera tout ce qu'on veut faire. Lucien affirmait. Oui, nous réaliserions nos rêves, nous irions rejoindre ceux qui vibraient comme nous. Nos esprits avaient déjà bougé, nos corps suivraient bientôt.

Sur la chaise de leur chambre s'entassaient des journaux qu'achetait Marie-Louise. Courrier du cœur, conseils aux épouses, comment garder un mari, recettes de beauté... Elle devait puiser là des remèdes aux métamorphoses de Lucien. Elle était toute douce; en ce temps-là, je disais toute molle.

Moi, je dévorais tout ce qui dénonçait cette guerre agonisante, mais pas morte encore. Je voulais le dernier article de Barsac que mon frère avait rangé sans me laisser le temps de le lire. Il n'était pas visible. Une fois de plus, je m'emparai du cahier vert, caché dans une chemise bourrée de papiers.

Je le parcourus vite, sautai des phrases sans intérêt, des descriptions, des considérations philosophiques; je cherchais quelque indice qui pût m'éclairer, car la veille, voici ce qui était arrivé. Après une longue discussion — il était près de onze heures — Henri nous avait dit bonsoir. Dans la cuisine, Marie-Louise feuilletait un journal. Lucien l'avait interpellée.

— Marie-Lou, on se couche?

— J'ai envie d'aller faire un tour avec toi.

— A cette heure-ci?

— Et pourquoi pas?

Elle s'était levée lentement, elle avait replié le journal, puis, tout à coup, elle avait couru vers lui.

— Lucien chéri, emmène-moi faire un tour.

— Pas maintenant.

Il avait essayé de se dégager, car elle le tenait par le col de sa chemise.

— Bon, avait-il soupiré, prends ta veste. Élise! Viens, nous allons faire un tour.

Je n'avais pas bougé, j'étais trop surprise.

— Allons, répéta-t-il, presse-toi.

Marie-Louise n'avait rien osé dire, mais son visage laissait deviner sa déception. Lucien était allé dans la chambre de la grand-mère; nous y mettions le lit de Marie jusqu'au départ d'Henri. Elle ne dormait pas; il l'avait soulevée.

— Et toi aussi, ma fille, tu viens. Vous y êtes? En route.

Ç'avait été une lugubre promenade. Lui seul parlait. Comme il se dirigeait vers le square, j'avais demandé pourquoi nous ne longerions pas le bord du fleuve.

— Non, avait-il coupé.

Quand nous eûmes fait le tour du square, il nous désigna un banc. C'était la nuit complète, l'herbe des pelouses luisait, des moustiques bourdonnaient autour des réverbères. Marie s'était endormie sur les bras de mon frère. Il avait dit n'importe quoi, des formules banales sur le printemps, l'hiver, s'adressant à nous deux et je lui avais répondu distraitement. J'étais commode; il m'emmenait quand il ne voulait pas être seul avec Marie-Louise.

— On rentre, les femmes, avait-il ordonné en se levant.

Il n'y avait pas eu de dispute dans leur chambre, ou alors, ç'avait été à voix très basse car je n'avais rien entendu; et pourtant, je savais prêter l'oreille.

Dans le cahier vert, je trouvai la lettre. Pliée en quatre, elle marquait la dernière page écrite. Je faillis être prise en défaut, car elle était longue. Aujourd'hui, je la possède à nouveau puisque j'ai récupéré les affaires de Lucien. Elle marqua la fin d'une ère. A partir d'elle, tout changea.

*Vous avez dit ce soir : « Tu es comme toutes les filles. »
Je suis comme toutes les filles non en ce qu'elles ont de bon
mais en ce qu'elles ont de mauvais. Écoutez, je n'ai jamais
rencontré de garçon comme vous. Oui, voilà une vérité
qu'on vous a dite à chaque aventure. Tenez-la pour vraie.*

*Vous m'avez montré votre porte et vous m'avez dit :
« Tu vois, c'est là que j'habite. C'est un peu noir, c'est
vieux. » Vous m'avez demandé si je demeurais loin.
« Après le pont tournant... » Après le pont tournant, on
marche un bon quart d'heure en pleine nature. Quelle
nature... : des échoppes, des petites maisons, des jardins ;
vous les connaissez, Lucien, et l'air pur de l'usine à gaz et
la terre noire et la boue des chemins, car il pleut toujours
dans ces sortes d'endroits. On met des bassines à l'intérieur.*

*Là est ma chambre. Enfin, la chambre. Nous sommes
cinq personnes à la partager ; mon père, sa femme, la
femme d'avant, mon frère et moi. Mon père a soixante ans.
Nous sommes arrivés ici la deuxième année de la guerre
d'Espagne. Ma mère est morte doucement, au troisième
étage d'une de ces maisons du port, dans son lit placé près
de la fenêtre d'où, en se penchant un peu, elle aurait pu
joindre les voisins d'en face. Quelque temps après, nous
avons eu une autre mère. Elle s'est occupée de nous mieux
que la vraie, toujours malade, et nous l'aimions comme elle
nous aimait. Celle qui nous éleva est trop molle pour se
fâcher, partir. Où irait-elle ? Et puis, elle s'est attachée à
moi avec l'inquiétude des femmes grasses pour ce qui est
fragile. J'ai été quelque temps à l'école. Mais un rhume*

suffisait à me faire manquer. A quinze ans, je passais mes journées assise au soleil, quand il y en avait, à écouter parler les femmes. Je ne sortais pas ; mon père avait de la morale, il réprouvait les bals, les promenades. Les copains de mon frère venaient et me regardaient en dessous. L'un d'eux suivait les cours du soir. J'eus envie d'y aller ; mon père céda. Nous revenions ensemble. Nous nous arrêtions dans les coins les plus noirs et nous nous étouffions avec fringale. Je rêvais d'une vie avec lui, de lui préparer un repas dans une cuisine fleurie... enfin, toutes les imaginations des filles à ce sujet. Puis il m'évita, m'ignora, et je souffris. Je commençai à regarder les hommes avec fureur, fureur d'être remarquée, choisie, aimée. Comme le font les garçons, je partis en chasse. Je voulais un homme. J'appris bien vite que le seul moyen d'en avoir un, c'est de « se donner » comme on dit.

Bien plus tard par hasard, un dimanche, des femmes m'abordèrent. Elles quêtaient pour les dockers en grève. Je compris la raison de nos chiches repas. Je n'y avais pas prêté attention. Mon père ne parlait pas de ces choses-là.

Les femmes m'emmenèrent dans un petit local. J'écoutai je restai, je revins. Enfin, un soir, nous nous joignîmes aux hommes. Ils étaient simples, pauvres, jeunes, vieux, sales, soignés, courageux, braillards, dignes, un vrai défilé de Premier Mai.

Je devins secrétaire de la section. J'appris beaucoup, car j'étais amoureuse du trésorier, un dur, un pur. Mais l'époque se prêtait mal aux sentimentalités, les hommes étaient en pleine lutte, la plupart ne travaillaient pas. Pourquoi aucun homme ne me garde-t-il ? Pourquoi, après quelques rencontres, prend-il un visage ennuyé pour m'annoncer qu'il n'aura pas le temps de me revoir ? Recommencer à chaque fois, chaque fois s'installer dans cet amour comme s'il devait être définitif, et faire, chaque fois, la malle des souvenirs. L'attente, la rencontre, le premier jour, le deuxième, les après-midi dans les chambres d'hôtel à peine éclairées, calmes, avec des lits de milieu aux draps lisses, aux couvertures douces. Les autres, dehors, et moi, à l'abri de la vie, entre les bras de l'homme qui va être ma naissance et ma mort. Pour les voir contents, je faisais tout ce qu'ils voulaient, tout ce qui pouvait leur plaire.

Et pourtant ils me quittent. Peut-être mon silence leur déplaît-il ? Au début, ils sont heureux qu'on les écoute. Puis après, ils questionnent. Que leur dire ? Alors je me tais. Je crois que je leur deviens suspecte. Je pleure en les quittant, je pleure en les retrouvant. Tout se défait. Voilà quatre ans que je vis ainsi. Avant-hier, je passais dans la rue parallèle à la vôtre, vous avez surgi et vous m'avez proposé une cigarette. Je venais de quitter un homme, il me fallait prendre le tramway avant dix heures. Il faisait noir, la rue était bruyante. Je me suis arrêtée. Vous avez parlé le premier, j'ai répondu en marchant, et nous nous sommes quittés sur la promesse d'un rendez-vous.

Ce qui m'arrive, comment l'expliquer ? Vous serez bien d'accord de ne pas l'appeler l'amour. Ou de l'appeler l'amour pour simplifier. Je manie difficilement la langue. J'ai peu l'habitude de « communiquer ». J'avais oublié ce mot. Je l'ai lu un jour dans une revue trouvée à la Maison Populaire. Je m'en suis emparée.

— J'ai le défaut de ramasser tout ce que je trouve. J'aime avoir. Des livres, surtout. Et je les lis — Donc, c'est dans cette revue que j'ai pris ce mot : la « communication ». C'est ça et ce n'est pas ça. C'est, pendant quelques instants, exister et le savoir par un autre. Sinon, la seule façon pour moi de le découvrir, c'est la souffrance, le manque. Quand je suis plaquée, quand je ne trouve pas d'emploi, quand je dors mal faute de place dans le lit,

quand je me regarde dans les vitres des magasins, alors je
me sens. Mais avec vous, je me suis sentie. Vous dire cela
n'aurait pas été commode, j'aurais cherché mes mots,
comme une menteuse qui se trouble. Lucien, nous rever-
rons-nous pour être amis ?

Anna

— Ne m'attendez pas ce soir, je ne rentrerai certainement pas. Je dormirai chez Henri, comme la dernière fois.

Je ne le croyais pas. Marie-Louise le regarda, les
yeux inquiets.

— Rentre, Lucien. Même tard, mais rentre.

— Et comment, s'il n'y a plus de tramways ?

Elle haussa les épaules et retourna dans sa chambre.
Mais quand la porte d'entrée claqua, elle sortit précipitamment et courut dans l'escalier derrière lui. La
grand-mère, qui avait suivi la scène, alla vers la fenêtre
et regarda par la fente des volets à demi fermés.

— Eh non, elle n'a pas réussi. Le voilà qui tourne le
coin de la rue.

Elle se mit à rire. Nous nous tûmes. Marie-Louise
revenait. La porte fermée, elle esquissa un pas de
danse. Son visage était souriant et nous restâmes
perplexes, plus très sûres qu'elle ne l'eût pas rattrapé.
Mais il ne rentra pas ce soir-là non plus.

Henri est assis sur le bord du lit. Il fouille dans la
poche de son veston accroché au loquet de la porte.
Son visage est, comme toujours, calme. Doit-il cette
sérénité apparente à des traits un peu gras et des yeux
sans couleur ? Je crois qu'il est heureux, simplement. Il
fait des gestes dont il est conscient. Il les goûte. Pendre

un veston à une fenêtre, poser un pied sur le lit, tendre l'oreille pour saisir les obscénités que se lancent, dans la cour, deux hommes en colère. Il démolit un monde, et, en un quart d'heure d'exposé, il en reconstruit un autre où sa place chaude l'attend. Il a sa place partout. Il savoure le journal qui lui offre, ce soir, trois ou quatre heures de sujets de conversation. Il l'a placé près de lui, sur le lit, j'en déchiffre, à l'envers, le titre en lettres immenses : DIEN-BIEN-PHU EST TOMBÉ. Il a une main sur la table. Il est bien, il renifle l'odeur de la sauce qui réchauffe et dont nous n'oserions pas lui proposer une assiette.

— Un mouvement assez puissant, dit-il, pour regrouper toute la gauche. Mais qui, en France, est prêt à profiter des événements ? Trouver suffisamment de jeunes pour créer une agitation permanente. Ce ne serait pas la révolution, bien sûr, Paris est la capitale du cinquantième État américain, rien à faire de ce côté-là, sinon la guérilla, comme les Viets.

Lucien buvait à ce flot. Fébrilement, il acquiesçait.

Henri était prêt en permanence pour la révolution. C'était la conclusion logique de ses discussions diurnes et nocturnes. Il les préparait de sa chambre confortable, et l'horreur de la société où il devait vivre fortifiait ses rêves de bouleversements. Il avait trouvé en Lucien l'image même de la victime d'un système : orphelin, malchanceux, pauvre, maigre, trop tôt marié, sans amarres. Le physique de mon frère le fascinait : cette belle figure creuse sortie des archives de la Révolution d'Octobre ou de l'album des anarchistes héroïques, il la lui enviait, et il en voulait d'autant plus à Lucien de n'être pas tout entier tendu vers le but, la lutte. Lucien l'était, mais par intermittences. Nous étions nés dans la gêne, les difficultés avaient grandi enlacées à nous comme des lierres étouffants dont nous ne pouvions, seuls, nous défaire. Lucien les supportait avec rage, mais s'était créé, pour survivre, des refuges imprenables : une certaine paresse, la quête de l'amour extraordinaire.

Je devenais la spectatrice insensible des souffrances de Marie-Louise. Elle n'était pas si sotte qu'elle ne le comprît ; elle affecta, dès lors, avec moi, un air satisfait et tranquille. La seule honnêteté de mon frère consistait à prévenir qu'il ne rentrerait pas. Cela arrivait deux ou même trois fois par semaine. Les autres soirs, il revenait tard et trouvait Marie-Louise debout. Ils parlaient à voix basse, mais j'avais eu soin, auparavant, de ne pas fermer tout à fait la porte de notre chambre. J'entendais assez bien. Marie-Louise le couvrait de caresses gémissantes. Il prenait sans doute son air grave et distant ; alors elle faisait l'effort de parler de ce qui allumerait son intérêt.

— Et la guerre ? C'est fini ?

— Quoi, la guerre... Lis les journaux, tu en sauras autant que moi.

Mais il se lançait tout de même dans une longue dissertation dont je profitais aussi, car sa voix montait et je devinais jusqu'à ses gestes. L'héroïque Marie-Louise écoutait sans ciller, elle qui se lèverait à six heures et resterait jusqu'au soir rivée à sa machine. Elle avait épousé un « étudiant », elle le payait cher. Le plus douloureux pour elle était de ne pouvoir se plaindre dans sa société de femmes qui se racontaient tout. On l'avait, à un certain moment, enviée. Déjà elle était moins aimée de ses camarades. Elle avait le langage, les expressions de Lucien. « Elle est devenue bêcheuse, crâneuse », disait-on d'elle à l'usine.

Nous suivions, comme on suit un sauvetage, le pari qu'avait fait un homme de signer la paix en Indochine. Marie-Louise aussi, prise dans cette ambiance fiévreuse que créaient Henri et mon frère, oubliait généreusement ses chagrins et partageait notre impatience.

Le 14 Juillet, Lucien me demanda de l'argent. Cela n'était jamais arrivé. Je lui en donnai un peu, sans le questionner. J'appris que Marie-Louise avait fait la même demande à la grand-mère.

— Je lui ai dit, adressez-vous à Élise, c'est elle qui tient les comptes.

Elle n'avait pas osé m'en parler. Je n'aurais pu la contenter.

Dans l'obscurité de notre chambre, la grand-mère un soir me confia :

— Lucien, tu sais où il passe ses nuits, où il passe ses journées ? Pas avec Henri. Bête que tu es, tu crois tout dès que ton frère parle. Tu l'as gâté, tu l'as toujours soutenu. Et cet Henri aussi est complice. Et Marie-Louise, si elle savait, mon Dieu...

Elle pleura un peu et reprit :

— Il va nous attirer des histoires. Marie-Louise, son père, ses frères, sa mère qui est si méchante...

Lucien retrouvait une fille chaque jour, à midi, à l'arrêt du tramway des quais. Ils rentraient ensemble dans un hôtel des docks. On les en avait vus sortir aussi au petit matin.

— Plusieurs personnes l'ont rencontré ; des dockers qui habitent dans la rue, qui connaissent le père de la petite.

L'hôtel des Docks. La fille, c'était celle de la lettre, Anna. L'argent, c'était pour payer l'hôtel. Henri était au courant. Avait-il lu la lettre ?

Je ne trouvai pas le sommeil. Je voyais les quais à midi avec leur arrière-plan de bateaux, leurs étalages d'huîtres et de crevettes grises... deux ombres aux mains nouées respirant ce parfum de départ qui montait des rigoles. Un tel trouble s'empara de moi que je décidai de rester quoi qu'il fît du côté de Lucien. Je souhaitai qu'il rentrât à cet instant afin de le lui dire. Je ne dis rien car il ne rentra pas et ce fut tant mieux ; il n'aurait vu là qu'un piège grossier.

De l'argent. Nous sommes trois maintenant à suer du désir d'en avoir. A Lucien, il en faut pour ses après-midi. Ce sont les grandes vacances, il ne gagne pas un sou. Travailler, il n'en parle plus, il n'a plus le temps de travailler. Il se couche de midi jusqu'au soir dans quelque hôtel du port où lui parvient, ouaté, le grincement lent des grues, puis se recouche la nuit, ici ou ailleurs. Mais il faut de l'argent. Je vois sur son visage, dans ses yeux, le besoin d'argent. C'est Marie-Louise qui en rapporte le plus. Elle en donne la plus grande partie. Ce qu'elle garde, elle le partage avec Lucien. Cela fait peu pour chacun d'eux. Elle aussi est prise d'une véritable frénésie d'argent ; elle dépense beaucoup, depuis que Lucien la délaisse, en journaux, fards, rubans, bijoux. Elle a lu dans un courrier du cœur imbécile qu'il fallait être plusieurs femmes en une. Mais les recettes pour accommoder un homme coûtent cher. Je l'ai souvent épiée, piquant des fleurs sur sa tête d'un air satisfait, amoureuse de son image. Il faut de l'argent à Marie-Louise. Celui que j'ai prêté à Lucien me manque terriblement. Dix mille francs. De quoi vivre toute une semaine. Nous sommes des pauvres dignes. De ceux qui cachent leur pauvreté comme une disgrâce honteuse. Cela doit rester entre nous.

Nos visages dans l'ombre — la nuit était complète —, il me sembla que nous pouvions tout dire, aller jusqu'au bout. Il faisait chaud, mais la fenêtre devait rester fermée, les gens de la maison auraient pu saisir nos paroles.

— A nous trois, il faut d'abord dépenser le moins possible, renoncer provisoirement aux achats autres que la nourriture, et enfin augmenter nos revenus par tous les moyens.

— Travailler, quoi.

— Oui, travailler.

— Bon, dit-il. Ça ne nécessitait pas un conseil de famille. Mais puisqu'il est réuni... En cette saison, je ne trouverai aucun emploi qui rapporte. De plus, j'ai entrepris... enfin, je n'ai pas à détailler ici. J'ai besoin actuellement de tout mon temps. En octobre, ça ira mieux. Jusque-là, je te demande encore un petit effort et un peu de patience.

— D'accord, dit Marie-Louise qui crut la discussion terminée et se leva. Elle devait m'en vouloir d'abréger une des rares soirées où Lucien restait avec elle.

— Non, pas d'accord !

La colère m'envahissait, j'avais si chaud tout à coup qu'il me fallait éclater.

— Vous n'avez pas compris, je n'ai pas d'argent.

— Mais... moi non plus.

— Je te demande, Lucien, de me remettre ce que tu as, le peu que tu as. A vous aussi Marie-Louise.

— Mais nous n'en avons pas, clama Lucien, où veux-tu en venir ?

Je gardai le silence. Dehors, il y avait des cris d'enfants qui ne voulaient pas rentrer. En tâtonnant, Marie-Louise alluma. Maintenant que nous étions dans la clarté, je n'étais plus sûre d'oser continuer. Il sortit de sa poche quelques pièces de dix francs et les posa en souriant sur la table.

Je n'hésitai plus.

— Marie-Louise, votre père connaît tous les gens qui embauchent sur les quais. Pour quelques semaines, Lucien, ne peux-tu lui demander qu'il t'aide à trouver du travail ? C'est une solution provisoire, je sais que tu en es capable et tu nous sauverais.

— Pas ça, dit Marie-Louise la bouche ronde.

— Non, pas ça, répéta tout bas Lucien.

Par-dessus la table, il agrippa le col de ma blouse.

— Je vois, dit-il, madame, non, mademoiselle a maintenant découvert un monde, elle a appris ce qu'est une grève, un chômeur, un travailleur. C'est sa nouvelle religion. Alors, pour son confort moral, elle imagine d'avoir un prolétaire au sein de la famille. C'est plus facile que de le devenir soi-même. Pourquoi n'as-tu jamais travaillé comme les autres ? Quelle excuse as-tu ? Pour m'élever ? Tu te mens à toi-même. Et si c'était pour m'élever, pourquoi aujourd'hui m'envoyer sur les quais ? C'est un peu tard. Que ne l'as-tu fait quand j'avais seize ans ?

Et, d'un seul trait, il dévida ses rancunes. On l'avait mis au collège. Au début, oui, au début, il avait été heureux. Mais plus tard ? Notre vanité, il l'avait payée cher.

— Il fallait m'élever selon nos moyens ! cria-t-il.

— Et pourtant, lui dis-je avec tristesse, quels sacrifices n'avons-nous pas fait pour toi. Pour te donner plus, j'ai vécu, moi, proche du dénuement. Souviens-toi, Lucien, aux fêtes, aux prix, pour que tu aies, toi aussi, une chemise neuve, je t'accompagnais avec une blouse fanée, une jupe retapée.

— Et c'est justement cela que je te reproche !

— Tais-toi. Tais-toi.

La grand-mère ouvrit la porte.

— Alors, dit-elle aigrement, on vous entend d'en bas. Qu'est-ce que c'est ?

Personne ne répondit.

— Ne t'occupe pas.

Lucien la poussa vers la chambre.

— Quoi ? dit-elle.

Et elle maintint la porte grande ouverte.

— Je veux savoir.

Ce geste le rendit furieux. Il se précipita et ferma la porte.

Elle l'ouvrit à nouveau.

— La porte restera ouverte.

Il accrocha le loquet et la fit claquer violemment. La grand-mère apparut et se mit à crier.

— Ce n'est pas une prison ici ! on n'enferme pas les gens.

Ils étaient également déchaînés et plusieurs fois la porte s'ouvrit et claqua. Il s'arc-bouta à la poignée pendant qu'elle cognait le bois en hurlant. J'arrivai sur lui et voulus lui ôter la main du loquet. Du coude gauche, il me poussa, mais son geste diminua sa poigne et la grand-mère réussit à ouvrir.

— Honteux, honteux ! cria-t-elle. Depuis des années tu traînes ici, nourri par les autres, tu bois notre sueur. Un paresseux, un vicieux, je sais tout, cracha-t-elle, oui, tout.

— Tais-toi.

Je lui montrai Marie-Louise.

— Ça m'est égal, je dirai tout. Qu'il parte d'ici, qu'il travaille, qu'on ne le voie plus.

Lucien la saisit, la secoua et la jeta sur son lit. L'aurait-il étranglée ? Je le pris par-derrière pour qu'il se retournât contre moi alors qu'il la tenait à la gorge. La lâchant, il me poussa et se précipita dans la cuisine. J'eus peur. Il allait sortir et que ferait-il dehors ? Je courus vers lui et l'arrêtai. Il se méprit, me repoussa. Je heurtai la table. Alors il s'avança, me gifla deux fois, haineusement, puis il saisit la toile cirée d'où les assiettes n'avaient pas été débarrassées et tira. Marie-Louise, sans me regarder, sa fille sur les bras, sortit avec lui. En me redressant, j'écrasai une pêche qui avait roulé sous mes pieds hors du saladier brisé. Les voisins, qu'allaient-ils penser de nous ? Nous avions été si fières d'être les seules à ne jamais nous donner en spectacle.

— Tu l'as vu ? Il m'aurait tuée... C'est un voyou, Élise.

— Pourvu que les gens n'aient rien entendu.

Nous restâmes une semaine sans le voir. Un soir, il arriva accompagné d'Henri, ce qui évita toute explication. Marie-Louise me remit de l'argent. « J'ai pris un acompte. » Il n'y avait plus rien à dire. Les journaux recommencèrent à traîner dans la cuisine.

Henri nous annonça son départ. Il passerait trois années à Paris. Cette nouvelle me rendit songeuse. Quelle révolution il avait apportée chez nous en si peu de mois ! Nos fenêtres s'étaient ouvertes. Avec lui étaient entrés des noms, des pays, des hommes, l'Indochine soudain aussi proche que les collines de Verdelais. Tous ces journaux qu'il nous laissait, dont les titres maintenant m'emplissaient la bouche, que je récitais comme une formule magique ! Quelques jours avant son départ, en novembre, Henri entra, essoufflé, un journal à la main. Il nous jeta un nom auquel je ne prêtai pas attention ; ce nom, c'était l'Algérie.

Désemparés les premiers jours, nous finîmes par nous accommoder de l'absence d'Henri. Il écrivait longuement à Lucien qui, quand il s'enfermait, nous disait : « Je réponds à Henri. » Mon frère se rapprochait de moi. J'en compris bientôt la raison. Il n'avait jamais ignoré mon hostilité envers Marie-Louise. Elle devenait gênante, elle prenait la place que j'avais occupée toute son enfance. Et elle qui le sentait confusément, sans en deviner les causes, se rapprochait de la grand-mère ; leur lien, c'était Marie. Mais Lucien attendait que je paie de ma complicité ce retour d'affection.

Cette année scolaire, il commençait à quatre heures ses surveillances, et il avait obtenu deux répétitions chaque jeudi. Quelquefois, j'avais honte de mon triomphe quand il m'appelait dans le sanctuaire où je n'entrais qu'avec sa permission.

Marie-Louise me suivait. Il ne la voyait pas. Il me parlait, lisait quelque article, le commentait : ... ce qu'est le racisme en Afrique du Nord, jusqu'à quel excès il se porte... mais on a honte, certains sévices ne laissent aucune trace.

— C'est quoi des sévices ?

— Allons, Marie-Louise, ne m'interromps pas.

Et il m'expliquait, à moi, sans un regard pour elle, sortait une lettre d'Henri dont il me lisait certains passages. Je regardais sa table où un échafaudage de livres, prêtés par Henri avant son départ, mettait une couleur de vie qui me fascinait.

— La guerre... Il faut faire quelque chose.

— Ce n'est pas Paris ici. Je connais bien quelques isolés comme nous...

Lucien disait « nous ». Lui et moi.

— Tiens, je vais te présenter une camarade ; elle s'appelle Anna. Elle a été inscrite à divers mouvements. Maintenant elle milite moins, elle a trop d'occupations. Qu'est-ce que tu as ? Tu me regardes fixement, tu es toute rouge !

— Rien, dis-je seulement.

Je n'osai parler davantage, j'aurais tremblé.

Je suis assise face à mon frère. Le bar s'appelle « 0 20 100 0 ». Quand s'ouvre la porte, une brume froide nous glace les jambes. Je vais voir Anna. J'ai peur. Elle est devenue, sans que je la connaisse, un être démesuré, fantastique.

Quelqu'un est entré, qui se trouve soudain devant notre table. Lucien ne se lève pas, c'est moi qui me lève sans regarder la personne qui est face à moi. Je pousse ma chaise, ça prend quelques secondes. Je vois des pieds chaussés d'escarpins déformés. Je plie le journal en huit, ça prend encore quelques secondes. Il faut quand même lever la tête. Elle me fixe. Il n'y a pas de choc. C'est une image banale qui est devant moi. Elle détortille une immense écharpe blanche qui enveloppe sa tête, à la saharienne. Elle a de longs cheveux bruns rentrés dans le col d'un manteau ou d'une veste, je ne distingue pas bien. Elle les aère avec les doigts. Ils viennent bas sur son front en une frange irrégulièrement coupée. Le reste de son visage est étroit, pâle. Lucien a commandé trois cafés. Il a dit sur moi une phrase aimable, ça, je l'ai entendu. La conversation restera à jamais confuse. Je réfléchis et ne peux suivre ce qu'ils disent. Elle a une voix chuchotante qui m'irrite. Elle joue avec ses cheveux et je me demande si cela m'irait de porter les miens libres. Je dis oui à tout ce qu'ils disent. Lucien lui offre une cigarette, lui montre un dessin du *Canard Enchaîné* qu'il a tiré de sa poche. Elle rit et me regarde. Maintenant, je suis habituée à son visage maigre. Je lui découvre des grâces. Ses yeux marron clair sont larges et beaux. Comment peut-elle avoir des cils aussi noirs et longs ? La regardant de profil, je m'aperçois, à leur raideur, qu'ils sont enduits d'un épais rimmel.

Marie-Louise est plus jolie qu'elle : régularité des traits, grain de la peau, dessin de la bouche. Anna doit jouer continuellement de son visage pour arriver à la beauté. Elle s'éclaire comme une lampe et apparaissent les séductions. Sa maigreur ne la dessert pas. Cheveux de noyée, dirait la grand-mère. Mais sur son corps filiforme, ils ont un charme d'herbe mouillée. Il y a quelque magie, quelque mystère dans cette séduction qui va à l'encontre de toutes les séductions : corps frêle, poignets d'enfant, buste plat, visage blanc et grave. De celles dont on ne se méfie pas. Anna porte un chandail noir, une jupe grise, une vareuse en drap noir avec de grandes poches. Nous nous levons. Elle rajuste sa longue écharpe. Lucien s'excuse auprès de moi. Il doit rentrer à Saint-Nicolas ; Anna, n'est-ce pas, va dans la même direction. Je repars seule.

« Tu verras, un jour commencera la vraie vie, disait-il souvent. Le principal, c'est d'y arriver intact. »

Qu'était-ce, la vraie vie ? Plus d'agitation ? La galerie des portraits humains plus fournie autour de nous ? Qu'est-ce que cela changerait ? A quoi saurait-on que la vraie vie commençait ?

— Pourquoi n'êtes-vous pas comme les autres ? se lamentait Marie-Louise.

Il arriva qu'un vendredi deux femmes la raccompagnèrent. Elle avait été prise de vertiges devant sa machine. Quand Lucien rentra, il trouva sa femme couchée. J'étais près d'elle ; nous attendions le docteur. Il tapota sa main et elle se mit à pleurer. Il l'interrogea sans pouvoir dissimuler, pour moi, un certain luisant de l'œil que je connaissais bien et qui me coupa le souffle. Il venait d'être saisi par l'espérance de sa mort.

Le docteur vint très tard, ordonna examens et analyses. Il jugeait Marie-Louise très affaiblie et nous conseilla de faire vite. Tandis qu'il rangeait sa trousse, j'appelai Lucien à l'écart.

— As-tu de l'argent ?

— Non, et toi ?

— Très peu. Il faut la garder pour l'ordonnance. N'as-tu même pas cinq cents francs ?

— Pas un sou.

Je dus honteusement présenter au docteur des excuses dont il connaissait le refrain. Il serait réglé à la prochaine visite.

Lucien avait mille francs. Je le savais ; il les avait involontairement sortis de sa poche le matin même, avec son mouchoir. Je renouvelai ma demande ; il continua de prétendre qu'il n'avait pas d'argent.

Cette maladie le gêna. Il fit en sorte que, pour Marie-Louise, ce fût un temps d'enfer. Mais à peine eut-elle reprit le chemin de la biscuiterie qu'elle rechuta.

— Mais que peut-elle bien avoir ? Élise, crois-tu qu'elle guérira ?

La grand-mère, partagée entre sa bonté naturelle et

ses calculs, perdait pied, s'affolait, confectionnait pour
Marie-Louise des desserts nourrissants, brûlait des
cierges à l'église, m'attirait derrière la porte pour faire
avec moi le point de tous ces efforts, et comme ils se
révélaient inutiles, laissait percer contre la femme de
Lucien une injuste rancune.

Marie-Louise finit par céder aux pressions de mon
frère, aux miennes, à celles de la grand-mère. Elle
accepta de partir. On l'admit à Cestas avec sa fille,
pour trois mois. Elle eut peur, je crois, quand elle vit la
peau violette et jaune autour de ses yeux. Reposée —
donc jolie, disaient les magazines —, Lucien pourrait
encore la désirer.

— Et ça ne te coûtera pas un sou, appuyait la grand-
mère.

Elle trouvait cela admirable.

Étrange impression que de nous retrouver à trois,
comme autrefois.

Lucien devint presque tendre avec moi, enfin autant
qu'il pouvait l'être avec qui il n'aimait pas. Je servais
d'interprète entre la grand-mère et lui qui ne se
parlaient plus. Elle était profondément malheureuse. Il
lui fallait supporter l'hostilité de ceux d'en face,
colportant à qui voulait les entendre que Lucien tuait
leur fille. Il lui fallait subir nos conversations pendant
les repas que Lucien prenait chez nous, et la politique
et la guerre ne l'intéressaient pas. Marie lui manquait.
J'étais, disait-elle, « passée dans le camp de Lucien ».
Elle s'imaginait, quand elle descendait, que les gens se
détournaient et parlaient de nous.

L'hiver commençait froidement. L'appui des fenêtres se recouvrit de glace. La nuit venue, la grand-mère
se rendait jusqu'à l'étalage d'un marchand de légumes

qui jetait des cageots vides devant sa porte. Elle en
ramenait plusieurs dont nous faisions un grand feu
chaque après-dîner. Elle tomba, un soir de verglas, et il
fallut l'hospitaliser pour trois factures. Les gens nous
regardèrent curieusement. « Ils y passent tous »,
disaient-ils derrière nous. « Ils attirent le malheur. »

Nous n'avions jamais été seuls, Lucien et moi. Nous
ne le fûmes pas longtemps : deux jours après l'accident
de la grand-mère, Anna fit son entrée. Elle détailla nos
trois pièces, aima beaucoup la chambre de Lucien qui,
ne doutant pas de ma neutralité, me referma la porte au
nez. Et je me retrouvai seule dans la cuisine, chaque
après-midi, tandis qu'ils chuchotaient tout près de
moi.

Les visites à l'hôpital commençaient à une heure.
J'arrivais ponctuellement et je restais jusqu'à trois
heures, encourageant la grand-mère qui pleurait parce
qu'elle voulait sortir. Je rentrais chez nous ; Anna
arrivait, partait à sept heures, bien après Lucien, afin
que les voisins curieux crussent qu'elle venait me voir.

Mais il lui arriva aussi de passer la nuit chez nous. Il
y avait quinze jours que j'allais quotidiennement à
l'hôpital. Ce jour-là, je passai à la maison Puesh qui me
fournissait les copies, puis rentrai. Anna était-elle déjà
là ? Que faisait-elle de son temps quand elle n'était pas
avec Lucien ? Il y avait donc des êtres sans occupation
fixe, qui pouvaient se donner rendez-vous, flâner, faire
l'amour au milieu de la grande fourmilière où s'épui-
saient les autres ?

Du premier étage, je reconnus leurs voix. Ils se
disputaient sûrement. Je montai les dernières marches
en courant. Anna tournait le dos à Lucien et s'appuyait
d'une main à la porte de la chambre tandis que, de
l'autre, elle enfilait ses chaussures. Sa jupe pendait.

Lucien parlait. Ils ne m'entendirent pas.

— J'ai pris des risques, je t'ai fait venir ici, je me suis débrouillé pour faire partir ma femme en lui rendant la vie insupportable. Maintenant, que veux-tu que nous fassions ? Nous n'avons plus rien à franchir ici. Allons à Paris. Je partirai le premier, tu m'attendras ici, chez moi, si tu veux...

— Écoute-moi, Lucien ; partir, nous avions toujours dit que ça se ferait ensemble. Aujourd'hui, tu n'oses pas l'avouer, mais tu as envie d'aller seul rejoindre ton ami. Tu partiras et je n'aurai plus de nouvelles. Alors, c'est bien d'accord, je m'en vais, mais seule, et tu ne sauras pas où j'irai. Et le mal que tu me fais, tu le ressentiras à ton tour. Je pars, bon, mais avant, laisse-moi t'annoncer une nouvelle, de peu d'importance il est vrai, j'attends un enfant, je le sais depuis trois semaines.

— Hein ? Ce n'est pas vrai...

Elle lâcha la fenêtre et lui fit face. Elle pleurait.

— Ce n'est pas vrai ? Tu me connais bien, tu me vois nue chaque jour... Regarde.

Lucien s'était avancé jusqu'à la porte. Appuyée maintenant contre la table, elle baissa sa jupe, releva son chandail. Elle ne portait pas de combinaison et son ventre apparut. De loin il paraissait à peine renflé.

— Regarde bien, répéta-t-elle plusieurs fois, la voix étouffée par les pleurs. Tu vois là, cette petite enflure, c'est un enfant, c'est ton enfant. Regarde bien, c'est la première fois que tu le vois, mais c'est aussi la dernière. C'est tout ce que tu verras de lui.

Elle rajusta sa jupe en reniflant ses larmes. Tremblante, elle ne parvenait pas à en boutonner la ceinture. Elle jeta une écharpe sur sa tête, enfila sa veste, ramassa ses chaussures. Je l'entendais gémir et respirer fort. Elle courut à la porte et s'enfuit dans l'escalier. Lucien rentra dans sa chambre, et je sortis du recoin où je m'étais glissée. Un brusque dégoût s'empara de moi. Ils s'installaient partout. Quand ils avaient fait l'amour dans un lieu, ils y étaient chez eux. J'avais besoin, tout comme la grand-mère, de respectabilité, de considération. « Il part, me dis-je. Anna le rejoint ou non ; elle a un enfant ou non. Ils se fâchent ou non. Dans trois mois, quand Marie-Louise reviendra, on avisera. Il part. Fini de gratter la plaie qui n'arrive pas à guérir. Avec du courage, je m'en sortirai. N'ai-je pas toujours été seule ? Ce sera moins terrible qu'un scandale, qui ne manquerait pas d'éclater ici. Ce qui se passera au loin ne m'atteindra pas. »

Il restait encore un peu de neige grise autour du portail des Glycines, la maison de repos de Cestas, quand nous y allâmes. Marie-Louise nous accueillit avec des exclamations de plaisir. Elle ne reprenait pas vite ses forces et son visage était encore jaune et mauve. Elle reprocha à Lucien de ne pas lui écrire. Il ferma les yeux quelques secondes sans répondre. On nous amena Marie qui, elle, avait beaucoup profité. Lucien ne savait que dire. Il répétait toujours les mêmes questions sur la nourriture, les soins, l'horaire. Ensuite, il parla beaucoup des événements politiques qui le préoccupaient, de la mentalité raciste qui se développait furieusement. Mais Marie-Louise ne fit pas longtemps l'effort d'écouter.

— J'en ai encore pour quarante et un jours. Quand je sortirai, tu viendras me chercher ?

Lucien ne répondit pas. Je me sentis complice d'une sorte de crime silencieux qu'il s'apprêtait à commettre. J'en étais mal à l'aise et je redoublai de questions gentilles pour qu'elle gardât de cette visite l'impression d'être aimée. La salle où nous nous tenions ressemblait à un parloir de pensionnat. Marie s'était assise sur les carreaux par terre et jouait avec une poupée que son père lui avait apportée.

— Je m'ennuie de votre mémé, dit Marie-Louise. Pourquoi ne m'as-tu pas avertie de l'accident ? J'aurais écrit, ça lui aurait fait plaisir.

Lucien eut une moue sceptique et dit à voix basse :

— Pas le temps.

Il jouait avec le poignet de Marie et tournait la petite chaîne qu'elle y portait. Cela me donna brusquement une idée. Dans un tiroir de notre armoire, la grand-mère avait rangé ses trésors : l'alliance et la montre de son mari, une bague, deux épingles d'or, les boucles d'oreille de notre mère. Accepterait-elle de les engager pour permettre à Lucien de partir pour Paris ? J'en doutais.

— Tu me tiens à l'écart, se plaignait Marie-Louise.

Je m'éloignai vers la fenêtre, craignant d'être prise à témoin par l'un ou l'autre.

— Va porter à Élise, dit Lucien, donnant à sa fille le journal qu'il tenait.

Il voulait que je revienne vers eux. Marie-Louise s'en rendit compte et resta quelques secondes sans rien dire. Les traits gracieux de son visage s'étaient contractés, elle se retenait de sangloter. Puis elle avança son bras vers Lucien, voulant s'appuyer contre lui. Il sursauta et recula vivement. Dans le mouvement qu'elle fit pour se redresser, elle gémit.

— Pas de larmes, dit-il durement, ou je m'en vais.

Elle le regarda, mais il détournait les yeux.

— Lucien, lui dit-elle d'une voix douce, moi aussi je suis ton Algérie.

Il haussa les épaules mais ne répondit rien.

Cette comparaison qui lui était venue spontanément aux lèvres gêna Lucien. Elle me gêna aussi. Nous gardâmes chacun pour nous et longtemps cette petite phrase — la dernière que Marie-Louise devait dire à mon frère.

Je pris les bijoux, les engageai et en retirai vingt-cinq mille francs que je remis à Lucien la veille de son départ.

Il dit merci, m'assura qu'il me les rendrait un jour. Je lui demandai de m'écrire souvent et je me mis à pleurer malgré mes résolutions. Il en parut ému. Plusieurs fois, il fit le tour de notre logement, à petits pas. Malgré le froid, il ouvrit la fenêtre et contempla l'arbre noir emperlé de glaçons. J'insistai pour qu'il mangeât quelque chose, mais sans succès. Il se coucha tôt car il prenait le lendemain le train de sept heures. J'aurais voulu l'accompagner, il refusa. Je ne sus donc s'il partait seul.

Quand il se leva, il me trouva dans la cuisine. Sa valise était prête. Je n'y croyais pas. Naturellement, je ne dis rien de toutes les phrases que j'avais préparées à la chaleur du lit. Ce départ était-il réel ? Il jouait à partir, il allait défaire sa valise, je ne pouvais rester seule. Tant pis pour la vraie vie. Et qui sait si elle n'était pas ici dans les longues rêveries, dans l'attente et le désir d'ailleurs ? Il mit sa canadienne, alluma une cigarette, et alors mon cœur cogna fort. C'était arrivé. Il m'embrassa distraitement, il était déjà parti. Il ne me dit aucun des mots qui cicatrisent les plaies saignantes, pas même une formule d'espérance. Mais en ouvrant la porte, et comme je touchais le tissu de son vêtement, il me fit un clin d'œil et regarda notre décor. Les dernières secondes s'allongèrent, s'agrandirent, se rétrécirent, la porte se referma. Dans l'escalier, son pas ralentit aux marches tournantes. Restait encore la fenêtre. J'y courus ; il venait de sortir, c'était trente mètres de répit avant le coin de la rue. Se retournerait-il ? Pareils à des fourmis, des hommes quittaient les maisons noires. L'un d'eux masqua Lucien. Il était parti. Je tournai dans la cuisine, me recouchai, me relevai, m'assis sur mon lit, ouvris ses tiroirs vides. Je ne commençai à souffrir que plus tard à la clarté du jour qui allongeait les angles, rendait aux murs leurs vraies dimensions, éclairait sans pitié le vide autour de moi. Je n'allai pas à l'hôpital. Je restai toute cette journée en retraite dans le souvenir de mon frère.

Je souffris beaucoup et longtemps, jusqu'à la première lettre. Il écrivit au vingtième jour de son départ, six lignes sèches, sans détails, pour me rassurer sur sa santé, son moral, ses occupations.

Me restaient deux tâches désagréables à remplir : prévenir Marie-Louise, l'empêcher de le rejoindre, la calmer, lui dire de patienter. Pour la seconde, dégager les bijoux de la grand-mère, je ne voyais qu'une solution : économiser et me priver. Et si je n'y réussissais pas avant qu'elle revînt, que se passerait-il ? J'avais mauvaise conscience et je préférais qu'elle ignorât cette affaire. Cette crainte m'amena à une décision qui devait changer tout mon avenir. Je pensai qu'en trois mois je ramasserais l'argent nécessaire. Il fallait donc qu'elle restât hospitalisée comme on le lui avait ordonné. Ce fut difficile. Elle pleura, me supplia ; je jurai qu'il ne s'agissait que d'un court séjour de repos et que je préparais déjà son retour. Elle m'injuria, menaça de mourir, puis retomba dans un silence hostile.

J'allai voir Marie-Louise et lui annonçai le départ de Lucien comme une bonne nouvelle. Il trouverait un travail, ferait vivre sa femme et Marie. Cet argument lui était indifférent. Je traçai pour mon frère des perspectives brillantes. Je mentis, parlai de quelques semaines d'absence. Elle se résigna et je la quittai, soulagée.

Je travaillais beaucoup, tantôt dans l'exaltation que me donnait la contemplation de moi-même, tantôt dans le besoin d'atteindre à l'ivresse de la fatigue. Le soir, je dînais tôt et me couchais tôt. C'était un moment dont je jouissais à plein. Enfin la journée se mourait. Demain, il y aurait peut-être du courrier. Le sommeil allait me délivrer pour quelques heures. La solitude du soir n'était pas douloureuse. Je me sentais en sécurité chez moi. Sécurité. J'aimais ce mot et ce qu'il évoquait. J'en aimais la sonorité rude. Sécurité. Il commençait comme serrure. Il remplaçait le mot bonheur. Le bien-être de tout mon corps détendu, la lumière que je baissais, le livre que j'ouvrais... Que m'importait mon frère dans ces instants-là !

Un mois entier, je restai sans nouvelles. Je crus plusieurs fois que ma vie allait partir dans les vertiges qui me terrassaient devant la boîte aux lettres vide. Puis Lucien écrivit plusieurs pages. Il travaillait.

Je me suis trouvé dans la nécessité matérielle d'accepter un boulot pénible, mais combien exaltant. Je vais me mêler aux vrais combattants, partager la vie inhumaine des ouvriers d'usine. Au milieu des Bretons, des Algériens, des Polonais exilés, ou des Espagnols, je vais trouver le contact avec la seule réalité en mouvement. Et quand j'aurai fini la journée d'usine, je retrouverai mes papiers, mes cahiers, car, ma vieille Élise, je témoignerai pour ceux qui ne peuvent le faire.

Suivaient quelques phrases polies et forcées sur la santé de la grand-mère et un curieux post-scriptum :

Il y a dans l'hôtel où je loge une chambre libre pour quelque temps. S'il te plaisait d'en profiter, avertis-moi au plus vite et j'en glisserai deux mots au gérant. Tu vivrais à Paris quelques semaines pendant l'absence de la grand-mère.

J'espère que tu diras oui, car ma sœur me manque.

Fini de dormir, de manger, de travailler. La tentation surgissait, les images qu'elle suscitait me poursuivaient partout, trop de pensées bouillonnaient : partir, vivre auprès de Lucien, Paris, la vraie vie, Lucien en usine. Cette dernière vision m'attristait, mais c'était surtout, me dis-je, par apostolat qu'il avait fait ce choix.

Partir ? Comment ? Et la grand-mère, qui lui rendrait visite ? Lucien précisait : « quelques semaines ». Et après ? Et comment vivrais-je là-bas ? Et les bijoux dont j'avais presque récupéré l'engagement ? J'ouvris la fenêtre et me penchai vers la rue. Quelques femmes riaient des premiers pas d'un bébé maladroit. Face à notre maison, s'échappait du bistrot la voix d'un ivrogne chantant. Des filles pareilles à Marie-Louise taquinaient un garçon. « Chacun vit animalement, ne se réveille que pour défendre l'intérêt de sa corporation, de son clan, docker, employé ou paveur. Il n'y a rien à en tirer. Il faut chercher ailleurs. » Je pensais ainsi lorsqu'un vent doux arriva du fleuve. Je le sentis sur mon visage et ne démêlai pas les raisons de ma joie soudaine. Je partirais. J'écrivis le soir même à Lucien.

Il me fallut une semaine pour organiser mon départ, tant l'événement était fantastique. J'avertis la maison Puesh, d'un ton nouveau et assuré, que je serais absente deux mois. Je rangeai nos trois pièces, saupoudrai les plinthes d'insecticide contre les cafards qui ne manqueraient pas de venir, lavai et repassai les vêtements que je possédais, mais ne pus trouver l'audace d'annoncer à la grand-mère mon prochain départ. Je lui écrirais de Paris, je mentirais, tant pis, j'invoquerais une maladie subite de Lucien.

« Et puis, me dis-je lâchement, je reviens dans deux mois. »

Je ris en montant dans le train. Des gens fendaient les routes à de folles vitesses, et moi, je prenais le train pour la première fois. Mais c'était le train de la revanche. La vraie vie ne pouvait manquer de commencer.

DEUXIÈME PARTIE

> *L'homme qui tâte ses chaussettes durcies par la sueur de la*
> *veille et qui les remet*
> *Et sa chemise durcie par la veille*
> *Et qui la remet*
> *Et qui se dit le matin qu'il se débarbouillera le soir*
> *Et le soir qu'il se débarbouillera le matin*
> *Parce qu'il est trop fatigué...*
>
> R. DESNOS

J'écoutais la pluie. Elle tombait sur le coude en zinc de la gouttière, juste sous la fenêtre. Il pleuvait depuis une semaine. J'étais arrivée vingt jours plus tôt et le gérant en lisant ma fiche d'inscription avait ricané : « Ah ! vous êtes du pays de la pluie. » Je n'avais vu Paris que noyé, luisant d'eau, bas de ciel. Dans un petit périmètre autour de la fenêtre, la chambre était claire. Le lit, recouvert d'un velours marron qui en cachait les pieds de fer, assombrissait l'angle à gauche de la porte. Deux étages plus bas, Lucien et d'autres discutaient de mon sort. J'attendais. Les gouttes s'écrasaient sur la dalle. J'allai vers la table de nuit et branchai le tourne-disque. Je le réglai pour que la musique en sortît doucement. C'était une chanson portugaise dont Lucien m'avait traduit le titre « Quand se lève le vent ». J'en aimais le début tremblé et syncopé. Qu'allaient-ils décider ? Je m'assis sur le lit. La trêve allait prendre fin. Ils voulaient récupérer la chambre et je n'avais pas envie de la quitter. Ils discutaient sans moi.

La pluie venait de s'arrêter. J'ouvris la fenêtre et me penchai. Ici, il n'y avait pas d'arbre, pas de végétation, rien que des lignes sèches, entrecroisées, parmi lesquelles s'étiraient des fumées noires ou blanches. Ce paysage avait quelque chose de désolé qui me touchait au cœur. L'hôtel dépassait de beaucoup d'étages les maisons voisines. Le soir, à l'heure de la brume et des réverbères, la chambre me paraissait suspendue, flottant dans un univers irréel un peu effrayant.

Lucien entra après avoir secoué le loquet.

— Viens, Élise, on va t'expliquer comment nous arranger.

— Faut-il libérer la chambre ? demandai-je en descendant.

— Ah ça, oui. Mais on a trouvé une solution.

Il me précéda. Sa chambre était au deuxième, à l'extrémité d'un couloir sombre. Il ouvrit et me fit signe de le rejoindre. Il y avait là deux garçons qui paraissaient avoir l'âge de mon frère — ils étaient assis ou plus exactement vautrés sur le lit — et une femme, dont je ne vis d'abord que le dos.

— Bon, dit Lucien, Véra, ici assise, va donc prendre la chambre de Robert.

Véra fit oui. Elle était belle mais ne souriait pas. Ses vêtements me parurent élégants. J'imaginais mal qu'elle n'eût pas de chambre.

— Moi, j'irai dormir avec Michel pendant quelque temps, et toi, Élise, tu prends ma chambre.

Je dis d'accord, timidement. J'étais déçue. La chambre, plus vaste que celle que j'occupais, était sombre et la fenêtre ouvrait sur la rue. A travers le rideau, je lisais l'enseigne d'en face : BOULANGERIE DE LA BASILIQUE.

— Autre chose, dit Lucien. Les fonds sont en baisse. Je dois te rembourser ce que tu m'as confié. Je le ferai avant ton départ. Mais en attendant ? Veux-tu travailler ?

Pourquoi me posait-il cette question devant des étrangers ? Et comment lui répondre non ? Il avait fait exprès et calculé son coup. Je lui fis observer que je repartirais dans quelques semaines. Pouvait-il me garder jusque-là ?

— Bien sûr que je le peux. Travailler, j'ai pensé que ça pourrait être une expérience intéressante pour toi. Et puis, l'argent file vite ici. Mais...

Je me sentis prise dans un tel engrenage qu'il ne me restait plus qu'à me laisser faire.

J'aspirai soudain à retrouver ma ville familière, la grand-mère, et notre vie claustrée. Les êtres m'effrayaient, la vie m'effrayait.

Dans la chambre, Véra, sans se soucier de moi, ouvrait chaque tiroir. Je fis ma valise rapidement. J'avais envie de pleurer. Je regardai à la dérobée par le carreau. La pluie tombait à nouveau sur la gouttière et le bruit m'atteignit profondément. Véra prit un cendrier. Je lui tendis la main. La sienne était blanche avec de petites fleurs rouges et oblongues à l'extrémité de chaque doigt. Elle les présentait écartés et je trouvai le geste gracieux.

Je n'avais pas vu Lucien depuis trois jours quand je le trouvai, un soir, devant la porte de la chambre.

— Je t'attendais, dit-il. Alors, ça va ?

Il était sale. Il portait son pantalon gris, toujours le même, tirebouchonné et taché. Sa canadienne était graisseuse et ses chaussures crottées. Mais plus que ses vêtements, le négligé de sa personne me frappa quand il se mit à l'aise pour s'asseoir. Il avait une barbe de plusieurs jours et des couches de crasse derrière les oreilles. Ses mains, surtout, et ses ongles longs étaient malpropres. Il devina mes pensées.

— Tu me trouves sale ? Je suis si fatigué que je ne pense qu'à dormir. Je me laverai demain, c'est dimanche. Alors, raconte un peu ce que tu fais.

Je résumai. Je savais qu'il n'était pas venu pour prendre de mes nouvelles. M'apportait-il un peu d'argent ? Ses yeux rétrécis me parurent gonflés. Il ne devait guère dormir. Ils étaient ternes et tristes comme l'ensemble de sa personne. Même sa voix changeait. Elle était plus sèche et moins haute. Il s'exprimait avec une grande économie et s'en tenait, en ma présence, à des murmures dont je percevais l'essentiel : « roule, amène, en piste, file, d'accord, je me casse, salut, attige » et quelques mots obscènes fraîchement appris.

J'allais, ce soir, lui coûter une véritable conversation. J'eus un mauvais pressentiment car il usa de précautions oratoires à mon intention.

— Tu te rappelles Anna ?

— Évidemment.

J'allais ajouter quelque raillerie, je me retins à temps. Ses yeux froids fixaient les miens. J'avais dit cet « évidemment » d'un certain ton qui l'avait mis en éveil. Je repris :

— Oui, oui, bien sûr.

Et, cette fois, je mis un grand naturel dans ma voix.

— Anna va venir.

Je n'avais pas prévu cela et je me rendis compte que je rougissais. « Ça serait trop long à t'expliquer... » C'était, depuis des années, sa phrase alibi, son retranchement, sa suprême et dérisoire parade. Je l'attendais à chaque fois qu'un semblant de conversation s'ébauchait.

— Oui, elle sera là demain ou après-demain. Pas la peine que je t'explique, ça serait trop long... Seulement, tu vois, c'est à propos de la chambre. Je suis déchiré, dit-il faussement.

« Pourquoi l'ai-je fait venir ? » devait-il ruminer. Quelle idée ! Il s'était assis, les jambes écartées et les bras ballants entre les cuisses. La barbe, les yeux vertigineusement vides, un creux accentué sous les pommettes, deux rides d'expression maussade entre les sourcils, la chemise sale — une épave, avait dit amicalement Henri —, je l'imaginais, un matin de solitude, cherchant autour de lui le café brûlant qu'il était bien incapable de se préparer. J'étais perdante, mais je résolus de me battre.

— Dois-je repartir ? demandai-je pour l'acculer.

Il lui était difficile de répondre oui.

— Comment faire ? dit-il habilement.

Nous jouâmes ainsi quelques secondes, et je sentis qu'il s'impatientait.

— Cette fois, dis-je, où vas-tu m'envoyer ?

Il ne répondit pas. Je le trouvai mou. Où étaient les éclats d'autrefois ?

— Je vais te payer une chambre à la journée dans un hôtel proche d'ici pour que tu ne te sentes pas trop isolée. Et puis, pendant mes heures libres, je chercherai. Je verrai Henri, d'autres copains... Michel connaît un foyer pas loin d'ici...

— Et en attendant ?

— En attendant, tu restes ici. Moi, je prendrai une chambre à la journée.

— Non, dis-je radoucie. Moi, je paierai moins cher que... vous deux. Connais-tu une adresse ?

— N'importe où, à Paris, ici.

— Je ne connais pas n'importe où. Te reste-t-il de l'argent sur...

— Oui, voilà cinq mille. Après, je suis raide.

— Alors, comment feras-tu ?

Il eut un geste d'indifférence.

— Ne penses-tu pas, remarqua-t-il, que l'argent est vraiment une chose importante ?

— Pas exactement. Je pense surtout que nous finissons par perdre de vue les choses importantes à cause de l'argent.

— Ça revient au même, soupira-t-il.

Il essaya de s'intéresser quelques minutes à notre conversation, mais je me rendis vite compte qu'il parlait sans la suivre. Ses yeux fixes luisaient. La venue d'Anna occupait son imagination.

J'étouffais de curiosité, mais je ne lui posai aucune question.

— Dois-je partir ce soir ?

— Que non ! protesta-t-il. Laisse la clé en bas, au bureau. C'est tout. Demain soir, je t'aurai trouvé quelque chose.

Le lendemain matin, je préparai ma valise. « Ç'aurait été plus juste qu'il me laissât ici. Elle a l'habitude des hôtels, elle. J'ai l'impression qu'il trouve plaisir à me bousculer, à m'obliger à vivre hors de mon aquarium. Je vais retourner chez nous. »

Anna, ce n'est qu'un décor, une construction habilement montée, un mensonge, une illusion. Anna mise à nu, il reste un corps, maigrement perché, deux seins naissants, le teint ingrat des filles passionnées, des yeux larges et trop écartés, d'énormes cicatrices laissées dans le cou par des glandes de croissance, une grande paresse, un orgueil qui trouve son compte à de spectaculaires humiliations, un besoin permanent de lit, de chaleur, de sommeil, une indifférence non feinte à la nourriture, quelques longs cheveux surmontant le tout. Anna, c'est une imagination démesurée qui se voit telle qu'elle n'est pas et se construit telle qu'elle se voit. Anna, pour Lucien, c'est un roseau fragile. Tout est fabriqué. Ses cheveux qu'elle crêpe, ses cils qu'elle colore, ce visage qu'elle façonne en collant ses cheveux sur les joues suivant une ombre bien calculée, ses yeux qu'elle dessine, son teint faux, ses seins pointus sous le tricot. Lucien est-il dupe ? Aime-t-il l'image qu'elle lui offre ou la véritable Anna, ratée par le créateur, attendrissante dans ses efforts ? Avec lui, elle peut user de tous ses effets. Elle s'est clouée au mur de son esprit comme un papillon rare. Et, prisonnière de l'image, elle ne se montre à lui que prête à jouer son rôle. Elle se lève la nuit pour défaire son visage ; elle se lève au petit jour pour le préparer.

Ils ont posé leurs valises, chacune contient les lettres de l'autre. Elle lui écrit « ta timide antilope », ou « ta femme-enfant ». Il lui répond « ... comme une liane entre mes bras ».

Mais ce matin, quand je suis venue chercher mes affaires, je l'ai trouvée couchée encore. Lucien partant à cinq heures, elle n'avait pas eu besoin de bouger. Elle a bondi vers la chaise pour s'envelopper dans son manteau. J'ai vu l'os de l'omoplate pointer comme une aile, les cuisses maigres et le visage triste comme une plage d'où la mer s'est retirée.

Nous ne savons jamais que nous dire. Elle m'a offert du café. J'ai accepté, je l'ai épiée, j'ai scruté son ventre ; il m'a paru normal et plat. Mais Anna ne parle jamais d'elle. J'ai quand même deviné son embarras et cela m'a fait plaisir. J'ai questionné :

— Et chez nous, fait-il meilleur qu'ici ?

— Mais je n'en sais rien.

— Excusez-moi. Je croyais que vous arriviez de là-bas.

— Ah non.

— Vous avez mis longtemps à vous adapter à Paris ?

« Elle va le dire à Lucien si je la questionne encore. » Nous avons parlé de Paris ; elle s'est excusée pour la chambre ; Lucien, a-t-elle dit, a insisté pour que je vienne dîner chez eux chaque fois que j'en aurais envie. Est-ce que je vais rester longtemps à Paris ?

Elle me déroute et m'intimide. Avec Marie-Louise, c'était simple. Voilà que je la regrette.

Michel me conduisit au Foyer de la Femme. Chambre à deux lits, séparés par un lourd rideau. Un casier, une patère, un lavabo, une fenêtre sur la rue. Trois mille francs par mois. Tout cela me parut très bien, presque luxueux. Au rez-de-chaussée, il y avait une grande cuisine, ouverte chaque matin à six heures, où chacune pouvait boire un café au lait préparé la veille.

— For-mi-da-ble, dit Lucien. Tu auras de quoi vivre un petit mois, le temps de connaître Paris.

— Et toi, Lucien ?

— Oh moi, dit-il, j'ai perdu pas mal d'heures cette quinzaine. Je vais aller trouver Henri. Il pourra peut-être me dépanner. Il ne te reste pas un petit quelque chose sur les cinq mille ? Je te rembourserai vendredi... Sais-tu ce que nous devrions faire ? Envoyer un petit souvenir à la grand-mère. Qu'en dis-tu ? Une tour Eiffel, un mouchoir...

Les yeux brillants, je regardai mon frère.

— Oh, Lucien...

— Tu achèteras pour moi et je te rembourserai à la prochaine paye.

J'étais si touchée que je lui proposai de l'aider.

— Je veux bien, dit-il sans enthousiasme apparent. Je te dois encore un peu d'argent, n'est-ce pas ? D'ici un mois, je serai tiré d'affaire. Je pourrai même envoyer un petit mandat à... là-bas.

— Combien te faut-il, en attendant ?

— Eh bien, deux ou trois mille.

Je les lui remis.

J'avais reçu deux lettres de la grand-mère en réponse aux miennes. Elle se plaignait et me suppliait de venir la chercher.

Un soir que je me trouvais chez eux, alors que j'allais sortir, Lucien me demanda brusquement :

— Élise, tu veux travailler avec moi ?

— Mais Lucien, dis-je, je vais bientôt repartir !

— Vraiment ? Tu veux retourner là-bas ?

— Et de quel travail s'agit-il ?

— Ils embauchent des filles pour le calcul des primes, du boni, ce qu'on appelle le contrôle. C'est payé 185 de l'heure.

— Non, Lucien. Je dois repartir. Tu as lu la lettre de la grand-mère ? Disons que je vais rester jusqu'en novembre, en essayant de gagner l'argent de mon retour. On ne part pas, comme ça, en laissant les autres derrière soi.

Il me bouda le restant de la soirée. Je les quittai à neuf heures et marchai jusqu'au Foyer. Sous la petite pluie douce, la proposition de Lucien me grisa. Ne pas repartir, le voir chaque jour, être mêlée, un peu, à sa vie...

« Ça commence », me dis-je, sans pouvoir définir ce qui commençait.

J'avais enfin compris qu'il ne me rembourserait pas. Anna ne travaillait pas. Elle s'était procuré des livres ;

ensemble, ils apprenaient je ne sais trop quoi, à la fois l'anglais, le journalisme, la photo, les civilisations orientales, tout un fatras qui leur laissait l'impression d'être des gens supérieurs.

— Comme tu veux. Si tu veux repartir...

— Je n'ai plus assez d'argent, tu le sais. Bon, j'accepte, je travaillerai deux mois ici.

— Quatre quinzaines. Je te rembourserai...

— Rien. Je ne te demande rien. Occupe-toi seulement de toi. Crois-tu que tu aies progressé ?

— Je me suis enrichi. Pas financièrement, oh non.

— Il y a cinq ans que tu dis cela. Et ta santé ? Tu es maigre, si la grand-mère te voyait...

— Elle ne me voit pas, et c'est ça qui est bon. Je ne retournerai plus jamais là-bas. Et puis, on fait des choses ici.

— Coller des affiches, ça te satisfait ?

— Ne t'occupe pas de tout ça ! cria-t-il avec impatience. Ne t'occupe pas de moi.

Il me tendit l'assiette garnie de fruits.

— Tiens, mange et tais-toi, me dit-il doucement.

— Ce travail de contrôle, tu es sûr que je pourrai le faire ?

— Tu essaies. Si tu ne peux pas, tu cesses.

— Tu m'accompagneras demain ?

J'avais vraiment peur.

Le trajet n'en finissait pas. Nous avions pris l'autobus porte de la Chapelle et nous descendîmes porte de Choisy.

La journée commençait claire et pure. Une allégresse communicative fusait de chacun des arbres du boulevard Masséna où les oiseaux se réveillaient.

J'avais mis un grand soin à me coiffer et le résultat me satisfaisait.

— Salut, salut, salut, disait mon frère à ceux qui lui tendaient la main.

Nous étions devant un immense mur et d'immenses portes de fer.

— Toi, mets-toi là.

— Mais, Lucien, ne me laisse pas seule.

— Attends-moi cinq minutes.

Je me tassai dans l'angle de la porte et les hommes et les femmes qui passaient devant moi ne me remarquèrent pas. Le soleil montait ; pas plus gros qu'une orange, il dépassait les toits face à l'usine.

Lucien revint accompagné d'un homme grand, carré, droit et souriant.

— C'est Gilles, le contremaître.

Il me serra la main fermement.

— Eh bien, vous allez attendre huit heures quelque part et vous vous présenterez ici.

Il désigna une porte vitrée marquée « Embauche ».

— Vous direz que Monsieur Gilles est au courant. Je confirmerai. Ils vont s'occuper de vos papiers, vous passerez une visite et ils vous conduiront à l'atelier 76. C'est la chaîne, insista-t-il. Lucien vous l'a dit ?

— Oui, monsieur.

— Bon, eh bien, à tout à l'heure.

— Et s'ils ne m'acceptent pas ?

Il éclata de rire.

— Il fallait dire « ... et si je n'accepte pas. » Ils vous prendront. A tout à l'heure.

Lucien revint vers moi.

— Ne t'en fais pas, dit-il.

— Ça va très bien.

Je me sentais véritablement bien. Gilles, Lucien...

On s'occupait beaucoup de moi. J'avais quarante-cinq minutes à attendre. Je pris une rue transversale, au hasard. Elle aboutissait à un grand terrain vague au fond duquel s'élevaient plusieurs immeubles neufs.

A huit heures moins le quart, je revins au bureau d'embauche. Quelques hommes, des étrangers pour la plupart, attendaient déjà. Ils me regardèrent curieusement. A huit heures, un gardien à casquette ouvrit la porte et la referma vivement derrière lui.

— Qu'est-ce que tu veux ? demanda-t-il à l'un des hommes qui s'appuyaient contre le mur.

— Pour l'embauche.

— Il n'y a pas d'embauche, dit-il en secouant la tête. Rien.

— Ah oui ?

Sceptique, l'homme ne bougea pas.

— On n'embauche pas, répéta le gardien.

Les hommes remuèrent un peu les jambes, mais restèrent devant la porte.

— C'est marqué sur le journal, dit quelqu'un.

Le gardien s'approcha et lui cria dans la figure :

— Tu sais lire, écrire, compter ?

Ils commencèrent à s'écarter de la porte, lentement, comme à regret. L'un d'eux parlait, en arabe sans doute, et le nom Citroën revenait souvent. Alors, ils se dispersèrent et franchirent le portail.

— C'est pour quoi ? questionna le gardien en se tournant vers moi.

Il me regarda des cheveux aux chaussures.

— Je dois m'inscrire. Monsieur Gilles..

— C'est pour l'embauche ?

— Oui, dis-je intimidée.

— Allez-y.

Et il m'ouvrit la porte vitrée.

Dans le bureau, quatre femmes écrivaient. Je fus interrogée : j'expliquai. Une des femmes téléphona, me fit asseoir et je commençai à remplir les papiers qu'elle me tendit.

— Vous savez que ce n'est pas pour les bureaux, dit-elle, quand elle lut ma fiche.

— Oui, oui.

— Bien. Vous sortez, vous traversez la rue, c'est la porte en face marquée « Service social », deuxième étage, contrôle médical pour la visite.

Dans la salle d'attente, nous étions cinq, quatre hommes et moi. Une grande pancarte disait « Défense de fumer » et c'était imprimé, en dessous, en lettres arabes. L'attente dura deux heures. A la fin, l'un des hommes assis près de moi alluma une cigarette. Le docteur arriva, suivi d'une secrétaire qui tenait nos fiches. La visite était rapide. Le docteur interrogeait, la secrétaire notait les réponses. Il me posa des questions gênantes, n'insista pas quand il vit ma rougeur et me dit de lui montrer mes jambes, car j'allais travailler debout. « La radio », annonça la secrétaire. En retirant mon tricot je défis ma coiffure, mais il n'y avait pas de glace pour la rajuster. L'Algérien qui me précédait se fit rappeler à l'ordre par le docteur. Il bougeait devant l'appareil.

— Tu t'appelles comment ? Répète ? C'est bien compliqué à dire. Tu t'appelles Mohammed ? et il se mit à rire. Tous les Arabes s'appellent Mohammed. Ça va, bon pour le service. Au suivant. Ah, c'est une suivante...

Quand il eut terminé, il me prit à part.

— Pourquoi n'avez-vous pas demandé un emploi dans les bureaux ? Vous savez où vous allez ? Vous allez à la chaîne, avec tout un tas d'étranger, beaucoup d'Algériens. Vous ne pourrez pas y rester. Vous êtes trop bien pour ça. Voyez l'assistante et ce qu'elle peut faire pour vous.

Le gardien nous attendait. Il lut nos fiches. La mienne portait : atelier 76. Nous montâmes par un énorme ascenseur jusqu'au deuxième étage. Là, une femme, qui triait de petites pièces, interpella le gardien.

— Il y en a beaucoup aujourd'hui ?

— Cinq, dit-il.

Je la fixai et j'aurais aimé qu'elle me sourît. Mais elle regardait à travers moi.

— Ici, c'est vous, me dit le gardien.

Gilles venait vers nous. Il portait une blouse blanche et me fit signe de le suivre. Un ronflement me parvenait et je commençai à trembler. Gilles ouvrit le battant d'une lourde porte et me laissa le passage. Je m'arrêtai et le regardai. Il dit quelque chose, mais je ne pouvais plus l'entendre, j'étais dans l'atelier 76.

Les machines, les marteaux, les outils, les moteurs de la chaîne, les scies mêlaient leurs bruits infernaux et ce vacarme insupportable, fait de grondements, de sifflements, de sons aigus, déchirants pour l'oreille, me sembla tellement inhumain que je crus qu'il s'agissait d'un accident, que, ces bruits ne s'accordant pas ensemble, certains allaient cesser. Gilles vit mon étonnement.

— C'est le bruit ! cria-t-il dans mon oreille.

Il n'en paraissait pas gêné. L'atelier 76 était immense. Nous avançâmes, enjambant des chariots et des caisses, et quand nous arrivâmes devant les rangées des machines où travaillaient un grand nombre d'hommes, un hurlement s'éleva, se prolongea, repris, me sembla-t-il, par tous les ouvriers de l'atelier.

Gilles sourit et se pencha vers moi.

— N'ayez pas peur. C'est pour vous. Chaque fois qu'une femme rentre ici, c'est comme ça.

Je baissai la tête et marchai, accompagnée par cette espèce de « ah » rugissant qui s'élevait maintenant de partout.

A ma droite, un serpent de voitures avançait lentement, mais je n'osais regarder.

— Attendez, cria Gilles.

Il pénétra dans une cage vitrée construite au milieu de l'atelier et ressortit très vite, accompagné d'un homme jeune et impeccablement propre.

— Monsieur Bernier, votre chef d'équipe.

— C'est la sœur de Letellier ! hurla-t-il.

L'homme me fit un signe de tête.

— Avez-vous une blouse ?

Je fis non.

— Allez quand même au vestiaire. Bernier vous y conduira, vous déposerez votre manteau. Seulement, vous allez vous salir. Vous n'avez pas non plus de sandales ?

Il parut contrarié.

Pendant que nous parlions, les cris avaient cessé. Ils reprirent quand je passai en compagnie de Bernier. Je m'appliquai à regarder devant moi.

— Ils en ont pour trois jours, me souffla Bernier.

Le gardien avait sur lui la clé du vestiaire. C'était toujours fermé, à cause des vols, m'expliqua Bernier. J'y posai à la hâte mon manteau et mon sac. Le vestiaire était noir, éclairé seulement par deux lucarnes grillagées. Il baignait dans une odeur d'urine et d'artichaut.

Nous rentrâmes. Bernier me conduisit tout au fond de l'atelier, dans la partie qui donnait sur le boulevard, éclairée par de larges carreaux peints en blancs et grattés à certains endroits, par les ouvriers sans doute.

— C'est la chaîne, dit Bernier avec fierté.

Il me fit grimper sur une sorte de banc fait de lattes de bois. Des voitures passaient lentement et des hommes s'affairaient à l'intérieur. Je compris que Bernier me parlait. Je n'entendais pas et je m'excusai.

— Ce n'est rien, dit-il, vous vous habituerez. Seulement, vous allez vous salir.

Il appela un homme qui vint près de nous.

— Voilà, c'est mademoiselle Letellier, la sœur du grand qui est là-bas. Tu la prends avec toi au contrôle pendant deux ou trois jours.

— Ah bon ? C'est les femmes, maintenant, qui vont contrôler ?

De mauvais gré, il me fit signe de le suivre et nous traversâmes la chaîne entre deux voitures. Il y avait peu d'espace. Déséquilibrée par le mouvement, je trébuchai et me retins à lui. Il grogna. Il n'était plus très jeune et portait des lunettes.

— On va remonter un peu la chaîne, dit-il.

Elle descendait sinueusement, en pente douce, portant sur son ventre des voitures bien amarrées dans lesquelles entraient et sortaient des hommes pressés. Le bruit, le mouvement, la trépidation des lattes de bois, les allées et venues des hommes, l'odeur d'essence, m'étourdirent et me suffoquèrent.

—.Je m'appelle Daubat. Et vous c'est comment déjà ? Ah oui, Letellier.

— Vous connaissez mon frère ?

— Évidemment je le connais. C'est le grand là-bas. Regardez.

Il me tira vers la gauche et tendit son doigt en direction des machines.

La chaîne dominait l'atelier. Nous étions dans son commencement ; elle finissait très loin de là, après avoir fait le tour de l'immense atelier. De l'autre côté de l'allée étaient les machines sur lesquelles travaillaient beaucoup d'hommes. Daubat me désigna une silhouette, la tête recouverte d'un béret, un masque protégeant les yeux, vêtue d'un treillis, tenant d'une main enveloppée de chiffons une sorte de pistolet à peinture dont il envoyait un jet sur de petites pièces. C'était Lucien. De ma place, à demi cachée par les voitures qui passaient, je regardai attentivement les hommes qui travaillaient dans cette partie-là. Certains badigeonnaient, d'autres tapaient sur des pièces qu'ils accrochaient ensuite à un filin. La pièce parvenait au suivant. C'était l'endroit le plus sale de l'atelier. Les hommes, vêtus de bleus tachés, avaient le visage barbouillé. Lucien ne me voyait pas. Daubat m'appela et je le rejoignis. Il me tendit une plaque de métal sur laquelle était posé un carton.

— Je vous passe un crayon. Vous venez ?

Il remonta vers le haut de la chaîne. Je le suivais comme une ombre, car je sentais beaucoup d'yeux posés sur moi et m'efforçais de ne fixer que des objets. Je m'appliquais aussi à poser convenablement mes pieds en biais sur les lattes du banc. Il fallait grimper et descendre. Daubat prit mon bras et me fit entrer dans une voiture.

— Vous regardez ici.

Il me montrait le tableau de bord en tissu plastique.

— S'il y a des défauts, vous les notez. Voyez ? Là, c'est mal tendu. Alors, vous écrivez. Et là ? Voyez.

Il regardait les essuie-glaces.

— Ils y sont. Ça va. Et le pare-soleil ? Aïe, déchiré !

Vous écrivez : pare-soleil déchiré. Ah, mais il faut aller vite, regardez où nous sommes.

Il sauta de la voiture et me fit sauter avec lui. Nous étions loin de l'endroit où nous avions pris la voiture.

— On ne pourra pas faire la suivante, dit-il, découragé. Je le dirai à Gilles, tant pis. Essayons celle-là.

Nous recommençâmes. Il allait vite. Il disait « là et là » ; « là un pli », « là manque un rétro », ou « rétro mal posé ». Je ne comprenais pas.

Pendant quelques minutes, je me réfugiai dans la pensée de ne pas revenir le lendemain. Je ne me voyais pas monter, descendre de la chaîne, entrer dans la voiture, voir tout en quelques minutes, écrire, sauter, courir à la suivante, monter, sauter, voir, écrire.

— Vous avez compris ? demanda Daubat.

— Un peu.

— C'est pas un peu qu'il faut, dit-il en secouant la tête. Moi, je ne comprends pas pourquoi ils font faire ça par des femmes. Mais il faut que je voie Gilles. Si ça continue, ma prime va sauter. J'ai laissé passer trois voitures.

Nous montâmes plus haut sur la chaîne.

— Là, c'est bon, dit Daubat.

Dans la voiture où nous étions, il y avait cinq hommes. L'un vissait, l'autre clouait un bourrelet autour de la portière, les autres rembourraient le tableau de bord.

— Alors, dit Daubat, vous êtes en retard !

Il les poussa. Les hommes, d'ailleurs, s'étaient arrêtés et me regardaient.

— C'est des femmes maintenant ? dit l'un.

— Oui, et après ? Travaille, t'as déjà une voiture de retard.

Celui qui avait parlé — c'était un Arabe — rit et s'adressa aux autres dans sa langue.

Maintenant, nous étions sept dans cette carcasse, accroupis sur la tôle, car tapis et sièges n'étaient installés que beaucoup plus tard.

— Ça commence ? demanda Daubat.

— Oui, je crois.

— La prochaine, vous la faites seule. Je suis derrière vous.

En trébuchant, ce qui fit rire un des garçons, je sortis de la voiture et attendis la suivante. Ma feuille à la main, appuyée sur la portière pour garder l'équilibre, j'essayai de voir. Mon bras touchait le dos d'un homme qui clouait. Quand je me penchai vers le tableau de bord, je faillis dégringoler sur l'ouvrier qui s'apprêtait à visser le rétroviseur. Il sourit et m'aida à me redresser. Je sortis promptement et ne vis pas Daubat. Il fallait marquer quelque chose. Je ne pouvais pas poser ma feuille blanche sur la plage arrière — on disait plage, je venais de l'apprendre. Je marquai, au hasard : « rétroviseur manque » parce que j'avais vu Daubat marquer cela sur chaque feuille. Mais ensuite, que faire ? Sans Daubat, j'étais perdue. Il descendit de la voiture qui arrivait devant moi.

— Alors, ça va ? Vous prenez l'autre, derrière, dit-il.

Il alla vers la voiture précédente et lut ma feuille. Je me concentrai sur la nouvelle voiture. Je vis des plis au plafond et marquai « plis ». Un homme était près de moi et me touchait. Je le regardai sévèrement et puis je compris qu'il me demandait de lui laisser le passage. Je n'avais pas entendu.

Quelqu'un entra dans la voiture. Je me retournai.

C'était Gilles. Il me donna des explications rapides, mais beaucoup de ses paroles m'échappèrent.

— Ça va être l'heure, dit-il.

Ô délivrance... Ne pas revenir l'après-midi.

Déjà les hommes abandonnaient le travail et s'essuyaient les mains. Je me demandais où j'irais pendant cette heure. Quand la sonnerie se fit entendre, tous les ouvriers se précipitèrent en courant vers la sortie. Daubat m'avait rejoint lorsque Lucien s'approcha de moi.

— Comment tu t'en sors ?

Je regardai Daubat qui apprécia.

— C'est le début. Elle aura du mal à s'y faire. D'autant qu'avec les ratons c'est pas facile. Si vous signalez leur mauvais travail, ils vous font des histoires. Mais je suis là. S'il y en a un qui vous embête, vous me le dites. Seulement, c'est pas un travail de femme, je l'ai déjà dit à Gilles.

— Oui, fit Lucien rêveusement. Tu manges où ?

— Je ne sais pas. Et toi ?

— A la cantine. Tu veux des tickets ? Je peux t'en prêter.

— Je prends mon manteau.

— Si tu veux, mais fais vite. Je t'attends.

Je rentrai dans le vestiaire où quelques femmes, assises sur les bancs, bavardaient en mangeant. Elles me dévisagèrent. Je les saluai et ressortis.

Lucien ne disait rien. Moi non plus. « C'est dur, je suis fatiguée »... C'était dérisoire. Qu'est-ce que ça pouvait signifier ?

L'air du dehors fit lever des désirs plus aigus que la faim.

— Excuse-moi, dis-je à Lucien. Je préfère marcher, il fait trop beau.

— Quel soleil ! dit-il. Je vais faire comme toi. C'est
ça, on va marcher.

Nous traversâmes côté soleil. Des ouvriers passaient
avec des bouteilles et des pains.

— Ceux-là mangent dans l'usine. Des Algériens
surtout, à cause du porc qu'on sert à la cantine.

Il tourna sur le boulevard en direction de la porte
d'Italie. Nous trouvâmes un banc et nous nous assîmes
côte à côte. Nous avions le soleil dans le dos. Mes
jambes tremblaient et je n'avais travaillé que deux
heures. Il faudrait recommencer pendant quatre heures et demie. Lucien s'était affalé, les jambes étendues
en avant, les bras en croix sur le dossier, la tête en
arrière.

— Alors, la vérité ? dit-il à voix basse. Tu crois que
tu tiendras le coup ?

— Je tiendrai.

Au soleil et au repos, c'était simple à affirmer.

— Tu n'as pas eu peur quand les types ont crié ce
matin ?

— Non, pas peur. — Je mentais. — Mais pourquoi
font-ils cela ?

Il se redressa et replia ses jambes.

— A travailler comme ça, on retourne à l'état
animal. Des bestiaux qui voient la femelle. On crie.
C'est l'expression animale de leur plaisir. Ils ne sont
pas méchants. Un peu collants avec les femmes parce
qu'ils en manquent.

— Je suis quand même effrayée par ce que j'ai vu.

— Qu'est-ce que tu as vu ? Tu n'as rien vu du tout.
Si tu tiens le coup, si tu restes, tu découvriras d'autres
choses.

— Mais toi, Lucien, penses-tu rester longtemps ?

— Ah ça, dit-il, je n'en sais rien. Il fallait que j'y

passe, que je voie. Mais quelquefois, je crains de lâcher. Je ne peux rien manger, je suis intoxiqué par la peinture. Et les autres autour, quelle déception...

— Et Henri ?

— Mais quoi, Henri ? Tu me parles toujours de lui. Que veux-tu qu'il fasse ? Quand ses examens seront terminés il aura une brillante situation et puis voilà.

— Il n'a rien pu faire pour toi ?

— Ce n'est pas ça le problème, dit-il agacé.

Je n'insistai pas.

— Viens, on va quand même manger quelque chose.

Nous nous dirigeâmes vers la porte d'Italie. Certains ouvriers, quand ils passaient près de nous, faisaient un clin d'œil à Lucien.

— Mais c'est l'été !

— Oh oui, j'ai soif, dis-je.

Nous restâmes à la terrasse d'un café. Lucien portait son bleu crasseux et je n'avais pas pris le temps de me laver les mains. Quelle importance... C'était la pause, il fallait récupérer.

Mon frère demanda un sandwich que nous partageâmes. Il but deux demis. Le soleil nous léchait. L'air frais lavait nos poumons. La joie de vivre semblait suspendue dans ce ciel d'automne pur et clair.

— Tu vois, la vie de l'ouvrier, elle commence à l'instant où finit le travail. Comme il faut bien dormir un peu, ça ne fait pas beaucoup d'heures à vivre.

Il se leva et s'étira.

— Et puis, laisse tomber, dit-il d'un air dégoûté. Ça ne vaut pas la peine de persévérer. Qu'est-ce que tu veux que ça t'apporte ?

Je lui demandai encore une fois pourquoi il ne lâchait pas lui-même.

— Et vivre ? Avec quoi ? Qu'est-ce que tu veux que je fasse d'autre ? Si je n'étais pas un salaud complet, il faudrait envoyer un peu d'argent... là-bas. Et vivre ici.

Cette conversation m'avait plongée dans une grande tristesse. Je repris sans courage le chemin de l'atelier.

Devant la porte de l'usine où quelques hommes attendaient le signal, assis par terre ou debout appuyés au mur, j'eus droit aux sifflets et appels. Dans l'atelier, je réussis à passer inaperçue. La sonnerie n'avait pas encore retenti, et les hommes, dispersés çà et là, fumaient. J'avançai entre les caisses, les piliers et les machines. Je m'égarai et me retrouvai devant un groupe de trois hommes qui discutaient. Daubat me reconnut et m'interpella.

— C'est ma petite élève, dit-il aux autres. Venez voir ici.

Il me prit par l'épaule.

— C'est la sœur du grand brun, Lucien.

Tous trois avaient à peu près le même âge. Leurs bleus étaient soignés, reprisés, presque propres.

Daubat les présenta :

— Ça, c'est notre régleur.

Celui-ci retira son mégot et cracha un brin de tabac.

— Oui, c'est moi.

— Et ça, c'est le seul professionnel de l'atelier.

Il était plus gras que les deux autres et montrait, dans des joues rondes, deux boules bleues pétillantes.

— On est, me confia-t-il, les trois seuls Français du secteur. Vous vous rendez compte. Rien que des étrangers. Des Al-gé-riens. Des Marocains, des Espagnols, des Yougoslaves.

— Votre frère les aime bien, dit le régleur amèrement.

— Lucien aime tout le monde.

— Il a tort. Ça lui jouera un sale tour. On ne peut pas travailler avec ces gens-là. Enfin, s'ils vous embêtent, nous sommes là.

— Et Gilles ? dit le gros.

— Gilles, il n'est pas sûr.

Daubat me manifestait une gentillesse qui contrastait avec sa mauvaise humeur du matin.

— Il faut se soutenir entre nous.

Et il tapa sur l'épaule du régleur.

— Ça va sonner, dit celui-ci.

Je regagnai ma place en longeant les voitures où dormaient quelques ouvriers. Certains s'étaient couchés à même le sol, sur des journaux étalés.

— Regardez ça, dit Daubat.

Il me montrait un corps enroulé à la manière des chats et couché sur un tas de laine de verre. Pour l'avoir frôlée le matin, je savais que son contact provoquait d'insupportables grattements.

— Vous croyez que ce sont des hommes ? Ils ont de la corne à la place de peau.

La sonnerie secoua tout le monde. Ceux qui dormaient s'étirèrent lentement.

Je repris la plaque, le crayon et la feuille, et je recommençai. Gilles arriva et me dit qu'il allait contrôler trois voitures avec moi pour me montrer comment il fallait faire.

Je l'écoutai avec application. Il allait vite, découvrait au premier coup d'œil le défaut ou l'oubli.

— Voyez.

Je répétais oui. Je commençais à comprendre, mais j'aurais voulu qu'il m'expliquât ce qui se passait avant que la voiture arrivât jusqu'à moi.

— Mademoiselle Letellier, j'essaierai de faire ça un jour, j'espère bien. Mais, voyez-vous, ici, il est difficile d'expliquer. Si je m'arrête, les voitures passent, toute la chaîne est retardée.

— Alors, interrogea Daubat après son départ, le « patron » vous a expliqué ?

— Oui. Il est formidable. Il voit le défaut tout de suite.

— C'est normal, hein, un chef...

Son visage avait une expression ironique.

— Vite, dit-il, on n'a pas le temps.

Je l'avais contrarié. Il finit par se dérider quand le régleur qui passait lui cria quelque chose à propos de son élève. Ça lui donnait de l'importance.

— Quelle heure est-il ? demandai-je.

— Trois heures. Vous êtes fatiguée ?

— Non, non, ça va.

— Regardez-moi ça !

Daubat me tira vers la voiture et me montra les pare-soleil. Au-dessus de la charnière, le tissu, trop tendu, avait éclaté.

— Ils vont trop vite. Pour s'avancer, ils font dix voitures à la file, n'importe comment, pour s'asseoir et aller fumer une cigarette dans les cabinets. Celui-là surtout.

Il me montra le dos rond d'un homme accroupi devant les fenêtres.

— Eh toi, viens voir un peu ici ce que tu as fait.

Le dos ne bougea pas.

— Notez, notez, me dit Daubat. Tant pis pour sa prime. De toute façon, ils ne restent pas. Autrefois, c'étaient des professionnels qui faisaient ça ; trois voitures à l'heure. Maintenant, sept. Écrivez, couleur plage arrière non conforme.

J'aurais voulu m'arrêter, demander la permission de souffler un peu. Les jambes dures comme du bois, rouillées aux articulations, je descendais moins vite. Et quand je grimpais dans une voiture derrière Daubat, je me dépêchais de m'accroupir quelques secondes. Il s'aperçut que je ne suivais pas très bien.

— Reposez-vous. Ensuite, vous me remplacerez et j'irai en fumer une.

Rien n'était prévu pour s'asseoir. Je me tassai entre deux petits fûts d'essence. Là, je ne gênerais personne. La fatigue me coupait des autres et de ce qui se passait autour de moi. Les moteurs de la chaîne grondaient sur quatre temps, comme une musique. Le plus aigu était le troisième. Il pénétrait par les tempes telle une aiguille, montait jusqu'au cerveau où il éclatait. Et ses éclats vous retombaient en gerbes au-dessus des sourcils, et, à l'arrière, sur la nuque.

— Mademoiselle ? A vous.

Daubat me tendit sa plaque.

— Allez-y, je reviens. Attention aux pare-soleil.

Grimper, enjamber, m'accroupir, regarder à droite, à gauche, derrière, au-dessus, voir du premier coup d'œil ce qui n'est pas conforme, examiner attentivement les contours, les angles, les creux, passer la main sur les bourrelets des portières, écrire, poser la feuille, enjamber, descendre, courir, grimper, enjamber, m'accroupir dans la voiture suivante, recommencer sept fois par heure.

Je laissai filer beaucoup de voitures. Daubat me dit que cela ne faisait rien puisqu'il était avec moi pour deux ou trois jours. Gilles le lui avait confirmé.

— Ensuite, ils me mettront à la fabrication.

Sur son poignet, je voyais les aiguilles de sa grosse montre. Encore une heure et demie...

Quand il resta moins d'une heure à travailler, je retrouvai des forces et je contrôlai très bien deux voitures à la suite. Mais l'élan se brisa à la troisième. Au dernier quart d'heure, je n'arrivais plus à articuler les mots pour signaler à Daubat ce qui me paraissait non conforme. Certains ouvriers nettoyaient leurs mains au fût d'essence qui se trouvait là.

— Ceux-là, me dit Daubat, ils arrêtent toujours avant l'heure.

Je les enviai.

Nous contrôlâmes jusqu'à la fin et, quand la sonnerie se fit entendre, Daubat rangea posément nos plaques dans un casier, près de la fenêtre.

Une joie intense me posséda. C'était fini. Je me mis à poser des questions à Daubat, sans même prêter attention à ce qu'il me répondait. Je voulais surtout quitter l'atelier en sa compagnie, j'avais peur de passer seule au milieu de tous les hommes.

Dans le vestiaire, les femmes étaient déjà prêtes. Elles parlaient fort, et, dans ma joie de sortir, je leur fis à toutes de larges sourires.

A six heures, il reste encore un peu de jour, mais les lampadaires des boulevards brûlent déjà. J'avance lentement, respirant à fond l'air de la rue comme pour y retrouver une vague odeur de mer. Je vais rentrer, m'étendre, glisser le traversin sous mes chevilles. Me coucher… J'achèterai n'importe quoi, des fruits, du pain, et le journal. Il y a déjà trente personnes devant moi qui attendent le même autobus. Certains ne s'arrêtent pas, d'autres prennent deux voyageurs et repartent. Quand je serai dans le refuge, je pourrai m'adosser, ce sera moins fatigant. Sur la plate-forme de l'autobus, coincée entre des hommes, je ne vois que des vestes, des épaules, et je me laisse un peu aller contre les dos moelleux. Les secousses de l'autobus me font penser à la chaîne. On avance à son rythme. J'ai mal aux jambes, au dos, à la tête. Mon corps est devenu immense, ma tête énorme, mes jambes démesurées et mon cerveau minuscule. Deux étages encore et voici le lit. Je me délivre de mes vêtements. C'est bon. Se laver, ai-je toujours dit à Lucien, ça délasse, ça tonifie, ça débarbouille l'âme. Pourtant, ce soir, je cède au premier désir, me coucher. Je me laverai tout à l'heure. Allongée, je souffre moins des jambes. Je les regarde, et je vois sous la peau de petits tressaillements nerveux. Je laisse tomber le journal et je vois mes bas, leur talon noir qui me rappelle le roulement de la chaîne. Demain, je les laverai. Ce soir, j'ai trop mal. Et sommeil.

Et puis je me réveille, la lumière brûle, je suis sur le lit ; à côté de moi sont restées deux peaux de bananes. Je ne dormirai plus. En somnolant, je rêverai que je suis sur la chaîne ; j'entendrai le bruit des moteurs, je sentirai dans mes jambes le tremblement de la fatigue, j'imaginerai que je trébuche, que je dérape et je m'éveillerai en sursaut.

Le vendeur installait encore son étalage quand j'achetai le journal. Il accrochait un quinquet à la bâche qui lui servait de toit. Le F.L.N. et ses collecteurs occupaient trois colonnes. On en arrêtait chaque jour. Ils resurgissaient. On demandait des mesures exceptionnelles. Dans l'autobus, autour de moi, il y avait beaucoup d'Algériens. Étaient-ils du F.L.N. ? Tuaient-ils la nuit ?

J'aimais la longueur du trajet. Il y avait parfois d'agréables paysages, des aperçus du Bois de Vincennes, des fenêtres éclairées face aux arbres, derrière lesquelles j'imaginais des odeurs de café et de savons parfumés. Je finissais de me réveiller en route.

Au vestiaire, j'arrivai parmi les premières. Les autres femmes ne me parlaient pas encore. Et pourtant, une fille jeune, entrée après moi, avait pénétré déjà dans leur intimité.

J'avais apporté une vieille blouse, assez longue, enveloppante, qui me préservait des taches et de la poussière.

C'était le quatrième jour, et je commençais à regarder au-delà de moi et de ma fatigue. Je découvrais que les bras et les pieds qui remuaient autour de moi appartenaient à des hommes et que ces hommes avaient aussi des visages.

J'arrivai dans l'allée — en avance pour éviter le « hou » des hommes — et je vis un jeune garçon qui fabriquait une pancarte. Quand il eut terminé, il la posa sur les bourrelets pendus à un crochet, les snapons, dit-on ici.

En passant je lus :

NE TU SE PAS.

La sonnerie s'était fait entendre. Il manquait beaucoup d'ouvriers. L'odeur écœurante des moteurs qui chauffaient se mêlait à celle de l'essence. Il fallait surmonter la nausée et dérouiller ses jambes. Le garçon à la pancarte prit quelques snapons sur son épaule et grimpa dans une voiture. Il les posait aux deux portières avant. Il était menu, petit, avec, dans un visage huileux, l'œil noir et rond d'un animal curieux. Il me regarda avec sévérité. Machinalement, je lui dis bonjour. Il s'arrêta de clouer.

— Vous dites bonjour aujourd'hui ? Et pourquoi pas hier ?

Étonnée, je ne répondis pas. Je n'avais jamais pensé à dire bonjour ou au revoir. Il haussa les épaules. Il n'était pas beau. Je voulus me justifier.

— Excusez-moi, dis-je.

Mais il avait déjà terminé et courait vers la voiture suivante. D'autres entrèrent, clouèrent, vissèrent, sortirent. Personne ne me salua.

Daubat vint vers moi.

— Alors, toute seule aujourd'hui ? Ça ira ! Je viendrai vous voir tout à l'heure.

Il était gentil avec moi. Je lui plaisais, j'étais sérieuse, je ne riais pas avec les hommes, je me tenais à l'écart.

Quand il quitta la voiture, le petit cloueur cracha de côté d'un air de dégoût. Je compris tout à coup qu'il avait pu prendre mon silence pour quelque réflexe raciste et je m'approchai de lui.

— Excusez-moi, dis-je.

Il se retourna.

— Quoi ? Qu'est-ce que c'est, madame ? demanda-t-il avec impatience.

Je dis plus fort :

— Excusez-moi, je n'osais pas dire bonjour.

— Vous ne connaissez pas la politesse ? dit-il en se penchant vers moi. Alors, pourquoi vous dites bonjour aux chefs ?

— Excusez-moi, dis-je pour la troisième fois.

Il cessa de clouer.

— Pardon madame, dit-il cérémonieusement. Vous me laissez passer s'il vous plaît ?

Je le sentais hostile et j'en étais mécontente. Il se dirigea vers les snapons suspendus où était toujours la pancarte et interpella un homme qui s'approchait. J'aurais voulu suivre la scène, mais la voiture m'emportait, il me fallait descendre et prendre la suivante.

Je le retrouvai un peu plus tard et lui adressai un sourire.

— Pourquoi vous vous foutez de moi ? demanda-t-il avec colère.

Je me détournai et me promis de l'éviter.

Nous nous observâmes pendant toute la matinée et sous son regard, j'évitai de laisser transparaître ma fatigue et mon affolement quand je ne voyais pas le défaut.

Il arrêta son travail à midi vingt, rangea ses outils, nettoya ses mains à l'essence et attendit la sonnerie.

A la demie, il courut vers la porte et je le perdis de vue.

Je ne déjeunais pas à la cantine. Lucien m'avait dit : « Ça te déplaira, et puis, il n'y a que des hommes. A ma table, c'est complet. »

J'emportais quelques provisions que je mangeais dans le vestiaire et je marchais ensuite un court moment autour de l'usine. Ma solitude était grande et je la ressentais intensément. A deux heures moins le quart, je rentrais et rejoignais l'atelier et ma place, prenant bien soin de ne pas déranger ceux qui dormaient.

Près des fûts d'essence, il y avait une pierre saillante, et je l'avais découverte avec délices. C'est là que je me reposais et que je me faisais oublier.

Mon ennemi du matin m'y découvrit. Il s'approcha de moi.

— Vous êtes la sœur de Lucien ?

— Mais oui.

— Je croyais que vous étiez sa femme. Pourquoi, reprit-il, l'œil inquisiteur, vous portez votre blouse si longue ? Les autres femmes, c'est pas comme ça.

Stupéfaite, je le regardai. Il était déjà reparti. Chacun maintenant gagnait son poste. La chaîne allait se mettre en marche. A chaque reprise du travail, je me demandais : « Est-ce que je tiendrai ? » Aucun temps n'était prévu pour le repos, pour le besoin le plus naturel. Les hommes réussissaient à souffler un peu, en trichant, mais moi je n'y arrivais pas encore. La voiture était là, et puis l'autre et l'autre.

Le garçon aux snapons m'aborda une fois encore. Il s'était assis sur le rebord de la portière, et quand la voiture arriva à ma hauteur, il glissa vers moi en disant :

— Pourquoi vous vous arrêtez pas un peu ?

Toujours du même ton fâché, et sans attendre que je lui réponde.

De temps en temps, Daubat faisait un saut jusqu'à moi. J'étais devenue sa protégée, son élève.

— J'aimerais, lui dis-je, voir comment se fabrique une voiture. Pourquoi n'amène-t-on pas les nouveaux visiter chaque atelier, pour comprendre ?

— Attention, vous avez laissé passer un pli, ici. Pourquoi ?

— Oui. Pourquoi ? On ne comprend rien au travail que l'on fait. Si on voyait par où passe la voiture, d'où elle vient, où elle va, on pourrait s'intéresser, prendre conscience du sens de ses efforts.

Il se recula, sortit ses lunettes, les essuya et les remit.

— Et la production ? Vous vous rendez compte si on faisait visiter l'usine à tous les nouveaux ? Avouez, dit-il en riant, c'est encore des idées à votre frère ! Attention, la voiture.

Il sauta dans l'allée.

Attention, attention. Tous disaient ce mot du matin au soir.

— Vous travailliez où avant ?

C'était le poseur de snapons. Il penchait sa tête sur l'épaule qui supportait les bourrelets.

— J'habitais la province.

Il se retourna pour clouer.

— Pourquoi avez-vous mis cette pancarte sur vos bourrelets ?

— Comment ?

Je répétai ma question.

— Pour que personne les touche. Je prépare à l'avance. Les pointes dedans. Regardez.

Il me montra. Alors je traduisis le sens de l'écriteau : NE TOUCHEZ PAS.

Un élan de sympathie me poussa vers lui.

— Quel est votre nom ?

— Pourquoi ? dit-il, étonné.

Et il sauta.

Je le retrouvai dans la voiture d'après. Il tapait fort et descendit quand j'arrivai. Il m'attendait dans la troisième et me dit :

— Je m'appelle Mustapha. Et vous, c'est comment ?

— Élise.

— Élise ? C'est français ?

A cinq heures, quand s'allument les grandes lampes, toutes mes forces s'échappèrent. Un engourdissement dangereux détruisait tout effort de pensée. Une idée dominante, fixe, obsédante me possédait : m'asseoir, m'étendre. Depuis quatre jours, quand j'arrivais dans ma chambre après neuf heures de chaîne, une heure d'autobus, dix heures de station debout, je me jetais sur le lit et faire l'effort de me laver m'était douloureux. J'avais commencé par négliger mes chaussures. Je ne les frottais plus. Les premiers jours, je me dégoûtai. Mais, insensiblement, je glissai vers l'habitude. Je feuilletais les journaux sans les lire. Un soir, pourtant, je passai une heure et demie à raccourcir ma blouse et à me confectionner une ceinture dans l'ourlet coupé. J'espérais que mon corps s'habituerait à la fatigue, et la fatigue s'accumulait dans mon corps.

Ce soir-là, Lucien était venu me dire, avant la sortie : « Passe chez nous, viens dîner. »

Anna m'ouvrit. Elle était belle. Elle avait dû passer l'après-midi à se mettre en scène. Couché sur le lit, Lucien se souleva :

— Et voici la camarade Élise, ouvrière de choc aux usines...

— Tais-toi, Lucien, ou je m'en vais.

— Ne te fâche pas, dit-il.

Il s'étira, descendit du lit et s'approcha de moi.

— Sans blague, ça va ?

Nous discutâmes du travail, et pour la première fois, il s'intéressa à ce que je disais. Anna s'était assise sur le lit et nous écoutait. Je parlai à Lucien de Mustapha. Il le connaissait, il avait travaillé à la chaîne avec lui. Mustapha avait dix-neuf ans, me dit-il. C'était le plus jeune de la chaîne. Le plus terrible aussi.

— On a frappé, dit Anna.

Lucien alla ouvrir. Henri entra.

— Toi, dit-il à Lucien en guise de bonsoir, je te retiens. Deux mois sans rien dire. Élise, vous êtes là ? Je ne le savais même pas. Bonsoir. Salut, Anna. Tu ne peux pas écrire, venir ?

— Non, mon vieux, dit Lucien calmement. Je travaille, je n'ai plus le temps.

— Enfin...

Il quitta son imper et le posa sur le lit. Nous étions tous un peu gênés, lui pas. Il commença à parler avec mon frère de livres, de conférences, de théâtre.

— Et toi, dit-il, qu'est-ce que tu fais ?

Lucien lui détailla fièrement ses activités nocturnes,

le nombre d'affiches collées, les slogans peints sur les murs. Henri gardait le silence.

— Voilà, dit-il après un moment. Tu es satisfait. Toute ton ardeur, tes idées généreuses, tes possibilités, tu n'as pas trouvé mieux que de les employer à coller des affiches. Je t'écoute depuis un moment. C'est un sport pour toi, un jeu de cache-cache avec les flics. C'est efficace de barbouiller les murs ?

— Sûrement moins que d'écrire des livres ou de faire jouer des pièces interdites, ou d'organiser des conférences. Mais que veux-tu, ces choses-là ne sont pas dans mes cordes. Moi, ce qui me reste, c'est le barbouillage. Plus tard, quand la guerre sera finie, on se souviendra de vous, tandis que les colleurs d'affiches...

— Couche-toi donc la nuit au lieu de courir les rues un pot de colle à la main. Tu n'as plus que la peau et les os !

Lucien blêmissait. Henri l'avait atteint.

— Tu es devenu ouvriériste, je te l'ai déjà dit, il n'y a pas moyen de discuter, acheva Henri. Et il se tourna vers moi :

— Et Paris, Élise ?

Nous dîmes des banalités. Où étaient les soirées de chez nous, dans les odeurs de soupe et de sauce à l'ail, les cris de la rue et de la cour ? Qu'est-ce qui avait chaviré ? Anna remplaçait Marie-Louise, moi j'étais toujours là. Mais ce n'était plus le temps des désirs. Nous étions dans la vie, « dans le coup », disait Henri. Nous étions passés sur la scène. Mon frère se dérida quand même. Henri et lui sortirent ensemble, comme autrefois, mais je devinai qu'ils poursuivraient dehors leur controverse.

— Que pensez-vous d'Henri ? demandai-je à Anna.

— Beaucoup de choses contradictoires.

Ses cheveux cachaient la moitié de son visage. Je l'enviai de savoir être belle.

— Ah soupirai-je, je vais me coucher. Déjà dix heures. Ça ne fait pas beaucoup à dormir. Comment Lucien tient-il le coup ?

Elle me sourit. Ça m'agaçait, ce parti pris d'éviter les conversations. « Fuyante, sournoise, menteuse, fausse, fausse. » Je l'imaginai à la chaîne avec ses longs cheveux. Plairait-elle à Mustapha ? Moi aussi j'avais les cheveux longs. J'aurais voulu que Mustapha le sût, ce petit singe malingre, méchant, qui m'avait demandé :

« Pourquoi portez-vous votre blouse si longue ? »

Apercevoir l'horizon entre les têtes et les cols relevés, par les vitres de l'autobus, suivre la descente du brouillard. Des lectures scolaires me revenaient à propos du brouillard. La mélancolie. Je voyais une tête penchée appuyée sur une main.

J'avais cinquante minutes d'irréalité. Je m'enfermais pour cinquante minutes avec des phrases, des mots, des images. Un lambeau de brume, une déchirure du ciel les exhumaient de ma mémoire. Pendant cinquante minutes, je me dérobais. La vraie vie, mon frère, je te retiens ! Cinquante minutes de douceur qui n'est que rêve. Mortel réveil, porte de Choisy. Une odeur d'usine avant même d'y pénétrer. Trois minutes de vestiaire et des heures de chaîne. La chaîne, ô le mot juste... Attachés à nos places. Sans comprendre et sans voir. Et dépendant les uns des autres. Mais la fraternité, ce sera pour tout à l'heure. Je rêve à l'automne, à la chasse, aux chiens fous. Lucien appelle cet état : la romanesquerie. Seulement, lui, il a Anna ; entre la graisse et le cambouis, la peinture au goudron et la sueur fétide, se glisse l'espérance faite amour, faite chair... Autrefois, il y a quelques mois, était Dieu. Ici, je le cherche, c'est donc que je l'ai perdu. L'approche des êtres m'a éloignée de lui. Un grand feu invisible. Tant d'êtres nouveaux sont entrés dans mon champ et si vite; le feu a éclaté en mille langues et je me suis mise à aimer les êtres.

Mustapha sifflotait. J'avais craint qu'il ne remarquât ma blouse raccourcie et surtout mes cheveux. Ils étaient simplement attachés sur la nuque par la ceinture quadrillée de la blouse. Mustapha était songeur. Il travaillait vite, trop vite, j'avais déjà noté trois bourrelets mal posés.

J'examinais une plage arrière quand quelqu'un entra dans la voiture. Mustapha poussa un cri de joie et lâcha son marteau. Un homme, dont je n'aperçus que le dos, s'accroupit auprès de lui. Ils s'embrassèrent. Mustapha riait, claquait des mains. La voiture les emporta tandis qu'ils bavardaient.

Que faire? Fallait-il lui rappeler le travail qui l'attendait? Devais-je noter « manque snapon, manque... »?

J'allai vers un des ouvriers, qui, plus haut, posait les tableaux de bord. Je tapotai son bras. Il se retourna et me sourit.

— Prévenez votre camarade, dis-je. Il a laissé partir quatre voitures. Je ne voudrais pas qu'il ait des ennuis.

Il haussa les épaules.

— Laissez-le. C'est un fainéant.

Un qui travaillait près de lui s'était penché pour écouter.

— Qui? cria-t-il à l'autre qui lui répondit en arabe en désignant Mustapha.

Il posa son outil et courut vers la voiture.

Je repris ma place. Peu à peu, les muscles s'habituaient. Mais je rêvais encore la nuit de chaînes gigantesques que j'escaladais.

Mustapha m'interpella.

— Qu'est-ce qu'il y a ?

— Je voulais vous prévenir, dis-je. Vous avez laissé partir quatre voitures.

— Ça ne vous regarde pas.

Il était mécontent et fit le geste d'écrire.

— Vous marquez, c'est tout.

L'homme l'avait rejoint. Je me détournai, mais je sentis qu'ils parlaient de moi et je n'osai bouger.

Ils s'écartèrent de la portière. Je descendis et m'arrêtai quelques secondes. Une soif subite me vint. Les successives émotions, la timidité, les moqueries de Mustapha se concrétisèrent dans ce désir brutal. Il restait environ trois heures avant la pause. J'allai m'appuyer au mur. Mustapha passait justement. Ses bourrelets autour du cou, il ressemblait à un charmeur de serpents. L'homme lui tenait encore compagnie. De profil, il était sec et quand il parlait, ses joues se creusaient sous les pommettes. Il y avait, sous ses épais sourcils, un feu noir allongé qui était son regard. Il souriait et s'appuyait d'une main à l'épaule de Mustapha.

Il fallait que je sorte. Ça n'allait pas. L'odeur de l'essence faisait autour de moi comme des ronds de fumée qui montaient jusqu'à ma bouche. J'avais laissé filer plusieurs voitures. Comment sortir ? Je pensai à Daubat. Il était quelque part vers le haut de la chaîne. Longeant l'allée je l'aperçus qui tendait le plastique, aidé par deux garçons. Il me vit et s'étonna.

— Je suis malade, dis-je. Pouvez-vous me remplacer un moment?

Il me considéra les yeux ronds.

— Vous avez laissé les voitures?

— Je suis malade.

— Ah la la la la!

Il me semblait que j'étais l'objet de tous les regards. J'eus peur. Être malade n'était pas si simple. Ça n'était pas prévu. J'aurais voulu retourner à ma place. Être un rouage qui ne se détraque jamais donnait un sentiment de sécurité; mais se mettre en travers, devenir un estomac sensible, une tête lourde...

— Mon petit, dit Daubat — et il me serrait le bras —, sortez. Vous êtes comme un cadavre. Ah, les femmes à la chaîne! En passant, avertissez le chef d'équipe. Il mettra quelqu'un. Moi, voyez, je ne peux pas bouger. Ça va trop vite. Saïd, appela-t-il, conduis-la à Bernier.

Bernier était assis sur un haut tabouret, devant un pupitre qui atteignait presque son menton. Vêtu d'une blouse trop longue et dont il avait roulé les manches, il paraissait frêle. Son visage au nez retroussé, aux petits yeux ronds et enfoncés, était naturellement rieur. Il semblait toujours content. Quelquefois, d'un grand coup de gueule, il rappelait sa fonction à des hommes qui ne le respectaient guère. Mais ses cris tenaient du jappement, ils n'intimidaient personne. Par contre, il tremblait dès que Gilles l'interpellait.

— Bon, dit-il quand j'eus expliqué. Bon, bon. Il cherchait ce qu'il convenait de faire.

— Eh bien oui. Je vais vous donner un bon de sortie pour l'infirmerie. Voilà. Un quart d'heure, ça suffit? Il est huit heures cinquante, jusqu'à neuf heures quinze.

Et, ajouta-t-il tristement, je vais vous remplacer moi-même.

Il posa son porte-plume. Il composait des pancartes en gothique : FREINS — LAINE DE VERRE — TIRETTES N° 2.

— Où est l'infirmerie ? s'il vous plaît.

— De l'autre côté de la rue. Mais...

Il descendit de son tabouret et choisit minutieusement un crayon.

— Mais vous ne sortez pas, vous passez par le souterrain.

Je ne connaissais pas le souterrain.

— Vous vous débrouillerez en bas, dit-il, agacé.

Le copain de Mustapha s'approcha à ce moment-là du pupitre.

— Salut, Rezki, lui cria Bernier. Alors, tu es revenu ?

— Oui, je vais porter mes papiers au contrôle médical.

— Tiens, amène-la à l'infirmerie, dit Bernier vivement.

Je pris le bon qu'il me tendait et je suivis l'homme appelé Rezki. Quand nous arrivâmes près de la porte, une clameur nous accueillit.

« Hou, hou », hurlaient les hommes. Celui qui m'accompagnait s'arrêta et s'approcha d'eux. Ils étaient une dizaine, Africains noirs et Algériens qui nous conspuaient bruyamment. J'avançai de quelques pas et me trouvai à la hauteur de mon guide. Il leur cria quelque chose dans sa langue et me poussa vers la porte. Quand elle nous eut séparés du vacarme de l'atelier, il me dit doucement : « Excusez-les. » Puis il ajouta, comme Lucien :

— L'usine, ça rend sauvages.

Ensuite, il ne m'adressa plus la parole et parut m'oublier. Je le suivis dans le souterrain reliant les deux parties de l'usine.

— Vous êtes là depuis quand ? demanda-t-il lorsque nous regagnâmes l'air du dehors.

— Depuis neuf jours.

Il me montra l'escalier qui conduisait à l'infirmerie et continua son chemin vers les bureaux.

C'était une petite pièce, claire et bien chauffée. Devant un fourneau à gaz se tenait une vieille femme en blouse blanche.

— Qu'est-ce que c'est ? demanda-t-elle.

— Je me sens mal, j'ai des nausées.

— Vous êtes enceinte ?

Je répondis non avec indignation.

— Asseyez-vous.

Elle prit avec douceur mon poignet, et quand ce fut fini, revint vers le fourneau. Elle souleva la bouilloire, choisit un verre sur une planche et le posa sur la table, devant moi. Je vis qu'elle portait des pantoufles bordées de fourrure.

— Voilà, mon petit. Vous allez boire doucement.

C'était une tisane. Je savourai l'instant. On s'occupait de moi, on me préparait une tisane. L'infirmerie tiède, ensoleillée, où il y avait des objets humains, la bouilloire, la vapeur en spirales, un évier carrelé de blanc, des verres, me fit prendre en horreur le monde disproportionné de l'atelier, la chaîne, les piliers métalliques et l'odeur d'essence chaude. « Je ne resterai pas. Encore cinq jours, la paye, et je pars. »

La vieille femme regarda l'heure.

— Je signe votre bon, mon petit. Quand vous vous sentirez mieux, vous partirez.

Je bus doucement en soufflant à petite bouche sur la

tisane. Mes doigts se réchauffaient au contact du verre. Le téléphone sonna. L'infirmière se dirigea vers l'appareil accroché au mur. Tandis qu'elle parlait, sa main dénichait dans sa coiffure une épingle dont elle se gratta l'intérieur de l'oreille. Ce geste, la grand-mère l'avait souvent.

La tiédeur, la lumière, les carreaux disparurent. Mes lettres mensongères, et les siennes, écrites par quelque pensionnaire à qui elle les dictait, ses accusations, ses malédictions et la prière finale : « Viens me chercher ! » Je répondais : « Patience, ici, je gagne de l'argent. A mon retour, je ferai tout repeindre et je t'achèterai la radio. »

Quelqu'un frappa à la porte. Elle posa le récepteur et cria : « Entrez. »

— Encore toi, dit-elle à l'homme qui apparut.

Il était petit, le teint bien cuit et la chevelure frisée.

— Qu'est-ce que tu vas me raconter ?

— C'est la gorge, dit l'homme.

— Oui. Assieds-toi. Et attention à mes flacons en passant.

Je me levai, remerciai et sortis. Les grands braillards étaient occupés. Ils m'aperçurent trop tard. Leurs cris m'arrivèrent, assourdis, quand je me trouvais déjà loin d'eux.

— Ça va pas ? demanda Mustapha quand il me vit.

— Ça va mieux.

— Comment ? dit-il en tendant l'oreille.

— Ça va mieux ! criai-je.

Le régleur qui passait me regarda sévèrement. Je grimpai sur la chaîne. Bernier m'aperçut et vint me réclamer le bon.

— Ça va ?

Je secouai la tête. C'était vrai. Ça allait mieux. Ma

place, mon petit carré d'univers dans lequel j'avais déjà des points de repère, ce qu'on appelle des habitudes, me donnait la sensation rassurante du terrier, du gîte, du refuge.

Vers dix heures, il y eut un déménagement. Le copain de Mustapha arriva et Bernier appela celui des ouvriers qui vissait les rétroviseurs. C'était un étranger. Mustapha l'appelait « le Magire ». Daubat m'avait dit « un Hongrois », et Gilles avait précisé « un Magyar ». Il ne parlait pas le français et travaillait sans un mot, sautant d'une voiture à l'autre avec une sorte d'acharnement. A imaginer la solitude de cet être sans contact avec rien, pas même celui, rude mais réel, d'une grossièreté que l'on se jette entre hommes, je me jugeais privilégiée.

Bernier jeta un coup d'œil dans la voiture où je me trouvais.

— Rezki ! appela-t-il.

Il saisit mon bras et me dit à l'oreille :

— C'est lui maintenant qui va poser les rétros.

Il se mit à rire. Il ressemblait à un joyeux petit cochon.

— Rezki, cria-t-il, méfie-toi, elle voit tout.

— Elle voit tout en combien de minutes ? demanda l'autre froidement.

Bernier lâcha mon bras et descendit. L'Algérien vissa rapidement et, sans me regarder, quitta la voiture. Je l'observai pendant toute cette matinée. Il travaillait vite et bien. Nous ne nous trouvâmes jamais ensemble. Il avait pris de l'avance et je le cherchai des yeux sans le voir. Mustapha traînait, oubliait une voiture, courait vers le haut de la chaîne en jurant. Parfois il me faisait un signe et rattrapait la voiture où il posait son bourrelet en quelques secondes.

Je fis confiance à sa précipitation et je ne notai rien
Dans une voiture où je le rencontrai, je lui demandai
l'heure. Il posa son marteau et me montra ses dix
doigts écartés, puis deux doigts encore. Midi ; encore
une demi-heure. Mustapha avait posé sa boîte sous le
tableau de bord et fumait béatement. C'était interdit. Il
avait fermé les yeux. Je m'approchai de lui.

— Votre copain travaille vite.

— Arezki ? dit-il d'une voix endormie.

— Il s'appelle Arezki ? J'avais entendu Rezki.

— C'est la même chose.

Il tira sur sa cigarette et fit mine de se lever.

— Allez, me dit-il. Vous allez perdre votre prime.

Je courus à la voiture suivante. J'en descendais
quand Arezki arriva et chercha le bidon d'essence pour
nettoyer ses mains. Il prit une grosse boule de laine de
verre, en fit un tampon et le passa à son voisin.

— Bon appétit, vint me dire Mustapha.

Mon appétit est bon. Je mange au vestiaire où coule
un unique robinet, goutte à goutte. Quelquefois,
impatiente, je mange sans me laver les mains. Je tombe
sur le banc. Quand j'aurai mangé, je me coucherai,
mon manteau roulé en oreiller sous la tête. Un plaisir
charnel, celui du repos.

L'après-midi, Gilles vint me voir. C'était une joie de
regarder son beau visage de militant de banlieue.
Résolu, dur et clair, son regard droit vous traversait. Il
me fit un petit signe discret et nous nous mîmes à
l'écart.

— Mademoiselle Letellier, que s'est-il passé ? On a
trouvé onze voitures où manquaient les snapons, et ce
n'était pas signalé. Bon, allez, ajouta-t-il en me poussant vers la voiture qui arrivait. Contrôlez vite et venez
me le dire.

Je grimpai et regardai machinalement. Il m'observait. Les défauts s'évanouissaient à mon approche et, quand je me tournais à demi, ils réapparaissaient. D'une grosse écriture tremblée, je marquai n'importe quoi, et je revins vers lui.

— Ce matin, j'ai eu un bon pour l'infirmerie.

— Oui, je sais, mais Bernier vous a remplacée. Non, c'est après, vers la fin de la matinée.

Je gardai le silence. Il n'avait pas de colère dans le regard. La voiture suivante approchait.

— Allez.

Je contrôlai, et, quand je descendis, il reprit :

— Écoutez, mademoiselle Letellier, vous êtes ici pour contrôler LEUR travail.

Il appuya sur *leur*.

— Ils sont ici pour le faire. J'aurais aimé en parler avec vous comme je l'ai fait avec votre frère. Malheureusement, ce n'est guère possible. Allez.

J'allai, j'inspectai, je descendis.

— Ici, il n'y a pas de conversation possible. Le soir, je suis pris, j'ai d'autres occupations. Allez.

En contrôlant, je pensai à la coupure du repas de midi. Je le lui dis en descendant. Il secoua la tête et me dit non, Lucien m'expliquerait pourquoi.

— Ça ne fait rien, dit-il.

Et il me souhaita bon courage.

— Mais, ajouta-t-il, faites bien votre travail. Il est dur, je le sais, et, je suis contre les cadences actuelles. Il y a des moyens pour changer certaines choses. Vous me comprenez ?

Il me quitta et appela Mustapha. Je montai dans la voiture que celui-ci venait de quitter. Arezki s'y trouvait. Il me regarda avec la plus complète indifférence.

C'était amer, froid, décourageant, ces contacts sans suite, ces phrases jetées au hasard, ces sympathies mort-nées. Rivés à la chaîne comme des outils. Outils nous-mêmes.

J'allais descendre ; Mustapha m'arrêta. Il semblait mécontent.

— C'est pas la peine de ne pas marquer quand je laisse le travail. Après, le contremaître vous dispute, et peut-être il vous fiche à la porte. Et pour moi, ça change rien.

Ses doigts firent le geste d'écrire.

— Marquez !

Arezki s'était retourné. Il questionna et Mustapha fit de grands gestes pour s'expliquer. Je les laissai ensemble.

Malgré la fatigue, je m'appliquai. Mais la remarque de Gilles me brûlait. Comme Mustapha, il croyait à quelque geste charitable, et l'un comme l'autre, ils étaient mécontents. Mais que faire ? Être dure, comme Daubat ?

« Il faut que je voie Lucien, que j'aie une conversation avec lui. Je lui dirai tout. La fatigue, le bruit qui nous isole les uns des autres, la crasse entre mes doigts que je ne prends plus la peine de gratter, la pudeur qui part en lambeaux. »

— Attention ! cria quelqu'un près de moi.

Je me retournai vivement. C'était Daubat.

— Je voulais vous faire peur, dit-il en éclatant de rire. Alors ? Ça va mieux ?

Il m'inspirait une sorte de respect et il le devinait. Flatté, il se sentait des obligations envers moi, venait au vol m'encourager, me questionner. Précieuses secondes qu'il aurait pu conserver pour son repos, pour griller une cigarette. Son accent parisien m'en chantait.

— Je vous laisse, dit-il. Faut pas nous mettre en retard. Et n'ayez pas peur. Marquez tout.

Son regard cherchait Mustapha.

— Soixante-douze. Encore trois.

Mustapha n'était plus là déjà. Il se préparait à sortir cinq minutes à l'avance. Je laissai la dernière voiture glisser à l'avant sans la contrôler. La chaîne allait s'arrêter, elle n'irait pas plus loin. Il me fallait voir Lucien et je me précipitai au premier bruit de sonnerie.

Il descendait lentement ; je saisis son bras.

— Je voudrais te parler, Lucien. Tu peux me recevoir, ce soir ?

— Ce soir ? Il y a le meeting, ce n'est pas possible. Mais tu peux venir avec nous. On n'est jamais trop nombreux. C'est pour la paix en Algérie. Rue de la Grange-aux-Belles. Tu connais ?

— Comment veux-tu que je connaisse ?

Il me proposa de l'accompagner. Anna l'attendait à la porte de la Chapelle.

— Est-ce que ça finit tard ? Il faut se lever demain...

— Alors, on ne ferait jamais rien !

— C'est d'accord, attends-moi.

— Oui, mais presse-toi. Tu me trouveras à l'arrêt du bus.

Je fis vite. Les cheveux, les mains, ça irait comme ça. Un meeting, c'était la foule. Un meeting. Le mot m'excitait.

La fatigue s'était roulée en boule quelque part dans mon corps. Sournoise, elle attendait son heure. Les jambes souples, je courus allégrement vers l'autobus.

Mon frère m'attendait.

— Tu n'as pas des copains ou des filles que tu aurais pu emmener ? me demanda-t-il.

Sa question me parut stupide.

— Tu comprends, il faut faire nombre. Mais les gens se dégonflent, ils n'ont pas le temps.

— Ils sont fatigués, dis-je.

Lucien haussa les épaules. Dans le bus, je me faufilai derrière lui, mais une bousculade nous sépara et je me retrouvai à l'avant, près du chauffeur.

Le spectacle était féerique. Nous roulions lentement sur le boulevard Masséna et, descendant la côte avant le pont National, nous avions devant nous des dizaines de voitures semblables à des comètes laissant derrière elles d'éblouissantes traînées. Tout un faisceau de fils entrelacés, rouges et jaunes, illuminait le pont, et les tours des cités cubiques, qui bornaient à droite ce tableau, étaient percées irrégulièrement de lumières carrées.

Mais après la Porte Dorée, nous retombâmes dans la plaine et la féerie cessa. Lucien, maintenant, était près de moi. Sa main tenait la barre métallique et je voyais, par endroits, la peau qui avait éclaté et des traces de mercurochrome ; ses phalanges boursouflées et plissées lui faisaient une main de vieux.

De sa main, je remontai jusqu'au visage. A la dérobée, je guettai son regard. Ses yeux avaient le même luisant et je me demandai tout à coup s'il lui arrivait de penser à Marie, à sa femme. Et s'il y pensait, comment le supportait-il ?

— C'est là.

Nous descendîmes. Anna s'abritait dans le refuge. Elle remarqua mes cheveux noués par la ceinture quadrillée. Lucien parla de prendre le métro. Je marchai un pas en arrière. Sous les néons multicolores

Anna paraissait belle, mais sa mise était négligée. L'argent devait manquer. Ses escarpins déformés lui faisaient de vilains pieds. Ils avaient tous deux l'aspect flottant de ces sortes de « nature boys », citoyens du monde, non violents, qui font sourire les gens. Ils vous donnaient envie de les protéger. Mais je savais combien ils pouvaient être impitoyables.

Lucien sifflotait en descendant les escaliers du métro.

— Tu as un ticket ?

Je n'en avais pas. Anna me tendit le sien en souriant. Ses yeux étaient jaunes et doux.

A Stalingrad, nous changeâmes de direction. Sur un banc, une vieille clocharde rassemblait quatre sacs bourrés dont un garni de journaux. Nous l'observâmes. Sa tête enveloppée dans plusieurs châles finit par s'appuyer contre le distributeur de bonbons. Mais elle s'en écarta brusquement et recula. Était-ce le contact froid du métal, était-ce son image aperçue soudain ? Mais se voyait-elle encore, et se voyait-elle comme nous la voyions ?

Lucien se mit à rire.

— Tu vois ? dit-il à Anna. Ça, c'est toi dans trente ans.

Anna ne rit pas. Elle considéra la femme et approuva.

— Oui, un jour, je serai comme ça.

Lucien avait voulu plaisanter. Mais le ton grave d'Anna éteignit nos sourires. Elle détaillait la femme comme si elle voyait son avenir.

Le métro arriva, nous montâmes silencieusement et j'oubliai de lire le nom des gares. J'imaginai Anna, après Lucien, après un autre, après d'autres, vieille tout à coup, les mains aussi vides qu'aujourd'hui. Sa nature un peu fœtale et la société la repousseraient tout doucement vers la lisière d'où elle était venue. Personne ne parla jusqu'à la sortie du métro.

— C'est, m'expliqua Lucien, à l'occasion de la mort d'un jeune, en Algérie. Si on pouvait être cinq cents...

Nous étions trente. Attendant qu'il vînt plus de monde, quelques hommes discutaient autour de l'estrade servant de tribune.

Anna s'était assise au bout d'un banc et j'allai la rejoindre.

— Il n'y aura pas beaucoup de monde, me dit-elle.

— Vous avez déjà assisté à des meetings ?

— Oui, bien sûr. Pas vous ?

— C'est la première fois que mon frère m'y emmène. Vous ne trouvez pas, lui dis-je, profitant de notre tête-à-tête, que Lucien a mauvaise mine ?

— Je n'ai pas vraiment remarqué.

Elle se leva. Ma question lui déplaisait. Elle y voyait des reproches indirects que je n'y avais pas mis. Je n'arrivais à me faire comprendre ni des uns ni des autres. Pour celle-là aussi, j'étais une espèce de sœur charitable. Son beau dédain de la santé, du repos, de la nourriture, j'aurais voulu l'avoir.

Un des hommes présents, qui tenait à la main plusieurs feuilles de papier, monta sur l'estrade, face à nous. Il n'y avait ni micro ni table, et les lampes éclairaient mal.

— Camarades, commença-t-il.

Tout le monde se rassembla devant l'estrade. Je me retournai. Nous formions quelques rangs clairsemés.

— Camarades, samedi dernier, la famille de Jean Poinsot apprenait qu'il venait d'être tué en Algérie. Jean était un jeune travailleur de chez Lavalette et il

112

habitait le quartier. Dans une de ses dernières lettres, il exprimait l'espoir de bientôt rentrer en France.

« En cette douloureuse occasion, les sections syndicales C.G.T., les unions locales du quartier prennent part à la peine de cette famille devant cette jeune vie fauchée par la guerre. »

Nous applaudîmes.

L'orateur toussa et reprit d'une voix plus claire :

— La guerre d'Algérie doit cesser au plus vite !

Tout le monde cria et applaudit très fort.

— Travailleurs du dixième, de votre union dépendent pour une grande part l'établissement de la paix, la réconciliation de nos deux peuples.

Que faisait Mustapha le soir ? Que penserait-il s'il me voyait ici ?

Il y eut encore deux discours. Le dernier orateur, ayant détaillé l'auditoire, nous parla sans élever la voix. Il nous dit que le petit nombre de participants ne devait pas nous décourager ; que la mort de ce jeune ouvrier impressionnerait les travailleurs, qu'elle ne serait pas inutile s'ils s'unissaient pour exiger la paix.

Quand nous sortîmes, nous trouvâmes une dizaine de policiers plantés jusqu'en haut de la rue. Nous croyant plus nombreux, les flics cherchaient s'il ne venait personne après nous. Lucien serra quelques mains et nous restâmes à quatre dans la nuit du quai de Jemmapes. Le garçon qui nous accompagnait proposa d'aller boire un verre. Il nous conduisit dans un bar tranquille, il connaissait bien le quartier.

— Sandwiches ?

— Oui.

— Oui.

Enfin, nous allions manger. Personne jusque-là n'avait paru s'en préoccuper. Lucien et son compagnon discutaient ensemble avec une grande animation. On nous apporta des bières mousseuses et le pain arriva peu après.

La bière me rendit loquace.

— Celle-là! soupira Lucien. Il se tourna vers son voisin : elle a mis vingt-huit ans à se réveiller; maintenant elle veut aller plus vite que tout le monde.

— Je persiste à m'indigner qu'on n'ait fait aucune allusion aux principales victimes, les Algériens, la population là-bas et les émigrés ici.

— Mais, coupa le garçon, ce qui compte, c'est de secouer les gens. Vous voulez les secouer avec les souffrances des Algériens ? Il faut leur parler de ce qui leur est sensible. Un petit jeune qui tombe en Algérie, ça va faire du bruit; demain, le même sort les attend, eux ou leur fils, leur frère. La sensibilité parisienne est un phénomène de courte durée. On peut soulever toute la ville pour secourir les clochards si les clochards sont à la mode, on peut aussi la soulever contre une guerre, une injustice, mais la vague retombe vite. Entre deux vagues, il faut laisser aux gens le temps de vivre.

Il y avait un danger, fit remarquer Lucien. Cela pouvait exciter la haine, provoquer un désir de vengeance.

— Regardez, dit le garçon.

Il avait pris un journal qui traînait sur la banquette. En première page, un croquis encadré en gras représentait des silhouettes d'hommes assis autour d'une table, et, de dos, ligoté et bâillonné, gardé par deux porteurs d'armes, un homme encore. De chaque tête partait un pointillé blanc qui aboutissait à la note explicative.

— Juge.

— Condamné.

— Tueur.

— Juré.

Et la légende disait en lettres épaisses et hautes :

« Condamné à mort par le tribunal du F.L.N., cet homme va être exécuté devant ses juges. »

Le dessin était impressionnant. Dans la page intérieure, on pouvait encore lire :

« En plein Paris, on tue dans des caves. »

— Ils y vont fort entre eux, tu ne crois pas ?

— C'est leur affaire, dit Lucien. Diriger un mouvement clandestin au cœur même de l'ennemi, ça oblige à des méthodes...

— Oui, approuva notre compagnon. La révolution ne se fait pas en gants blancs ; mais la population leur est totalement hostile.

Avec la bière, la fatigue s'était réveillée et répandue dans tout mon corps jusqu'au bout de mes doigts. Lucien parla de payer, l'autre protesta ; enfin nous nous levâmes et il nous accompagna jusqu'au métro. Lucien et moi, nous avions sommeil. Mon frère me demanda si ça marchait à la chaîne, si je tenais le coup.

— Ah, lui demandais-je, veux-tu m'expliquer ce qu'a voulu dire Gilles.

Et je lui racontai.

— Pourquoi il ne veut pas discuter à midi, dehors ou dans l'usine ? C'est simple. Si on vous voyait vous isoler ensemble, tous diraient que Gilles te court après, ou que tu lui cours après. Ça le gênerait, et toi aussi.

— Ici ? A Paris ? Des ouvriers penseraient ça ?

— Eh oui, qu'est-ce que tu crois ?

Nous marchâmes vite. Le brouillard s'étendait.

— Te voilà arrivée.

J'avais encore cent mètres à parcourir. Je me couchai

rapidement. Il était près de minuit. Le réveil sonnerait à cinq heures ; la nuit serait courte.

Je poussai la porte de l'atelier. Quelqu'un m'interpella. Je me retournai. Le régleur écrasait par terre sa cigarette inachevée. Il était accompagné d'un ouvrier que j'avais vu quelquefois passer dans notre allée.

— Salut, me dit-il. Vous êtes la nouvelle ?

— Elle est quand même là depuis une quinzaine, fit remarquer le régleur.

— C'est le onzième jour, dis-je.

— Je suis le délégué syndical.

— Ça m'intéresse.

Et je lui fis un grand sourire.

— Vous m'écrirez votre nom et demain je vous ferai passer la carte et le timbre.

— Faut-il régler tout de suite ?

Il se mit à rire.

— A la paye, si ça vous arrange. Vous venez d'où ?

— J'étais en province.

Les hommes arrivaient. Nous avançâmes. Je lui parlai de mon frère. Il me dit qu'il le connaissait, que c'était un coriace.

Daubat, qui arrivait, me donna une tape amicale sur l'épaule.

— Bonjour, la demoiselle... Un conseil. Vous êtes gentille tout plein et sérieuse, bien comme il faut. N'allez pas vous mettre dans les pattes d'un syndicat. Et ne parlez pas trop avec les Algériens. Bonne journée !

Les moteurs se mirent en marche et le grand serpent mécanique recommença à nous dévorer. J'entrai dans une voiture. Arezki, le camarade de Mustapha, vissait déjà. Il se tourna vers moi.

— Je viens de poser le rétro dans la voiture d'avant.

Si vous l'avez contrôlée hier au soir, vous ne l'aurez pas trouvé.

— C'est vrai. Merci.

Arezki travaillait très vite et s'arrêtait de temps en temps. Ce matin-là, il cherchait Mustapha des yeux. Je m'inquiétai aussi et le croquis du journal me revint en mémoire. L'avait-on fait descendre dans une cave ? Y faisait-il descendre les autres ?

Je regardai tour à tour chacun des hommes qui travaillaient autour de moi. Arezki avait un visage grave, il parlait peu.

Enfin surgit Mustapha. Il n'était pas déshabillé. Il portait un pardessus à gros chevrons noirs et blancs.

— Bonjour, lança-t-il très fort.

Arezki paraissait mécontent.

Le chef d'équipe s'approcha.

— Alors, qu'est-ce que tu fais là ? Qu'est-ce qui t'est arrivé ?

— Je me suis endormi ! cria-t-il.

— File au vestiaire et reviens vite. Tu seras sanctionné. Allez ouste...

— Doucement, dit Mustapha.

Et, très digne, il descendit et se dirigea vers les machines.

Bernier, à contrecœur, se mit à clouer quelques snapons. Les blouses blanches se promenaient à travers l'atelier, il fallait se mettre à couvert, elles pouvaient venir de ce côté-ci.

Mustapha revint et Bernier lui tendit son marteau.

— Tiens. Et ta caisse est dans la voiture. Mais ta prime, elle a sauté.

— Oh, fit Mustapha dédaigneusement, j'attends pas après.

Il portait un gros chandail bleu et blanc ; je ne lui

avais jamais vu de treillis ni de combinaison de travail. Aucun des Algériens qui étaient à la chaîne n'en portait. Ils travaillaient le plus souvent en veston de tweed sur des blue-jeans graisseux. Arezki avait un polo noir dont il relevait les manches.

Mustapha commença de clouer, puis il s'arrêta et m'avertit :

— Attention, il y a le chrono.

— Le chrono ? Qu'est-ce que c'est ?

Il haussa les épaules ; je passai à la voiture suivante sans attendre sa réponse. Il arriva de son pas traînant, poussa le petit Marocain, donna quelques coups de marteau et s'arrêta.

— Et vos cheveux ? Vous les avez remontés ? Vous savez pas ce que c'est, le chrono ? C'est le chrono. Il faut aller doucement.

Il me fit une démonstration, interrompue par Bernier qui me demanda de le suivre.

— Venez voir ce que vous avez laissé passer.

La voiture qu'il me désigna partait tout à l'avant, dans le secteur des serrures. Bernier grimpa, s'accroupit, et me montra une large déchirure dans le tissu au ras du bourrelet gauche.

Je m'excusai.

— Faites attention la prochaine fois. Si ça tombait sous les yeux de Gilles ou d'un chef d'atelier…

Son visage de petit chien jappeur s'accommodait mal d'un propos sérieux.

— Retournez vite là-bas, sinon ils vont tous vous passer sous le nez. Les défauts, s'entend.

Mustapha me guettait. Il m'interrogea.

— J'ai fait des bêtises, dis-je.

— C'est mon travail à moi ?

— Oui.

Il se détourna et parut réfléchir.

— Attendez, s'écria-t-il.

Il me rattrapa, et le doigt pointé vers moi, l'œil grave, le nez froncé par l'effort de réflexion, il m'expliqua :

— C'est la quatrième voiture que je fais depuis ce matin. Il vous a conduit aux serrures ? Alors, cria-t-il, épanoui, c'est lui qui l'a fait.

Il se frottait les mains de plaisir. Cela m'ennuyait. Déçu, Mustapha secoua la tête.

— Vous avez peur du chef ?

Oui, j'avais peur.

Jusqu'à midi nous travaillâmes sans parler. De temps en temps, je m'adossais au mur et je fermais les yeux pendant quelques secondes. Comment Lucien pouvait-il tenir le coup ?

Je restai dans le vestiaire à somnoler sur le banc. Une femme entra et dit qu'il était deux heures moins vingt. J'enfilai mon manteau et descendis. Un café me stimulerait. Quand les moteurs ne tournaient pas et que les hommes étaient partis, j'aimais parcourir les ateliers immenses et regarder les machines en sommeil.

Devant la porte, quand je passai, quelques hommes sifflèrent. Je commençais à m'y habituer. Lucien se tenait là aussi et parlait avec eux. Au grand jour, son visage était gris. Je lui fis un signe de tête. Il me rejoignit.

— Tu vas où ?

— Prendre un café.

— Il paraît que Bernier t'a accrochée ce matin.

— Qui t'a dit ?

— Le petit qui travaille avec toi.

— Mustapha ?

— Oui.

— Il y a cinq mois que je suis là, reprit Lucien. J'ai été à ton poste, à d'autres. Et j'ai compris le système. Que tu partes ou que tu restes, ce que je veux te dire te servira. Trois jours, un mois, peu importe. Ne sois pas humble. Ici, l'humilité est un aveu. Un peu d'insolence mettra les autres à l'aise. Les chefs sont des aboyeurs. Ne leur ôte pas ce plaisir. N'en fais pas trop. Fais-le comme un bon outil, tu n'es pas autre chose. Ne cherche jamais à comprendre ce que tu fais. Ne demande pas à quoi sert ceci ou cela. Tu n'es pas là pour comprendre, mais pour faire des gestes. Quand tu auras pris la cadence, tu deviendras une mécanique bien réglée qui ne verra pas plus loin que le bout de la chaîne. Tu seras classée bonne ouvrière et augmentée de trois francs de l'heure.

— Je n'ai pas l'intention de rester, dis-je en levant la tête.

Nous étions sur le boulevard Masséna. Je cherchai au deuxième étage les carreaux de l'atelier.

— Il est moins dix, pressons-nous.

Nous bûmes en silence et rapidement. Lucien paya. En sortant, il me demanda :

— Tu as des nouvelles ?

— J'en ai eu la semaine dernière.

— Ne donne jamais mon adresse. C'est l'heure, pressons-nous.

J'entendis la sonnerie alors que je m'engageais dans l'escalier.

La chaîne est un grand boa qui se déroule le long des murs. Une immense bouche vomit les carrosseries de l'atelier de peinture, étuve située à l'étage au-dessus qui, par un ascenseur, déverse sept voitures à l'heure. À sa descente, la voiture est habillée de tissu plastique, et, sur le parcours de son lent voyage, successivement parée des phares d'abord, des snapons, du rétroviseur, pare-soleil, tableau de bord, glaces, sièges, portières, serrures.

Gilles me vit quand je passai devant le bureau des chefs. Je le vis aussi, nos regards se croisèrent. Mon retard devait le mécontenter. Et je repris ma plaque, mon crayon et mon contrôle.

Un accord de Mozart surgit de ma mémoire. Lucien l'avait tant rabâché quand il revenait du collège que je l'avais retenu. Mon fredonnement se perdait dans le bruit de la chaîne. J'aurais voulu connaître la symphonie entière pour la soupirer comme une flûte dans le grondement des machines.

Mustapha passa la tête dans l'ouverture arrière.

— Le chrono, le chrono, attention !

Le chrono était là. C'était un homme en blouse grise auprès duquel se tenait le chef d'atelier, chapeau sur la tête selon son habitude. Le chrono avait un gros cahier, deux crayons dans la main et, bien entendu, un énorme chronomètre qu'il tenait dans sa paume ouverte.

Il se planta à mon côté et m'observa. Je m'efforçai de travailler lentement, mais malgré moi, certains de mes gestes étaient vifs, mes doigts bien dressés allaient droit au but. Je traînai en vérifiant le tableau de bord. J'essayai de perdre des secondes. Mais c'était pure naïveté. Le chrono devinait et le chrono ne regardait pas combien de minutes demandait un travail, mais déterminait lui-même un temps à chacun des gestes de l'ouvrier. Son passage était le signal d'un proche changement. Il rangeait son horloge quand Mustapha s'approcha.

— Monsieur, lui cria-t-il, s'il vous plaît, vous avez

l'heure ? L'autre pinça les lèvres et s'éloigna sans répondre.

Le lendemain, Gilles vint nous annoncer les nouvelles décisions. M'était ajouté le contrôle des phares à l'avant et des feux de position à l'arrière. Le Magyar les visserait, Arezki poserait sur le tableau de bord les tirettes du chauffage.

— C'est trop, dit Gilles. Je le leur ai fait observer. Mais je suis le seul à le dire. Vous aurez bientôt des camarades. A partir du quinze, quatre femmes feront le contrôle. Une là, les autres plus bas. Votre frère monte à la peinture.

— Lucien ? Pourquoi ?

— Chef, dit Mustapha qui arrivait, et moi, qu'est-ce que j'ai à faire de plus ?

— Toi, rien, dit Gilles en riant. Mais fais bien ce que tu fais.

Arezki boudait. Il accrocha Gilles et longuement ils discutèrent. Les voitures passaient. Je notai « manque rétro ».

— Tant pis, dit Arezki en reprenant sa place, ma prime est perdue.

Le quatorzième jour, ce fut la paye. Bernier nous apporta les enveloppes. Chacun arrêtait le travail pendant quelques secondes pour en vérifier le montant. Certains allaient protester auprès de Bernier. Il les renvoyait vers le chef d'atelier.

Pourquoi n'ai-je pas abandonné à ce moment-là ? Pris mon compte, comme on dit ? Je n'osais pas réclamer à Lucien l'argent qu'il me devait. Or, une fois retiré le prix de mon voyage, il me serait resté de quoi me nourrir quelques jours. J'avais parlé, dans mes lettres à la grand-mère, d'économies, d'argent gagné, de radio que j'achèterais... Bon, je ferais encore une quinzaine. D'ici là, Lucien me donnerait peut-être quelque chose. J'économiserais...

Je réfléchissais en attendant le bus. La paye que j'avais fourrée au fond de mon sac me décevait. Tant de gestes, si peu d'argent. Je m'écartai de la cohue et marchai sur le boulevard en direction de la place d'Italie. Un taxi déposa une femme. J'arrivai à sa hauteur et lui fis signe de m'attendre.

Merveille, merveille. Affalée sur la banquette, je m'offris la féerie nocturne. J'en eus plein les yeux ; les gerbes lumineuses du pont National, les cheminées d'usine transfigurées par les lueurs de l'horizon. Paris sur la touche de sa banlieue, les fonderies incendiées et les citernes géantes crevant le ciel de nuit, bas, velouté, comme suspendu à hauteur des réverbères. Et tout cela, je le goûtai assise, vautrée, souhaitant dix mille embarras pour que dure la fête.

Le soir, je me déshabillai, me lavai entièrement, cheveux compris, enfilai ma chemise de nuit, un gilet de laine, et m'installai sur le lit. Je ressentis un bien-être total. Je fis des comptes sévères. Ça pour manger, ça pour la chambre, et je cachai cinq mille francs qui seraient les premières économies.

Souvent le matin, saisie par le bruit, reprise par la fatigue, j'avais de violents maux de tête. J'achetai de l'aspirine et je pris l'habitude, vers neuf heures, quand la nuque devenait lourde, d'avaler un cachet. J'achetai aussi un petit flacon de lavande que je respirais de temps en temps. J'avais mis le tout dans un petit carton sur lequel j'avais écrit : É. Letellier, et que j'avais placé à l'écart, dans une encoignure.

Un matin, Arezki posa ses outils et s'en fut au pupitre de Bernier. Il revint peu après et se remit à visser, mais je remarquai son visage contracté. Nous ne parlions jamais ensemble. Mustapha vint me dire :

— Il est malade, il peut pas travailler.

— Qu'il demande à sortir, qu'il aille à l'infirmerie.

— Le chef a dit non.

— Où avez-vous mal ? lui demandai-je directement.

— J'ai mal à la tête. Je ne vois plus les rétros.

Je quittai la voiture et cherchai Bernier. Il venait justement vers nous.

— Monsieur, dis-je, il y a un ouvrier qui est malade. Il ne peut pas travailler.

— Qui ? demanda-t-il avec un joyeux sourire.

— Celui qui pose les rétros. Arezki.

— Ah, et alors ? dit-il amusé.

— Il devrait aller à l'infirmerie.

— Eh oui, ils veulent tous aller à l'infirmerie. Avant, c'était les waters. Ne vous en faites pas pour lui, mademoiselle.

Il tapota ma main.

— Je ne donne plus de bon de sortie. J'ai des ordres. Sauf pour un accident ou si le type tombe par terre. Les autres sont des simulateurs, des tricheurs. Je les connais.

— Mais c'est inhumain.

— Eh doucement, mademoiselle Letellier, dit-il, perdant son bon sourire. Retournez à votre place et ne vous occupez pas de ça.

Je regagnai la chaîne, en colère, bâclai deux contrôles en quelques minutes et cherchai Arezki. Il vissait lentement les tirettes, et Mustapha posait le rétro à sa place.

— Êtes-vous encore malade ?

Mustapha répondit oui.

— Voulez-vous des cachets ? criai-je.

Arezki leva la tête.

— Vous en avez ?

Je lui en apportai deux.

— Les Tunisiens ont du lait, dit Mustapha. Va...

Arezki prit les cachets et descendit de la voiture. Mustapha posa son bourrelet avec quelques pointes seulement, courut à la suivante, vissa le rétro, les tirettes et s'en fut dans l'autre, derrière, pour clouer son snapon. Je vérifiais un tableau de bord quand Arezki se pencha vers moi et me remercia.

— Ça va mieux ?

— Pas encore, mais ça va aller mieux dans un moment.

Il vint un peu plus tard me dire qu'il se sentait soulagé. A midi, il m'apporta un tampon d'essence pour nettoyer mes doigts. Je le remerciai avec émotion. Nous nous dîmes « bon appétit » et « bonsoir, à demain » à la fin de la journée.

Il avait un beau visage sévère qui m'intimidait. Il paraissait moins jeune que les autres.

Le lendemain matin, je trouvai dans mon carton un papier de soie qui enveloppait un croissant. J'appelai Mustapha.

— C'est à vous ?

Il secoua la tête et, comme je ne comprenais pas, il me dit :

— Arezki l'a posé pour vous.

Arezki travaillait plus loin. Selon son habitude, il prenait de l'avance. Lorsque nous nous trouvâmes ensemble, je lui demandai, comme à Mustapha :

— C'est à vous ?

— Non, c'est à vous.

Mustapha qui arrivait me dit :

— C'est pour les cachets d'hier.

— Pour les cachets ? Alors, gardez-le.

— Pour l'amitié, dit Arezki en me regardant.

Je partageai le croissant en trois et leur tendis un morceau à chacun.

— Pas moi, dit Arezki. Je ne mange pas le matin.

— Moi oui, dit Mustapha.

Son œil vorace nous fit rire. Gilles passa la tête par la lunette arrière à ce moment précis. Il me regarda, étonné. Saisie, je ramassai ma plaque et me levai précipitamment. Mais il était déjà reparti. Arezki avait vu ma gêne. Il se remit au travail.

Mustapha quelques minutes plus tard m'interpella.

— Eh, mademoiselle Lise, vous avez encore un cachet ? Lui aussi il a mal à la tête.

Lui, c'était le Magyar. Ils ne parlaient pas la même langue, mais ils faisaient des gestes compréhensibles pour eux seuls.

Le jour suivant, je retrouvai dans mon carton un autre croissant. Mustapha, qui m'avait épiée, m'encouragea.

— Mangez-le.

— C'est toujours... ?

— Oui, dit-il.

En sortant d'une voiture, je croisai Arezki.

— Monsieur..., commençai-je.

Mais il hocha la tête en souriant et ne s'arrêta pas.

Je le retrouvai un peu plus tard ; il discutait avec Mustapha. Ils parlaient en arabe, et j'eus l'impression qu'ils parlaient de moi.

Dans la soirée, alors que je vérifiais les phares d'une voiture, je croisai, en me redressant, le regard d'Arezki accroupi à l'intérieur. Gênés tous deux, nous nous évitâmes, mais le rythme de la chaîne nous rapprocha souvent.

Il m'arrivait, le soir, de faire surgir pour moi seule son visage, et j'y trouvais tant de plaisir que je l'évoquais souvent.

Nous ne nous parlions pas franchement. Mustapha nous servait de prétexte. Nous ne disions jamais vous ou je, mais il, et nous ne parlions que de lui. Notre timidité s'arrangeait de ce procédé. Mustapha faisait, disait tant de folies qu'il y avait toujours matière à conversation. Et puis, que se dire dans le bruit qui obligeait à crier, dans ces perpétuelles montées et descentes d'une voiture à l'autre ?

Chaque matin, je trouvais dans mon carton quelque friandise. Je l'acceptais, songeant au plaisir qu'avait Arezki à l'acheter et à la déposer.

Je partageais avec Mustapha qui attendait avec impatience ce moment.

Daubat vint un matin et accusa Mustapha de déchirer ses pavillons en clouant mal les snapons. Mustapha protesta, cria, puis saisit Daubat par le col de sa veste. Alors Arezki sauta d'une voiture, tira Mustapha en arrière et lui fit lâcher prise.

Ils remontèrent ensemble dans la voiture. Arezki paraissait mécontent. Il accompagna ses propos de gestes de menace envers son camarade.

— Il m'a dit raton !

— Et alors ? demanda Arezki. Tu ne peux pas entendre ça ? Et ton père et ta mère, là-bas, qu'est-ce qu'ils entendent ?

J'intervins pour dire que c'était honteux qu'un ouvrier fût raciste et traitât l'autre de raton.

Arezki se mit à rire et secoua la tête.

— Si tu ne peux pas supporter ça, dit-il à Mustapha, comment supporteras-tu le reste ?

— Il faut en parler au délégué syndical, proposai-je.

Mustapha eut un geste obscène. Mais nous avions perdu trop de temps, et chacun se remit au travail.

— Il va neiger, dit Mustapha.

Il se pencha vers le Magyar.

— Neige !

L'autre leva sa tête couverte d'épais cheveux blonds, très frisés. Son visage boutonneux et rouge disait la misère, la solitude, et je pensai, à cet instant, au bien que devaient lui faire les appels de Mustapha.

Je rentrai dans la voiture d'où Arezki sortait. Il lança, en regardant de côté :

— Aujourd'hui, c'est mon anniversaire.

Je restai surprise quelques secondes et je repris la vérification. Les muscles, au début réfractaires, obéissaient maintenant, mais si un mouvement imprévu changeait l'ordre mécanique, ils grinçaient comme de vieilles poulies. Le bon ouvrier, c'est celui qui contrôle ses gestes et n'en fait aucun d'inutile. Et comme cette rythmique n'a pas été prévue pour la conversation, il faut, pour échanger quelques phrases, précipiter un mouvement ou en sauter un autre. On y arrive quand même, mais en bousculant l'ordre établi et en gênant les camarades. Alors, quand un homme vous jette en descendant de voiture « aujourd'hui, c'est mon anniversaire », on oublie le tableau de bord pour le rattraper à la voiture suivante et lui dire, dans le fracas des marteaux : « bon anniversaire ». Et comme je lui disais cela et qu'il me remerciait d'un sourire, le chahut éclata, si puissant qu'il couvrit les moteurs. Nous nous arrêtâmes tous. Le Marocain, Mustapha et le Magyar sautèrent dans l'allée. Arezki se tourna vers moi :

— C'est pour les femmes.

Gilles arrivait, suivi par quatre filles, et des hurlements partirent de la chaîne. Mustapha gesticulait, criait, et Arezki me le montra en riant.

Quand le groupe fut passé, ils reprirent tous le travail, mais Mustapha, très excité, allait et venait, montait, descendait, puis finit par se laisser emmener dans la voiture qui partait à l'avant.

Il revint un moment après, se précipita sur le Magyar.

— Femme belle, dit-il.

Son retard ne paraissait pas l'inquiéter. Arezki s'avança ; Mustapha le saisit par le bras.

— Il y a une femme, juste là. Elle contrôle les serrures.

Et il siffla d'admiration.

— Tant mieux, dit Arezki, indifférent.

Sa réponse me fit plaisir. L'enthousiasme de Mustapha m'avait un peu agacée.

Pendant la pause de midi, les nouvelles arrivées prirent possession de leur placard dans le vestiaire. Puis elles ressortirent pour déjeuner ; il ne resta que les habituées qui mangeaient là.

— Ils mettent les femmes à la chaîne.

— C'est pas plus pénible qu'autre chose.

— C'est des jeunes.

— Attends de les voir dans quelques semaines.

— Là-haut, avec les Algériens.

— Ils vont en mettre partout, sauf à la peinture.

La peinture, Lucien s'y trouvait depuis quatre jours. Je ne l'avais pas revu. Je mangeai vite et sortis pour tenter de le rencontrer. Mais il n'y avait personne. Le froid brouillard vidait les rues. Était-il dans quelque café ?

A moins dix, je me dirigeai lentement vers l'atelier. L'attention, heureusement, se portait sur les nouvelles venues. Je vis Lucien. Il plaisantait avec une des filles qui montait en tenant la rampe.

Je l'appelai ; il se retourna vivement.

— Je voulais te voir, prendre de tes nouvelles. Il paraît qu'on t'a mis là-haut.

— Ça va, dit-il avec indifférence. Et il reprit sa montée.

— Lucien !

— Quoi encore ?

— Quand puis-je te voir ?

Il parut ennuyé.

— Viens jeudi soir, soupira-t-il. Henri doit m'apporter des choses.

J'arrivai à ma place. Le Magyar resserrait la ceinture de son pantalon. Arezki était déjà là. Les quatre femmes passèrent en se donnant le bras. La plus jeune était très jolie. Elle me rappela Marie-Louise. Mustapha, superbement peigné, les suivait.

Plusieurs fois cet après-midi, Arezki se fâcha parce que, en allant et venant, Mustapha nous dérangeait tous.

— Puisque c'est mon anniversaire, vous viendrez ce soir avec moi prendre un verre ?

Je ne répondis rien. Et il resta devant moi, tandis que le Magyar s'excusait de nous bousculer. Alors nous vîmes que nous étions immobiles sur la chaîne et que nous glissions vers l'avant.

En moi s'ouvraient trois bouches. L'une disait « enfin... », l'autre objectait « et comment ? et où ? et si les gens... » De la troisième sortait un « non », mais pas celui du refus. Le non hésitant quand se produit l'événement que durant des années on a imaginé, longuement. Saisie par l'appréhension, cette bouche disait « encore un instant »...

— Alors ? interrogea Arezki. Il s'adressait à Mustapha qui clopinait.

— Elle est belle, belle. Mais, pour le baratin, c'est pas facile.

— Laisse tomber, dit Arezki sèchement. Les Françaises n'aiment pas les bicots.

Je pris ces mots comme un défi, et, voulant le relever, je lui demandai un peu plus tard :

— Et quel âge fêtez-vous ?

— Trente et un.

— Où voulez-vous me retrouver ?

Son visage s'éclaira. Il s'enquit du chemin que je faisais le soir, du quartier où j'habitais. Mais il s'interrompit pour travailler, car Gilles arrivait. Il marchait vite et sa blouse voletait derrière lui.

La nuit venait, les carreaux étaient sombres. Le petit Marocain posa son marteau et dit « ouf » en se frottant le poignet. Arezki s'avança et me fit signe de tendre l'oreille.

— Vous prenez l'autobus au coin ? On s'y retrouvera. Je monterai derrière vous et on descendra quelque part, en route.

Il paraît que je continuais de contrôler alors que la sonnerie avait stoppé les machines. Un ouvrier qui passait m'interpella :

— Eh, là-dedans, c'est fini... !

Au vestiaire, il y avait bousculade. Les femmes s'habillaient, parlaient fort. C'était la joie fugace, la récréation. En bas, avec le métro, le retour chez soi, elles retomberaient dans une autre aliénation.

Je cherchai Arezki. Il n'était pas encore arrivé. Je pris la file. La paix, c'était avant. Maintenant, l'orage tant désiré descendait en moi. Arezki fut là, tout à coup. Sa tenue me surprit. Il portait un costume sombre, une chemise blanche, mais pas de pardessus ni de vêtement chaud. Il se mit derrière moi, sans parler, et me fit un signe de complicité. Un grand Algérien de la chaîne qui s'appelait Lakhdar passa près de nous. Il tendit la main vers Arezki.

— Où vas-tu, toi ?

— Une course à faire.

Nous montâmes enfin et nous nous retrouvâmes écrasés l'un contre l'autre sur la plate-forme de l'autobus. Arezki ne me regardait pas. A la porte de Vincennes, nous pûmes avancer.

— On descendra Porte des Lilas, qu'est-ce que vous en pensez ? Vous aimez marcher ?

— C'est très bien, dis-je.

Ma gêne augmentait et le silence de mon compagnon n'était pas pour me détendre. Je lus en entier le règlement de la Compagnie affiché au-dessus de ma tête.

Arezki me fit un signe. Nous descendîmes. Je ne connaissais pas le quartier. Je le dis à Arezki, ça faisait un sujet de conversation. Après avoir traversé la place, nous entrâmes dans un café, « A la Chope des Lilas. » Les lettres étaient d'un vert brutal. Au comptoir, beaucoup d'hommes s'agglutinaient. Certains nous dévisagèrent. Les tables étaient occupées. « Venez », dit Arezki, et nous nous faufilâmes vers l'angle à gauche où quelques chaises restaient vides. Arezki s'assit face à moi. Nos voisins nous regardèrent sans discrétion. Je me vis dans la glace du pilier, violette et décoiffée. Je rabattis le col de mon manteau, et dans le même temps où je faisais ce geste, je pris conscience de ma singularité. J'étais avec un Algérien. Il avait fallu le regard des autres, l'expression du garçon qui prenait la commande, pour que je m'en rendisse compte. Une panique soudaine me traversa, mais Arezki me dévisageait et je rougis, craignant qu'il ne devinât mon trouble.

— Vous prenez quoi ?

— Comme vous, dis-je stupidement.

— Un thé chaud ?

Il ne paraissait pas plus à son aise que moi. Je répétai deux fois avant de boire : « Bon anniversaire ! »

Il sourit drôlement et me questionna. Je lui parlai de notre vie avec la grand-mère, de Lucien.

— Je vous croyais plus jeune que lui.

— Parce que je suis petite ? Non, j'ai vingt-huit ans.

Il me considéra avec étonnement.

— Vous aimez beaucoup votre frère...

— Oui, dis-je.

Et je lui demandai s'il avait des frères, une mère. Il avait trois frères, une sœur, et sa mère vivait toujours. Il me la décrivit jaunie comme la feuille prête à tomber, meurtrie comme un fruit blet, la vue presque éteinte. Je pensai à la grand-mère.

Pour nous détendre, nous parlons de Mustapha.

— On marche un peu ? me demande-t-il.

Nous sortons. Boulevard Serrurier. La nuit rassurante. Personne ne nous voit. Les gens pressés et frileux rentrent vite.

Je monologuais presque. Arezki m'écoutait, approuvait, marchait en regardant droit devant lui. Plusieurs fois, il me demanda si j'étais fatiguée. Je cherchais ce qui pourrait accrocher son attention. Il acquiesçait à tous mes propos. Je lui racontai la réunion de la Grange-aux-Belles.

— Si vous allez dans les meetings, dit-il, vous aurez des ennuis.

Je l'interrompis, lui parlai d'Henri, de Lucien, de

l'Indochine, je brassai rêves et vérités. Je n'arrêtais plus de parler. Nous marchâmes jusqu'à la Porte de Pantin. Il regarda sa montre.

— Vous n'avez pas peur de rentrer seule ? Il est huit heures.

— Mais non.

— Je suis obligé de vous quitter ici. Mais je reste avec vous jusqu'à l'arrivée de l'autobus.

— Vous repartez comment ?

— Par le métro.

— Vous n'êtes pas ennuyé le soir par des contrôles de police ?

— Ça arrive, dit-il.

Nous attendîmes sur le refuge. Arezki devait grelotter. Il se tenait raide, les mains dans les poches et regardait au-delà de moi. Quand le bus approcha, il sortit une main et me la tendit.

— Merci, dit-il. Vous êtes gentille. A demain.

Je rentrai fatiguée, affamée, et mécontente.

Le lendemain, Arezki se comporta avec moi comme il en avait l'habitude. Je ressentis quelque dépit qu'il ne me marquât pas plus d'amitié. L'avais-je déçu ? Mais j'étais satisfaite que personne ne nous ait vus ensemble ce soir-là.

Au vestiaire, j'observais les nouvelles. Le premier jour, elles avaient travaillé en sandales et blouses ternes. Mais le voisinage des hommes les rendit plus coquettes. L'une avait apporté une blouse rose, l'autre avait mis des barrettes brillantes dans les cheveux, l'autre encore des mules fleuries.

Elles arrivaient le matin, maquillées et coiffées, et réussissaient, dans la journée, à s'isoler pour remettre du rouge. Il y avait là quelque chose qui dépassait la coquetterie : une parade, une défense instinctive contre un travail qui finissait par vous clochardiser. Le rouge des ongles recouvrait le plus souvent de la crasse ; leurs cheveux sales s'ornaient de velours ; elles poudraient la sueur grise de leur peau. Je revois ma voisine dans ce vestiaire, une femme de trente-cinq ans, pas belle, ridée, obligée par le règlement à se vêtir d'un treillis de coutil décoloré, et qui, pour conduire un Fenwick, gardait ses escarpins.

Dans cette volière, je me sentais très isolée. Néanmoins, je subis la contamination et retirai, des premières économies, l'argent d'une blouse. Je l'achetai bleue, gansée de blanc, pas plus longue que le mollet.

Je me souvins seulement le jeudi matin de l'invitation de mon frère. Tiens, c'est bon signe. C'est comme une épine qui se retire tout doucement, sans trop déchirer.

Il s'en était fiché une autre. Arezki semblait m'éviter. Les journées me semblaient plus longues et m'étaient plus pénibles.

J'arrivai chez Lucien à huit heures. Henri était déjà là, il me serra très fort la main. Anna s'informa si je prendrais du café. Lucien grogna bonsoir. Sur la table, il y avait des livres qu'Henri avait apportés. Avec mon frère ils discutèrent passionnément de la situation. Ils se heurtaient souvent. Henri essayait de montrer à Lucien ses contradictions et celui-ci, buté, obstiné, s'enfermait alors dans le silence. Anna, assise sur le bord du lit, caressait sa toison en les regardant tour à tour. Je m'endormais et je regrettais mes petits plaisirs égoïstes, ma torpeur d'avant le sommeil.

— Tu soutiens, disait Henri avec force, que les ouvriers se foutent éperdument de la guerre d'Algérie.

Moi, je te dis, c'est par manque d'informations. S'ils savaient ce que...

— Alors pourquoi te moquer des affiches, des inscriptions et de ceux qui les mettent ?

— Parce que toi, tu peux faire autre chose. Témoigner par la plume. Il y a six mois, martela Henri, six mois que tu es là-dedans. La classe ouvrière, c'est vingt mille lieues sous les mers. Un autre monde. Va savoir ce qui s'y passe. Par le Parti ? Il démobilise les masses avec ses bulletins de santé : tout va bien, les ouvriers sont vigilants, il a gagné des voix, etc. Tu ne peux pas raconter ce que tu vois, ce que tu entends ? Décrire les rapports entre Algériens et Français au niveau du prolétariat ? Tu avais l'intention de le faire et tu te devais de le faire. Coller une affiche la nuit...

— Ne parle plus de mes affiches, grogna Lucien.

Ils se turent pendant quelques minutes. Anna enfila ses pantoufles et vint nous verser du café.

Ce que disait Henri me paraissait sage. Son physique un peu lourd, sa voix calme et basse ajoutaient à la force de ses arguments. Mais ce qui me gênait, c'est qu'une part de lui prenait plaisir aux événements, drames ou conflits. Il restait à moitié spectateur, voyeur même, excité par le spectacle. Sa finesse psychologique, son intelligence rapide se délectaient de Lucien.

Mon frère buvait goulûment et Anna le resservit deux fois. Quand il eut terminé et allumé une cigarette, il se pencha vers moi.

— Élise, dis à Henri ce que tu penses, toi.

— Moi, mais...

— Toi, oui, tu n'es pas idiote. Tu as bien quelque chose à dire.

Je le dis, maladroitement. Lucien m'interrompit.

— Tu vois, Henri, ni ma sœur ni moi ne sommes de bons avocats. Tu m'as fait, tout à l'heure, un reproche. Oui, il y a six mois, quand j'ai — par nécessité plus que par choix — commencé ce boulot, je me suis exalté à la perspective de ce que je pourrais faire. Témoigner, comme tu dis. Eh bien, aujourd'hui, mon vieux, j'ai renoncé. Je ne peux pas. C'est un cercle vicieux. Toute la journée, je suis comme une caméra qui enregistre les images. Le soir, je m'écroule. Les images ne sortent pas de moi. C'est que, pour survivre, il faut travailler. Alors, je remets à plus tard. Et tous les jours, je m'abrutis un peu plus. Sais-tu où ils m'ont envoyé? A la peinture. Je n'ai même pas envie de t'expliquer. Pour me dégoûter, pour que je parte. Il paraît que je sape le moral des ouvriers, je perturbe. Même le délégué est contre moi. Il dit que je vais trop loin. Mais je ne partirai pas. Seulement, quand je rentre le soir, je bois des litres d'eau, je mange et je me couche. Un effort intellectuel? Pas possible. En six mois, j'ai drôlement dégringolé. Je vais même te dire plus, Henri, si je ne travaillais pas avec les crouillats et les nègres, si je ne les côtoyais pas, je les aurais déjà oubliés. Je réclamerais trois francs de plus, ou une demi-heure de travail en moins ou cinq minutes de pause à l'heure. Mais ils sont là, et tout exploité et diminué que je me sente, je suis un privilégié en comparaison. Eux, c'est un carburant sans valeur, une réserve inépuisable. On doit être trois ou quatre dans l'usine à leur trouver des figures d'hommes. Tu as sans doute raison, coller une affiche, barbouiller un mur, distribuer des tracts, solution de paresse. Mais qui les rédige ces affiches, qui les inspire ces tracts?

— Tu n'es pas un vrai révolutionnaire, dit Henri. Tu n'es qu'un révolté, je te l'ai dit. Tu te perds. Nous ne sommes pas déjà si nombreux et nous avons besoin de*types comme toi. Il faut quand même faire quelque chose, réagir contre cette situation.

— Ça a pris mauvaise tournure, murmura Lucien. Les gens ont peur. Leurs règlements de comptes, leur justice... et les gens sont passés du côté du manche.

Henri me raccompagna. Il avait laissé sa voiture dans l'impasse, derrière la basilique.

— Et vous Élise, demanda-t-il, vous vous adaptez ?

Je lui dis non ; j'allais repartir bientôt, je ne savais quand, pour Noël sans doute.

— Usez de l'affection qu'il vous porte pour persuader Lucien de quitter l'usine. Il est arrivé au point de rupture.

— Son affection ? dis-je, sceptique.

— Il doit se reposer quelque temps, chercher un nouveau job.

— Il n'en a pas les moyens.

— Enfin, protesta Henri, quelques jours, ce n'est pas impossible. Il peut tenir deux ou trois semaines sans travailler. Et l'assurance-maladie ?

Je ne lui répondis pas. Ça n'aurait servi à rien. Entre lui et nous, il y avait tout un océan de différence. Il ne donnait pas à l'expression « manquer d'argent » le même sens que nous. C'était pour lui se priver de cinéma, au pire d'essence pour sa voiture. Chez nous, c'était vital parce qu'il n'y avait personne devant ni derrière nous. Que Lucien restât trois semaines, deux mois sans travailler, ce serait l'asphyxie. Nous n'étions plus chez la grand-mère. « On trouve toujours dix mille francs », disait Henri. Nous ne pouvions les trouver qu'au bas d'une feuille de paye.

— Pauvre Lucien. Il a passé des années à ne rien faire..

— Envoie-t-il de l'argent à sa fille ? demanda brusquement Henri.

Gênée, je répondis que je n'en savais rien.

— Mais, dis-je, Anna pourrait travailler. Ça le soulagerait.

Henri hocha la tête.

— Je vous dépose là ?

— Oui, ça ira.

— Il ne veut pas qu'elle travaille. Pas pour l'instant, du moins. Savez-vous qu'elle est arrivée chez moi, un beau soir, c'était en mai, je crois. Lucien vivait à Paris depuis six ou huit semaines. Elle s'était souvenue de mon adresse. Comment et avec quel argent était-elle parvenue jusqu'ici ? Elle a surgi, dans un état d'exaltation qui m'a impressionné. Elle voulait que j'annonce sa mort à Lucien. Elle m'a laissé une lettre pour lui et elle est partie. Nous l'avons cherchée. Lucien était fou. D'angoisse et aussi d'une joie morbide que lui procurait l'acte d'Anna. Elle se tuait pour lui. Elle jouait avec sa vie. Grâce à un camarade, nous l'avons retrouvée dans un hôpital, car personne n'est jamais mort d'un abus d'aspirine. Elle y est quand même restée quelque temps. Elle a acquis à ses yeux une dimension supplémentaire. Ils sont très très loin de nous, vous ne pensez pas ?

— Oui, dis-je en regardant la porte du foyer que la nuit rendait bleue.

Ces terres extrêmes me restaient étrangères. J'en venais à regretter la médiocrité reposante de Marie-Louise. Je craignais Anna.

— Mademoiselle Letellier, vous n'avez pas vu que tous les feux arrière sont montés de travers ?

Gilles me poussa avec douceur sur le côté, et quand la voiture arriva devant nous, il observa le Magyar.

— Vous voyez?

Il se pencha vers lui.

— Non, dit-il, comme ça.

Et, se baissant, il lui montra.

— Compris? dit Gilles.

Le Magyar fit signe qu'il n'entendait pas ce mot-là. Gilles lui rendit son tournevis.

— Allez, me cria-t-il, vous seriez en retard.

Je rentrai dans la voiture. Gilles me suivit, s'accroupit à l'arrière.

— C'est trop court, n'est-ce pas? Vous n'avez pas le temps de vérifier l'extérieur?

— Oui, monsieur, c'est trop court.

— C'est bon, dit-il, laissez passer tous les feux arrière. Ne les contrôlez plus.

Le grand régleur apparut dans l'encadrement de la portière.

— Qu'est-ce que c'est, monsieur Gilles?

— Tes plafonds. Pas assez tendus, ça fait deux jours que le contrôle les signale.

— Ah?

Il passa la main sur le tissu et des plis apparurent.

— C'est vrai. Mais aussi, éclata-t-il, faut voir ce qu'on m'a donné pour poser ça! Des ratons, rien que des ratons. Ils ne connaissent rien au boulot, et avec ça, d'une paresse…

— Dis donc, coupa Gilles, tu es sûr qu'on leur explique bien le travail?

— Vous pensez! C'est moi qui leur explique.

— Je vais quand même aller les voir.

Le régleur descendit de voiture.

— Il est raciste, n'est-ce pas? demandai-je à Gilles.

140

Il négligea ma question.

— Je vous verrais mieux dans les bureaux, dit-il. Je m'en occuperai en janvier, après les fêtes.

Je ne dis rien, mais je pensai : « Après les fêtes, je ne serai plus là. »

Arezki venait vers moi. J'essayai de l'éviter mais il me tendit un coton imbibé d'essence, et je le remerciai.

— Je vous verrai ce soir ? A l'autobus, comme la dernière fois. On marchera un peu.

Il se pencha pour me dire à l'oreille :

— J'ai à vous parler.

Le régleur nous regardait. Il était dans la voiture face à nous, accompagné de Gilles qui mesurait les pavillons. Je ne lus rien dans ses yeux, il me regardait simplement, mais je rougis comme une coupable. Les moteurs ralentirent, la sonnerie nous délivra.

— Bon, dit Gilles en descendant, c'est l'heure. On y va. Vous mangez à la cantine, mademoiselle Letellier ?

— Non, au vestiaire.

— Vous mangez froid ?

Ce soir-là, Arezki ne fila pas avant l'heure. Quand il me vit ranger ma plaque, il vint derrière moi et me dit très vite :

— A tout à l'heure, je vous attends.

Nous descendîmes à la Porte des Lilas, comme la dernière fois. Le trajet m'avait paru long.

Et nous nous enfonçâmes dans l'ombre de la rue des Glaïeuls.

— On marche un peu, d'abord ? avait questionné Arezki.

Je jugeai cela de mauvais augure.

C'était une rue courte, mal éclairée. Arezki en veston, les mains aux poches, le cou dans les épaules, et moi tenant mon sac contre la hanche, nous mar-

chions lentement. Il me dominait de vingt centimètres.
J'attendais qu'il parlât le premier. Il dit d'abord des
banalités : le froid, l'hiver, c'est bon de quitter l'usine.
Je répondis avec lassitude.

— L'autre soir, dit-il, je vous ai parlé d'anniversaire. Mais je suis né au mois de juillet.

— Ah oui ?

— Oui. Je voulais vous le dire, parce qu'en vous
écoutant, après je regrettais de vous avoir dit ça.

— Mais pourquoi l'avez-vous dit ?

Arezki haussa les épaules.

— Comme ça. Pour que ce soit oui.

Nous étions arrivés au coin de la rue. Il hésita sur la
direction à prendre. Finalement, nous retournâmes
vers le boulevard Serrurier.

— Ce n'est pas grave. Vous aviez un moment de
cafard, vous souhaitiez une présence. Mais il ne fallait
pas vous excuser.

— Oui, c'est juste. Je vous retarde. Vous avez peut-
être des occupations ailleurs. Marcher la nuit, au
froid...

Je protestai qu'au contraire cela m'était agréable. Il
me semblait qu'il allait me quitter au bout de la rue, je
voyais l'immense route et l'ombre autour, les gens
rentrant par deux, les hommes tenant un pain, des
bouteilles, des gens qui savaient où ils allaient, chez
eux, ensemble, et qui prolongeraient autant qu'ils le
voudraient le plaisir de se parler.

— J'ai cru que vous me jugiez bavarde ou
ennuyeuse. Vous me boudiez depuis l'autre soir.

— Moi ? dit-il.

Il me regarda. Il souriait. Cela lui arrivait rarement.

— Mais comment voulez-vous qu'on parle pendant

le travail ? Et puis, je ne veux pas vous causer des ennuis. Si on nous voyait parler, sortir ensemble...

Nous étions sur le boulevard où les voitures s'espaçaient enfin, dans ce corridor de lumière que formaient les éclairages de néon jaune.

Il me devina plus détendue et nous discutâmes gaiement de notre travail, des camarades, et de la chaîne.

— Comment parlez-vous aussi bien le français ?

— La chance, dit-il.

La Porte de Pantin, le refuge de l'autobus se trouvèrent subitement devant moi. Il fallait donc se quitter. L'autobus arriva aussitôt. Avant que je monte, alors que nous nous étions dit bonsoir, il rabattit le col de mon manteau. Je trouai la vitre opaque de mon poing et je le vis qui regardait à droite et à gauche pour traverser.

O lacs assoupis, sentiers fleuris, sous-bois pleins de fougères, champs de blé où la bien-aimée attend, plus dorée que l'or des épis, ruisseaux que l'on suit à deux. Vieux rêves enfouis, enterrés, mais pas morts. Voici mon partage : la Porte des Lilas, la descente vers le Pré Saint-Gervais, avec, à l'horizon, les fumées mourantes des usines qui s'assoupissent, la steppe banlieusarde desséchée par le froid et l'air vicié, le boulevard quasi désert où les voitures frôlent le trottoir, et, près de moi, cet homme avec lequel, pour la troisième fois, je vogue, comme si le paradis nous attendait au bout.

Au bout, il y avait le « bonsoir, à demain » déjà plus affectueux. Chacun prenait son chemin. Nos conversations timides restaient difficiles. Un mot pouvait faire se replier Arezki, confiant l'instant d'avant.

Guetter les métamorphoses de l'arbre, laisser les yeux traîner sur les chemins imaginaires balisés d'étoiles, boire à l'aube la pluie fraîche, à la nuit le brouillard, se donner à soi-même des rendez-vous à la fenêtre ouverte sur un carré de ciel, des plantes en pot, des esquisses de branches, cela vous fait, malgré vous, différent de ceux qui n'en ont pas pris le temps. Différent et non pas meilleur. Mais vous voilà, à vie, chargé d'émotions et de sensations encombrantes, et comme à travers un kaléidoscope, chaque événement qui surgit est étiré, déformé, coloré, façonné.

Mutilée par ma vie rabougrie, par ma passion fraternelle et mes horizons bornés, ma sensualité bien vivante, et qui n'avait trouvé pour s'exprimer que ces contemplations nocturnes et les joies mystiques du renoncement, éclata à la chaleur de cette amitié secrète.

Une quatrième fois, Arezki me souffla « ce soir, je vous verrai ». Mais il ajouta un peu plus tard :

— Pas à l'autobus. Je vous expliquerai. Vous prendrez le métro, direction Villette. Vous descendrez à Stalingrad et vous m'attendrez juste en haut des escaliers. D'accord ?

C'était un long discours. Mustapha l'interrompit une fois ; le Magyar passa entre nous et Bernier, de son pupitre, nous surprit rapprochés.

Stalingrad, ce n'était plus la lisière mais la ville elle-même. Arezki me trouva où il m'avait demandé de l'attendre, parmi la foule qui montait et descendait les escaliers de pierre.

— Venez par là.

Beaucoup d'Arabes circulaient autour de nous. Nous traversâmes et prîmes la rue de l'Aqueduc, mal éclairée. Il me fit entrer dans un petit café de village gardé par une vieille femme derrière son comptoir.

— Bonsoir, Mémère, dit-il en se frottant les mains. Vous allez bien ?

— Bonsoir petit, bonsoir mademoiselle.

Arezki choisit la dernière des quatre tables recouvertes de toile cirée.

— Nous aurions eu trop froid dehors.

— Oui.

Mais je regrettais la nuit et la liberté de se promener sans se voir. Ici, nous étions immobiles, nous ne pouvions bouger que les yeux.

La vieille femme apporta deux cafés. Arezki connaissait l'endroit. Il y était venu manger autrefois quand il travaillait dans le quartier.

— Chez un électricien. J'ai fait beaucoup de métiers. Ça ne compte pas, hein ? Ce qui compte, c'est ce qu'on est, pas ce qu'on a fait.

J'approuvai. Je n'osais pas lui dire qu'on était aussi ce que l'on faisait. Nous parlâmes de Paris. Arezki m'en expliqua la géométrie. Je lui demandai s'il aimait Paris.

— Je l'ai aimé. Maintenant, je n'aime rien.

Ses yeux étincelaient dans son visage triangulaire. Je ne l'avais jamais vu d'aussi près.

— Vous aimez Alger ? questionnai-je en souriant.

— Je n'aime aucun endroit du monde.

Quand je parlais de la guerre, son regard s'éteignait ; il se portait ailleurs et s'efforçait de fuir le mien. La vieille femme marmonnait toute seule en remuant des bouteilles. Il faisait bon, nous nous sentions à l'abri. Arezki toucha deux fois mes doigts. Je me retirai dans un silence qui se prolongea quand il me fixa en souriant.

Maintenant, la patronne donnait des signes d'impatience. Deux cafés en une heure, ça n'était pas d'un gros rapport. Arezki regarda sa montre.

— Je dois rentrer.

Nous nous retrouvâmes dehors où le froid vif paralysa nos lèvres. A la chaleur du métro, Arezki m'expliqua qu'il me laisserait là. Il rentrerait à pied, il avait un ami à voir. Je dis que cela n'avait pas d'importance. Il me conduisit jusque sur le quai, m'indiqua où changer et la rame apparut. Alors il me tira à lui et m'embrassa sur la joue, très vite. Je ne me dégageai pas ; il recommença et me lâcha. Je montai dans le wagon, puis, brusquement, prise du désir de rester avec lui, je bousculai mes voisins et redescendis sur le quai. Le métro démarra. Je l'avais vu partir par l'escalier de gauche. Je courus ; j'arrivai au bas de l'escalier. Il n'y était pas. Où aller ? Plusieurs couloirs s'ouvraient devant moi. L'un portait l'écriteau « Sortie ». Il avait dit « je rentre à pied ». Le carrelage blanc des murs en faisait un corridor de cauchemar tel celui d'un asile, un corridor qui vous donnait envie de courir en hurlant.

Je franchis la limite du tourniquet. Les gens rentraient et sortaient. Il n'y avait pas Arezki. Mais à droite, je crus le voir. Ce n'était pas lui. J'avançai vers la rue. Entre les piliers du métro aérien, il y avait deux cars de police et des hommes groupés, encadrés de flics avec des mitraillettes. Je voyais ce spectacle pour la première fois. D'autres policiers canalisaient les passants. Immobile au bas des marches, je réfléchis. Arezki se trouvait-il là ? à quelques mètres de moi, les bras levés ? Il n'était pas possible de rien distinguer à cause de la nuit, du rideau de police. J'avais peur. Je ne pouvais avancer. Les cirés noirs, les armes à l'horizontale, le noir des cars, les guêtres noires brillantes, la

146

nuit noire, les ceinturons noirs, les hommes aux cheveux noirs, crêpus ou lisses. Arezki est là, pensai-je. Et je souhaitai qu'il me vît. Mais la peur me paralysait. Pourtant, les gens qui passaient ne semblaient pas gênés. Deux des policiers qui surveillaient l'escalier me regardèrent. Je remontai quelques marches et me retournai une fois encore avant de franchir le tourniquet. D'en haut, je ne voyais plus que les roues des cars et quelques ombres géantes sur les piliers où la mitraillette prenait les dimensions d'un canon.

J'eus envie de courir chez Lucien, et de lui dire tout. Mais je regagnai ma chambre et me mis au lit sans dîner. J'imaginai Arezki les bras en l'air. Des détails de son visage que j'avais découverts ce soir-là me le rendaient plus cher.

Je m'endormis quand même et me levai en retard, mais je mis tant de hâte à me préparer que je me retrouvai devant l'usine bien avant l'heure. Dans le vestiaire vide encore, le grincement des charnières, quand j'ouvris mon placard, me blessa comme une griffe. Je gagnai vite ma place et m'assis à l'intérieur d'une voiture pour guetter les arrivants. Arezki parut, encadré par les Tunisiens. Il bavarda quelques minutes en leur compagnie. Le Magyar grimpa sur la chaîne en fredonnant. Il me vit, me dit « Bonjour », mot que Mustapha lui avait appris. Le petit Marocain nous salua. Daubat et le régleur s'arrêtèrent près du pupitre de Bernier qui en nettoyait la poussière. Ces quelques minutes avant que la chaîne se remît en marche avaient la douceur d'un sursis. J'imaginais chaque fois l'impossible miracle : Gilles surgissant avec une baguette et un tableau géant et nous expliquant, de sa belle voix

147

sévère, les métamorphoses auxquelles participaient nos mains et nos muscles.

La sonnerie fit courir les retardataires. Les moteurs démarraient, les voitures avançaient, passaient devant nous sans jamais revenir, et, tournant dans des espaces limités, selon des gestes calculés et mesurés, petits rouages à peine grinçants, nous œuvrions pour cette fin sublime : la production.

Plusieurs fois, Arezki chercha sans succès à me parler. La longue matinée traîna sans que nous échangeâmes un seul mot. A plusieurs reprises Mustapha et Arezki se disputèrent. Ce dernier semblait agacé et l'autre essayait vainement de le faire rire.

— Va, cria Arezki, va voir la fille devant et laisse-nous travailler.

Mustapha se retira, vexé.

A midi, selon le rite, Arezki m'apporta le tampon d'essence. Je posai ma plaque et nous nous appuyâmes contre les carreaux.

Mustapha nous rejoignit. Il interpella Arezki et tous deux s'éloignèrent vers le haut de la chaîne.

Dès que retentit la sonnerie, je me précipitai dans l'allée, mais, pour donner le change, je m'arrêtai auprès de Daubat. Arezki était à quelques mètres devant lui.

— Alors, ma petite élève, on va à la soupe ?

— Oui, mais...

J'improvisai rapidement.

— Mais je voulais parler avec vous de mon frère.

— Avec moi ? dit-il étonné.

Arezki maintenant s'était perdu dans la ruée. Je renonçai à le joindre.

Daubat quitta sa vareuse et l'accrocha à un clou d'où pendaient d'immenses ciseaux.

— Attention, Mohammed, si je vois que tu y as touché.

Il portait un gilet grenat tricoté à la main, et, en dessous, une chemise de flanelle marron qui lui dessinait un ventre déjà proéminent.

— Alors, votre frère ?

— Il ne supporte pas la peinture. Il est en mauvaise santé. Vous ne pouvez pas demander qu'il redescende ici pour travailler avec vous ?

— Moi ? C'est à Gilles qu'il faut vous adresser. Comment voulez-vous que moi... Il n'a qu'à voir le docteur ou le délégué.

— Eh bien, cria le régleur qui passait, qu'est-ce que vous faites ensemble ?

Daubat rit.

— Elle me parle de son frère. Il est malade à la peinture, il voudrait changer.

Le régleur cessa de sourire.

— C'est de sa faute. Quand il était avec nous, il n'avait qu'à se tenir tranquille. Maintenant, ils le laisseront là-haut jusqu'à ce qu'il parte.

Il s'arrêta pour rallumer sa cigarette, et Daubat, moins brutal, renchérit :

— Moi, j'ai voulu lui expliquer. C'est un jeune, il ne connaît pas la vie. Je lui ai dit, laisse tomber les crouillats, te mêle pas de leurs histoires, fais ton travail, discute pas avec les chefs, pas de politique ici. Il ne m'a pas écouté, il s'est fâché avec tout le monde, même avec le délégué. Ils ont eu une engueulade ici même, avant votre arrivée. Il provoque, il provoque. Les gens en ont eu marre et les chefs aussi. Pour eux, il n'est pas un élément intéressant, il discute trop.

— Oui, je comprends. Excusez-moi, dis-je, je vous ai retardé.

— Mais ça ne fait rien ! Il faut le raisonner, vous. Alors, bon appétit.

Je poussai la porte du vestiaire. Les femmes s'étaient installées et ma place habituelle se trouvait occupée. Je m'approchai d'une ouvrière qui avait mis ses jambes au repos sur le banc.

— S'il vous plaît, une petite place.

Elle poussa ses pieds, et sans plus faire attention à moi reprit sa conversation avec ses camarades. L'une d'entre elles racontait son altercation avec le chef d'équipe.

— Là où j'étais avant, conclut-elle, c'était encore plus dur.

Son profil offrait un dessin agréable, mais le coin de l'œil était gâté par trop de rides. Ses cheveux frisaient autour des oreilles et démarquaient l'ocre de son maquillage.

— Mais au moins, ajouta-t-elle, il n'y avait pas d'Arabes.

Je rougis, mais personne ne me regardait.

La fille qui me rappelait Marie-Louise venait d'entrer. Elle ne lui ressemblait pas par la forme ou les traits de son visage, mais par son regard tranquille et osé, sa démarche, sa manière de porter sa blouse de travail fermée par une large ceinture de vernis noir, ses petits seins qui apparaissaient en relief, par les anneaux brillants pendus à ses oreilles. Elle demanda une cigarette et répondit à celle qui l'interrogeait que le grand brun de la peinture lui avait payé un café.

— Ils sont tous bruns à la peinture, s'esclaffa une des femmes.

Les autres éclatèrent de rire. Là-haut, presque tous les hommes étaient des Africains noirs. La fille haussa les épaules.

— Vous croyez que je vais marcher avec un nègre ?

— Tu as bien soulevé un Algérien.

— Ah celui-là, dit-elle, je vais finir par lui envoyer une gifle. Il se plante devant moi, il me regarde, il me fixe. Ce matin, il n'a pas arrêté de me sourire.

— Ils sont collants avec les femmes.

— Mais le grand brun de la peinture, il me plaît bien.

— Moins dix, dit quelqu'un.

— Allons, soupira ma voisine, je vais faire mon ravalement.

Et elle ouvrit un poudrier. Elle s'appliquait avec un soin qui démentait l'ironie de son expression.

Ma voisine interpella la fille — elle s'appelait Didi — parce qu'elle avait laissé grande ouverte la porte du vestiaire.

— Je guette mon type, répondit-elle.

Dans l'encadrement de la porte, avec sa blouse fleurie et son maquillage doré, avec les brillants dansant à ses oreilles elle ressuscitait les couleurs, mortes ici. Et ce clinquant, qui partout ailleurs aurait crié, vous donnait, dans cette géométrie morose, un goût de vie. J'imaginai les regards, les désirs que ses mouvements provoquaient. Le moindre de ses gestes avait un prolongement érotique dont elle paraissait inconsciente ; elle s'exposait, telle une appétissante sucrerie, au regard de sous-alimentés, et se dérobait à leur fringale.

Je plaquai mes cheveux de la main et sortis. La reprise sonna. Je courus avec les retardataires.

La porte de l'atelier franchie, ça y était : odeurs et bruits vous prenaient entre leurs pinces et vous pouviez toujours lutter, ils vous terrassaient à la fin. Les bruits surtout ; les moteurs, les marteaux, les machines-outils stridentes comme des scies, et, à intervalles réguliers, la chute des ferrailles.

Une seule fois Arezki me regarda, mais ses yeux ne parlaient pas, ils étaient absents. Le jour se retira doucement, il n'y eut plus qu'un blanc reflet le long des vitres, le petit Marocain dit « encore une ».

Arezki était loin. Sa boîte à outils restait à terre dans la voiture que je contrôlais. Je me penchai, la fouillai, imaginant soudain qu'il y avait caché un petit mot pour moi. Je ne trouvai rien et descendis découragée. Les voitures se vidaient, les bruits s'adoucissaient. Quelques minutes encore et mourrait le grondement de la chaîne. D'Arezki, je reconnus le dos parmi les ouvriers qui gagnaient déjà la porte. Il ne m'avait même pas saluée. Je gardai encore l'espoir de le trouver dans l'escalier, puis à la sortie et enfin à l'autobus. Mais je rentrai sans l'avoir vu, seule et malheureuse.

J'appris ce que signifiaient toutes ces expressions : défaillir, avaler sa salive, avoir le cœur serré, dont j'avais ri jadis. Chaque fois qu'Arezki passait devant moi chuchotant tout juste « pardon », chaque fois qu'il laissait passer une occasion de se trouver seul avec moi, c'était tout mon corps qui avait mal.

Il arrivait le matin flanqué de Mustapha et des Tunisiens qui travaillaient aux pavillons. Il me faisait porter chaque midi, par Mustapha, le coton imbibé d'essence que celui-ci me remettait avec des grimaces dont je n'arrivais pas à rire. Il travaillait à plusieurs voitures d'écart de celle où je me trouvais. Et le soir, quand je prenais la file pour attendre l'autobus, je laissais passer volontairement mes voisins dans l'espoir de le voir surgir. La féerie du Pont National me laissait indifférente, et pourtant la pluie fine et douce transformait en miroir la chaussée habituellement terne. Que quelqu'un me heurtât et les larmes venaient à mes yeux. Les titres des journaux me donnaient envie de pleurer, et mon reflet désordonné dans les vitres, et chaque petit désagrément sur lequel j'aurais voulu concrétiser mon chagrin. Et puis, quel chagrin? me disais-je quand il me prenait de raisonner. D'abord, je dois repartir. Je retrouverai la grand-mère, Marie, la chambre de Lucien. Ce sera la mienne et je l'arrangerai à ma guise.

Porte de La Chapelle. J'allais à pied jusqu'au Foyer. Un parfum de kermesse se répandait dans toutes les rues que je traversais. L'approche de Noël transformait les vitrines. Les charcutiers, les boulangers illuminaient leurs étalages de guirlandes électriques et sur leurs glaces, d'énormes inscriptions à la peinture blanche parlaient de réveillons. C'était violent, criard, vivant, chaud. Cela me prenait au cœur, m'agitait, m'excitait. Un souvenir remontait : Monsieur Scrooge et cette atmosphère des contes de Dickens où sont décrites des dindes énormes et des pâtisseries géantes. Monsieur Scrooge... C'était le bon temps. J'avais treize ans et Lucien six. Nous mangions mal et n'avions jamais vu de dinde. La grand-mère nous les décrivait. Je lisais à haute voix pour elle et mon frère. Il m'écoutait, figé. Moi, j'avais tout mêlé, et cru que j'étais pour une part dans cette passion des récits imaginaires. Levant les yeux après chaque paragraphe, j'avais saisi et gardé l'expression attentive, abandonnée de son visage. Flattée, alors que cela ne s'adressait pas à moi, éblouie et comblée, j'avais commis l'erreur de jouer avec lui à la petite mère. Monsieur Scrooge, Lucien s'en souvenait-il encore ?

Je m'affalais sur le petit lit dès que j'avais fermé la porte, et pendant un moment, toute la fatigue refoulée, brusquement revenue, me clouait là, incapable d'ébaucher un geste. Je disais demain pour nettoyer mes chaussures ou laver ma blouse. Il était trop tard et j'avais trop mal. Les muscles maltraités se vengeaient. Je disais aussi « Arezki », tout haut, et les larmes revenaient.

Plusieurs fois, il me sembla qu'Arezki me regardait. Je m'appliquai à ne pas lever les yeux. Le Magyar me souriait souvent. Il disait maintenant très correctement « merci, pardon, bonjour, merde » ; ce dernier mot, il le réservait à Bernier.

Arezki se trouva soudain derrière moi. J'étais contre les vitres, j'écrivais à la hâte avant de jeter la feuille sur la plage arrière, et, à ce moment, il se rapprocha, mais Gilles, dans le même temps, traversa la chaîne pour me parler. Arezki s'immobilisa.

— Mademoiselle Élise, dit Gilles, ça va ? oui ? Dites-moi, vos pavillons, on a trouvé encore trois déchirures non signalées.

Il m'impressionnait. Il me fixa quelques secondes de son regard pur et pénétrant.

Se penchant vers moi, il ajouta :

— En janvier, je m'arrangerai à vous faire passer dans les bureaux.

Et il remonta sur le tapis de la chaîne, se retint au capot de la voiture qui passait et sauta lourdement dans l'allée.

Je regardai à ma gauche. Arezki contemplait son tournevis. J'entendais le bruit de mon cœur. J'aurais bien voulu m'éloigner sans paraître l'attendre, mais les jambes n'avançaient pas. Il se rapprocha, et très vite cria dans mon oreille :

— Vous m'attendrez ce soir à l'autobus comme avant ? Seulement, sortez plus tard, six heures vingt, vingt-cinq. D'accord ?

Et aussitôt, il ajouta, très fort :

— La voiture qui arrive a un pavillon déchiré au-dessus du rétro.

La voiture passa et la suivante vint. Le Magyar, qui descendait, me regarda, étonné de me trouver là immobile. Arezki avait rejoint les Tunisiens aux pavillons sans attendre ma réponse.

Pour traîner longuement, je me lavai plusieurs fois les mains. Les femmes se sauvaient, sans souci de leur visage. Un autre travail les attendait, pour lequel il n'était pas nécessaire de s'embellir. Les plus jeunes, ou celles qui avaient un rendez-vous faisaient leur « ravalement ». C'en était un. Neuf heures d'usine détruisaient le plus harmonieux des visages.

— Vivement la retraite... soupira ma voisine en boutonnant son manteau.

Je protestai.

— Quoi, dit-elle, ça ne sera pas le commencement de la belle vie ?

— Ce sera la fin de votre vie.

— Et alors ? Et maintenant, c'est quoi, pour moi, la vie ? Cavaler, regarder l'heure, travailler. J'aurai le temps, je me laisserai vivre.

La pendule de la Porte de Choisy marquait la demie. Arezki était déjà dans la file, mais un peu à l'écart. J'allai vers lui. Il me fit un signe. Je compris et me plaçai derrière lui sans mot dire. Lucien arriva. Il ne me vit pas et je fis semblant de ne pas le voir. Il alluma une cigarette, et comme il tenait l'allumette près de son visage, j'en saisis le profil desséché, noir de barbe, osseux.

Nous montâmes dans la même fournée. Impossible de reculer, il m'aurait vue. J'allai vers l'avant, prenant soin de ne pas me retourner. Arezki m'ignora. A la Porte de Vincennes où beaucoup de gens descendirent, je me rapprochai de lui. Il me demanda où je désirais descendre afin que nous puissions marcher un peu. Je dis : « A la Porte de Montreuil. » J'avais repéré les soirs précédents une rue grouillante où, me semblait-il, nous nous perdrions aisément.

Il descendit et je le suivis. Lucien m'avait-il vue ? Cette supposition me gêna. Nous traversâmes, et, contemplant deux cafés mitoyens, Arezki demanda :

— On boit un thé chaud ?

— Si vous voulez.

Il y avait beaucoup de monde et beaucoup de bruit. Les banquettes semblaient toutes occupées. Arezki s'avança dans la deuxième salle. Je l'attendis près du comptoir. Quelques consommateurs me dévisagèrent, je sentais leurs yeux et je devinais leurs pensées. Arezki réapparut. En le regardant s'avancer, j'eus un choc. Mon Dieu, qu'il avait l'air arabe !... Certains, à la chaîne, pouvaient prêter à confusion avec leur peau claire et leurs cheveux châtains. Ce soir-là, Arezki ne portait pas de chemise mais un tricot noir ou marron qui l'assombrissait davantage. Une panique me saisit. J'aurais voulu être dehors, dans la foule de la rue.

— Pas de place. Ça ne fait rien, nous allons boire au comptoir. Venez là.

Il me poussa dans l'angle.

— Un thé ?

— Oui.

— Moi aussi.

156

Un garçon nous servit prestement. Je soufflai sur ma tasse pour avaler plus vite. Dans la glace, derrière le percolateur, je vis un homme coiffé de la casquette des employés du métro qui me dévisageait. Il se tourna vers son voisin qui repliait un journal.

— Moi, dit-il, très fort, j'y foutrais une bombe atomique sur l'Algérie.

Il me regarda de nouveau, l'air satisfait. Son voisin n'était pas d'accord. Il préconisait :

— ... foutre tous les ratons qui sont en France dans des camps.

J'eus peur qu'Arezki réagît. Je le regardai à la dérobée, il restait calme, apparemment.

— Il paraît qu'on va nous mettre en équipes, me dit-il.

Sa voix était assurée. Il tenait l'information de Gilles et m'en détailla les avantages et les inconvénients. Je me détendis. Je lui posai beaucoup de questions, et, pendant qu'il y répondait, j'écoutais ce que les gens disaient autour de nous. Et j'eus l'impression qu'en me répondant, il suivait la conversation des autres.

Quand je passai devant lui pour sortir, l'homme qui voulait lancer une bombe atomique fit un pas vers moi. Par chance, Arezki me précédait. Il ne vit rien. Je m'écartai sans protester et le retrouvai dehors avec la sensation d'avoir échappé à un péril.

La rue d'Avron s'étendait, scintillante à l'infini. Pendant quelques minutes, les étalages nous absorbèrent.

— Alors, me demanda-t-il ironiquement, comment allez-vous ?

— Mais je vais bien.

— Vous aviez l'air malheureuse ces derniers jours. Vous n'avez pas été malade ?

Tu peux badiner, Arezki. Tu es là. Ce soir, je n'évoque pas ton visage. C'est bien toi, présent. J'ai même envie, dans le décor où nous avançons, de te parler de Monsieur Scrooge, des dindes. C'est un moment privilégié, suspendu irréellement au-dessus de nos vies comme le sont les guirlandes accrochées dans cette rue. Ne parler que pour dire des phrases légères qui nous feront sourire.

— Il faut m'excuser pour ces derniers jours, j'étais occupé. Des parents sont arrivés chez moi.

— J'ai cru que vous étiez fâché. Vous ne me disiez ni bonjour ni bonsoir.

Il proteste. Il m'adressait un signe de tête chaque matin. Et puis, est-ce si important ? Il faudrait, dit-il, choisir un jour, un endroit fixes pour nous rencontrer.

J'approuve. Les boutiques s'espacent, la rue d'Avron scintille moins, et là-bas, devant nous, elle est sombre, à peine éclairée. Nous traversons. Arezki tient mon bras, puis passe le sien derrière moi et pose sa main sur mon épaule.

— Je suis assez occupé ces jours-ci. Mais le lundi, par exemple... Votre frère est monté derrière nous. Vous l'avez vu ?

— Je l'ai vu.

— Élise, dit-il, si on se disait tu ?

Je lui répondis que je vais essayer, mais que je crains de ne pas savoir.

— Le seul homme que je peux tutoyer est Lucien.

— C'est ça, dit-il moqueusement, elle va encore me parler de son frère...

Pendant notre première promenade, je ne lui ai, remarque-t-il, parlé que de Lucien.

— Je me suis demandé si tu étais vraiment sa sœur. Où pourrions-nous nous retrouver lundi prochain ?

— Mais je ne connais pas Paris.

— Ce quartier n'est pas bon, déclare-t-il.

Et il me fait faire demi-tour. Nous remontons vers les lumières.

— Choisissez vous-même et vous me le direz lundi matin.

— Où ? à la chaîne devant les autres ?

— Pourquoi pas ? Les autres se parlent. Gilles me parle, Daubat...

— Tu oublies que je suis un Algérien.

— Oui, je l'oublie.

Arezki me serre, me secoue.

— Répète. C'est vrai ? Tu l'oublies ?

Ses yeux me fouillent.

— Oui, mais vous le savez bien. Je ne peux pas être raciste.

— Ça, je le sais. Je pensais plutôt, au contraire, à cause de Lucien et des gens comme ça, que c'était un peu l'exotisme, le mystère. Il y a un an...

Nous reprenons notre marche et il me tient à nouveau par l'épaule.

— ... j'ai connu une femme. Je l'ai... oui, aimée. Elle lisait tous les jours dans son journal un feuilleton en images, ça s'appelait « La passion du Maure ». Et ça lui était monté à la tête. Elle mêlait ça avec les souvenirs de son père qui avait été clandestin pendant la guerre contre les Allemands.

Il se tait. Nous rentrons maintenant dans la foule et le bras d'Arezki me gêne. J'ai peur des gens. Sur la porte d'un marchand de journaux, l'édition du soir annonce « Réseau F. L. N. démantelé à Paris ».

Arezki a lu, ses paupières ont un peu cillé.

— Les raisons d'aimer, dis-je sèchement, sont-elles jamais pures ? Il faut souvent se contenter...

— Pas moi, coupe-t-il, aussi sèchement.

Nous allons en silence jusqu'à la bouche du métro.

— Il faut nous séparer, il est tard.

Je retiens un « déjà » qui allait m'échapper.

— Oui, vous devez être fatigué.

— Fatigué ? Non.

Cette idée lui déplaît.

— Remarque, dit-il doucement — et sa voix est affectueuse —, depuis trois jours, à cause de toi, je ne me couche pas.

Et comme il voit mon étonnement, il rectifie :

— Non, il faut dire, je ne dors pas. Je voulais te voir, mais je ne pouvais pas. Je ne veux pas te parler devant les autres. J'ai pensé à une commission par ton frère, mais j'ai préféré attendre. Oui, dormir, pas coucher. C'est une expression de chez nous.

— Vous parlez très bien le français, dis-je, pour cacher mon émotion.

— Le parler, ça va... L'écrire, je fais beaucoup de fautes.

Un car de police passe en klaxonnant fort. Arezki m'a lâchée. Le car ne s'est pas arrêté.

— Il fait froid. Allons, c'est l'heure de rentrer.

Il m'explique les changements, les correspondances.

— Où habitez-vous ?

Il ne répond pas tout de suite, puis il dit :

— A Jaurès.

Je regrette ma question. Je sais qu'il a menti. Nous montons dans le même compartiment, nous nous asseyons face à face. Il me dit simplement :

— Descends là, prends direction Dauphine, en serrant très fort la main que je lui tends.

Je passai le dimanche suivant dans mon lit.

Je dormis beaucoup. Quelque part, j'avais lu que le sommeil rend plus belle.

Le lundi matin, Mustapha et le Magyar arrivèrent en retard. Mustapha vint d'abord et, s'approchant de Bernier qui le guettait, il lui fit un salut militaire. Ce fut sur le Magyar que tomba la colère de Bernier. Mais le Magyar, qui prenait de plus en plus d'assurance, se dégagea et rentra dans une voiture. Il me vit et cria « oh la la » en désignant Bernier. Arezki travaillait assez loin et ne m'avait pas encore saluée. Que la chaîne s'arrête ! Le temps de m'asseoir et de réfléchir posément. La chaîne ne s'arrête pas et mes pensées fluctuent au rythme de mes gestes. Cela donne des angoisses syncopées. J'entrevois la silhouette d'Arezki et je me rassure. J'apprécie d'être embarquée avec lui sur cette galère.

Mustapha nous rejoignit alors que pour la première fois, ce matin-là, nous nous trouvions ensemble. Arezki le renvoya sous je ne sais quel prétexte.

— Ce soir, me dit-il ensuite, je ne peux pas. C'est remis à un autre soir, n'est-ce pas ?

Le petit Marocain me bouscula sans douceur. Gilles était derrière lui. Mustapha revint avec une caissette de clous et la renversa devant Gilles, puis, sans daigner les ramasser, il s'installa auprès d'Arezki.

A son tour, le régleur entra dans la voiture.

— C'est lui, dit-il en désignant à Gilles Mustapha qui se retourna. Je l'ai observé un moment. Regardez. Quand il cloue, il tire sur le tissu. Ça se déchire.

Gilles poussa Mustapha et lui ôta son marteau. Il examina attentivement le snapon, le pavillon, et commença à taper sur le bourrelet. Mustapha attendait, fronçant le nez et grommelant en arabe.

Gilles, d'un signe de tête, appela le régleur :

— Il est obligé de tirer sur le tissu pour le rentrer sous le snapon et ça se déchire... Faites laisser trois ou quatre centimètres de plus. Vous taillez trop juste.

Mustapha se redressa en sifflotant.

Gilles descendit et le régleur le suivit.

— Alors, qu'est-ce que je fais ? cria Mustapha. Je continue ou non ?

— Tu continues et tu essaies de ne pas tirer trop fort.

Et Gilles s'éloigna.

J'étais seule dans la voiture. Arezki l'avait quittée depuis quelques minutes. Je sortis de la voiture et la contournai. Le Magyar posait les feux arrière. Une fatigue sournoise sciait mes muscles au ras des mollets. J'appuyai mon bras droit sur le couvercle levé du coffre. Il vacilla et se referma. J'entendis le cri du Magyar. Il lâcha son outil et plus prompt que moi releva le couvercle. Mais le bord, à cet endroit de la chaîne, était encore une ferraille coupante. La main du Magyar, son avant-bras s'étaient couverts de sang.

Je regardai sans rien dire son poignet ouvert ; et Mustapha, le Marocain et un autre, regardaient aussi stupidement que moi.

Le Magyar tenait son poignet. Le sang coulait librement. Il fit avec ses doigts le geste de nouer serré un mouchoir qu'il tira de sa poche. Je bougeai. Je pris le mouchoir raide de croûtes séchées pour en faire un garrot de fortune.

— Venez, dis-je.

Il me suivit. Bernier n'était pas à sa place. Nous le cherchâmes. Les autres nous regardaient, et je fus satisfaite qu'Arezki me vît.

— Qu'est-ce qu'il y a ?

Gilles s'était approché. Je lui expliquai. Il prit dans le casier de Bernier un bon pour l'infirmerie. Il se ravisa et m'en donna un second.

— Accompagnez-le. Il ne parle pas français.

Nous traversâmes la rangée des machines. Personne ne siffla. Le Magyar était impressionnant. Au premier étage, quand nous passâmes devant les urinoirs, il s'arrêta et me dit « pisser ». Ce mot aussi il l'avait appris.

Je l'attendis devant la porte. Il ne ressortait plus. Je m'inquiétai, j'imaginai un malaise et, comme personne n'était en vue, afin de voir ce qui se passait j'ouvris la porte. Ça sentait fort, comme dans une étable. C'était écœurant. Le Magyar faisait sa toilette. avait tiré le pan de sa chemise, l'avait mouillé à l'eau courante des urinoirs et frottait les paumes de ses mains. Je lui fis signe « vite vite ». Il sourit et me montra une paume presque blanche.

Sur le mur défiguré de graffiti, il y avait des inscriptions revendicatrices gravées au couteau.

« Nos cinq francs. »

« Des douches. »

« Le P. C. au pouvoir. »

Peu d'entre elles étaient obscènes.

— Vite, dis-je encore au Magyar qui, maintenant, lavait sa figure avec le même pan mouillé.

Sur le mur de droite était gravé, en lettres tremblées, sans doute écrites à la hâte : « VIVE LA LEGERI. »

C'était bien sûr : « Vive l'Algérie », et cela émouvait que l'auteur ne sût même pas écrire ce qu'il voulait ainsi glorifier. Je me rappelai la pancarte de Mustapha « Ne pas tu se ». J'aurais voulu parler de tout cela avec Arezki.

J'expliquai à l'infirmière comment s'était produit

l'accident, et je laissai le Magyar assis sur une chaise, considérant la bouilloire chantante. Ses yeux exprimaient une totale satisfaction. Il devait se féliciter d'avoir fait toilette pour accéder dans cette pièce blanche et chaude. L'infirmerie était, pour tous ces hommes ballottés de l'usine au foyer ou au baraquement, ou à l'hôtel sordide, une image de la douceur de vivre, un luxe qu'ils pouvaient s'offrir de temps en temps.

Je regagnai l'atelier et remis à Bernier le bon tamponné par l'infirmière.

— Qu'est-ce qu'il a ? me demanda-t-il.

— On va l'envoyer à l'hôpital, je pense.

— Ces étrangers, soupira-t-il, ils ont le chic pour les accidents.

— C'est de ma faute. J'ai fermé le couvercle involontairement.

— Il faudra faire un rapport en cas d'arrêt. J'ai mis Daubat à votre place. Allez-y.

Mustapha, Daubat et quelques autres vinrent me questionner. Arezki vint aussi. Il y eut entre nous un bref regard sans signification. Ses yeux, très changeants, exprimaient à merveille ses états successifs, et il avait, en particulier, un certain regard neutre et indifférent qui tuait toute approche.

Me confier à mon frère ? Étais-je sotte. Je savais bien que je ne pourrais rien lui dire. Les mots ne passeraient pas mes lèvres. Et dire quoi ? Résumé, enfermé dans les mots, cela se réduisait à quatre promenades dans la nuit de Paris, à de peureuses approches, et à des fioritures géantes brodées par moi-même autour de cela.

Bernier fit venir un Algérien pour remplacer le

164

Magyar. Le régleur se déplaça plusieurs fois pour surveiller Mustapha et les pavillons.

J'avais depuis longtemps découvert l'hostilité souterraine des ouvriers entre eux. Les Français n'aimaient guère les Algériens, ni les étrangers en général. Il les accusaient de leur voler leur travail et de ne pas savoir le faire. La peine commune, la sueur commune, les revendications communes, c'était comme disait Lucien, « de la frime », des slogans. La vérité, c'était le « chacun pour soi ». La plupart apportaient à l'usine leurs rancunes et leurs méfiances. On ne pouvait être pour les ratonnades au-dehors, et pour la fraternité ouvrière quand on entrait dans la cage. Cela éclatait parfois, et chacun se retranchait derrière sa race et sa nationalité pour attaquer ou se défendre. Le délégué syndical s'interposait sans conviction. Un jour qu'il m'avait apporté le timbre et la carte, je lui avais avoué mes étonnements et mes désillusions.

— Il y a eu tant de barbarie entre eux, m'avait-il répondu sans se mouiller.

Lui-même parlait des « crouillats », des « bicots », et leur en voulait de n'avoir pas participé à la grève pour les cinq francs d'augmentation.

La chaîne stoppa et la sonnerie retentit. Mustapha m'avait apporté le tampon d'essence qu'Arezki lui avait confié. C'était un signe. Il ne voulait pas me parler.

Je pris mon manteau et je partis vers la Porte d'Italie. J'éprouvais le besoin de marcher et de parler tout haut. Il y avait des bourrasques violentes qui hérissaient les cheveux et cinglaient la peau du visage ; de belles filles en chaud manteau, que, comble d'injustice, le froid et leurs vêtements d'hiver rendaient plus jolies, des Algériens qui marchaient les pieds en canard, vêtus de vestons printaniers dont ils avaient relevé le col ; il y avait des flics aux bouches du métro qui vérifiaient les identités, et les vitrines, du Prisunic à la mercerie décrépie, avaient attrapé une fièvre de guirlandes et d'enluminures. Toute une foule heureuse, bien nourrie, qui prenait en novembre les souliers fourrés et les manteaux doublés, en août les vacances à la mer, et à Pâques les habits de printemps, une foule qui gagnait ses loisirs à la sueur de son front, marchait, s'attablait au café et baissait très fort les paupières quand, dans ses eaux territoriales, se glissaient d'inquiétantes espèces mal nourries, qui gardaient en novembre les habits de Pâques et qui, malgré la sueur de leurs fronts, ne gagnaient que leur pain. Par chance, ces espèces s'aggloméraient dans les quartiers réservés — bidonvilles, hôtels miteux — et par communautés : Algériens, Espagnols, Portugais, et Français naturellement. Dans ces derniers, il y avait aussi diverses catégories : alcooliques, paresseux, tuberculeux, dégénérés. Le ghetto a du bon. Mais ces gens-là réussissaient à se faufiler à vos côtés, dans le métro, au café, et, de plus, ils étaient bruyants, se trompaient de direction ou buvaient salement. Et quelquefois dans ces caricatures de l'humanité, dans ces corps souffrants, mutilés par la misère, dans ces pièces noires, froides, entre le linge sale et le linge qui sèche, l'un de ces déchets portait en lui, par miracle ou par hasard, la lueur, la flamme, la lumière qui le ferait souffrir davantage. L'esprit soufflait là comme ailleurs, l'intelligence se développait ou mourait, écrasée.

Ces pensées, le froid, les mèches qui volent dans mon cou, la dérobade d'Arezki, le sang du Magyar et l'odeur de l'usine, les quatre heures de chaîne qui m'attendent, la lettre de la grand-mère que je n'ai pas encore lue, c'est tout cet amalgame, la vie. Comme elle était douce, celle d'avant, la vie un peu floue, loin de la vérité sordide. Elle était simple, animale, riche en imaginations. Je disais « un jour... » et cela me suffisait.

Je vis ce jour, je vis la vraie vie, mêlée aux autres humains, et je souffre. « Tu n'es pas combative », dirait Lucien.

Une envie physique de lui parler me fit faire demi-tour. J'arrivai devant le restaurant de la cantine. Des hommes sortaient. Gilles apparut, il me reconnut, je lui dis que j'attendais mon frère.

— Tiens, je ne l'ai pas vu à midi. Attendez-moi, je reviens.

Un contremaître passa. C'était un gros qui portait un chapeau. De loin, il m'avait paru terrible. J'eus le temps d'examiner son visage et je le trouvai beaucoup moins effrayant.

— Non, dit Gilles qui revenait. Il n'est pas là. Il mange à la table face à la mienne et j'ai l'impression qu'il n'est pas venu aujourd'hui.

Il me demanda si ça allait, je répondis oui et je revins à l'usine.

Didi, la jolie fille, se tenait au milieu du vestiaire sous l'ampoule et, la tête levée vers la maigre source de lumière, passait du rouge sur ses lèvres. Elle me vit et m'appela.

— C'est vous la sœur du grand brun de la peinture ? Il est malade ou il a quitté ?

L'inquiétude me poussa jusqu'à sa chambre le soir même. La vue d'Anna me mettait mal à l'aise, mais je passai outre, et frappai à leur porte. Ce fut elle qui m'ouvrit.

Lucien était sur le lit, adossé au bois, et discutait avec Henri assis à l'autre bord.

— Qu'est-ce que j'ai dit ? annonça mon frère d'une voix éraillée. Elle est venue ! Alors, me cria-t-il, tu as eu peur ? Tu m'as cru mort ?

— Non. Mais je vois que tu es malade.

— C'est ça, malade... J'ai un rhume, idiote. Mais demain, j'irai au boulot.

— Alors, puisque tout va bien, je repars.

— Assieds-toi cinq minutes, dit-il. Bon, à toi, Henri !

Henri lut des papiers qu'il tenait à la main. C'était un récit, inspiré par Lucien, des conditions de travail, des méthodes dont il était le témoin.

— Très bien. Je le donnerai à Glottin qui le passera dans le prochain numéro sous forme de « lettre reçue ».

— Tu crois à la vertu du verbe ?

— Je crois à la puissance de la signature publique, dit Henri d'un ton sec.

— Mais Glottin est un ancien P.C. ?

— Oui, et alors ?

— Rien, dit Lucien. Il soupira, racla sa gorge à plusieurs reprises... Ces gens-là, quand ils ont quitté le Parti, ils ne sont plus rien. C'est le Parti qui les vertèbre. Sortis de là, ils reviennent à leur état d'ectoplasmes.

— Nous en reparlerons une autre fois, tu veux bien ?

— Je veux. Anna, donne-moi du citron.

Anna se leva, ouvrit un citron en deux et le lui apporta.

— C'est avec ça que tu te soignes ?

Quand je posais ce genre de questions, ma voix

avait, bien malgré moi, une résonance désagréable, ironique et grondeuse.

Il se tourna vers ma chaise. Il souriait radieusement.

— Et ton bicot ? Il va bien ?

Il avait dit le mot par désir de vulgarité et pour m'atteindre.

— Ce matin, nous avons eu un accident !

Et je racontai la blessure du Magyar, très vite, pour détourner l'attention.

J'avais honte à cause d'Henri, et plus encore à cause d'Anna.

— Vous êtes toujours à Paris, Élise ? Vous avez décidé de rester ?

— Non, je repartirai à la fin du mois, pour Noël.

Lucien posa le citron.

— Tu repars à la fin du mois ?

— J'ai des nouvelles de là-bas. Il faut que j'y retourne.

Je voulais lui donner mauvaise conscience, j'avais envie de troubler la vie close dans laquelle il s'était enfermé comme dans une chambre, ouverte seulement sur les grandes masses d'hommes, la guerre, la condition prolétaire, et muré du côté de deux êtres, sa fille et Marie-Louise. Je voulais me venger de sa phrase. Il le comprit.

— Arezki va te regretter. Tu sais, tu as bien choisi, c'est le type le plus valable de tout l'atelier, peut-être même de l'usine. Avec Gilles. Mais Gilles... Oui, le plus valable. Mais il y a son sale caractère. J'ai travaillé avec lui, je le sais. Il est susceptible, ombrageux. Gilles aussi l'apprécie.

— J'aimerais avoir une conversation avec ton Gilles, intervint Henri.

Lucien fit mine de s'endormir.

Henri s'était levé et s'étirait.

— Je te laisse les journaux et les tracts. Si tu trouves quelques types pour les faire distribuer...

— Oui, parmi les colleurs... Tu vois qu'on sert à quelque chose.

Anna sortit avec Henri. Elle voulait acheter des médicaments pour mon frère. Quand ils eurent fermé la porte, Lucien reposa la tête en arrière et me dit :

— Il veut toujours rencontrer quelqu'un.

Il ajouta :

— C'est un salonnard.

Je redoutais de rester seule avec lui. Je ne savais comment amorcer une conversation, et ne rien dire m'était impossible.

— Il y a quelqu'un qui te cherchait à midi.

J'avais le sentiment de ma stupidité.

— Qui ? dit-il, intéressé.

— La fille qui contrôle les serrures. Une brune, jolie.

— Oui, oui, je vois. Oh, dit-il, les yeux fermés, une fille sans histoire.

Il se redressa et chercha ses cigarettes. Ne les trouvant pas, il retomba sur le lit.

— Moi, j'ai plus d'exigence.

Je ne répondis rien. Henri était parti, j'étais restée, il somnolait à demi et faisait mal la distinction.

— Et puis...

Il s'arrêta longuement. Sa voix, quand il reprit, était indistincte, empâtée par le sommeil.

— Il y a des êtres qui portent en eux l'arme qui tue l'amour, l'excès même de cet amour. Ils abrègent sa vie par la façon gloutonne et dévorante dont ils aiment.

— Eh, tu philosophes ? lui dis-je en riant.

— Je débloque, oui.

Il ouvrit les yeux.

— Quelle heure est-il ?

— Je pars, il est huit heures et demie. Soigne-toi, Lucien. Tu as maigri, tu es pâle.

— Ne recommence pas !...

Il se mit debout. Anna rentrait.

— Voilà, dit-elle. Et elle posa sur la table une poche qui contenait des médicaments.

— Il y en a pour combien ? questionna mon frère.

— Trois mille et... Henri m'a prêté de l'argent.

— Henri ?... Après tout, il a bien fait, ajouta-t-il. C'est la grande circulation des richesses qui commence.

Je gagnai la porte et les regardai. Le rond de l'ampoule les cerclait comme un projecteur. Ils ne bougèrent pas quand je tournai la poignée. Moi partie, leur magie se reconstituerait.

Le poignet gauche bandé, le Magyar était revenu. Il vissait à nouveau les feux arrière.

— Alors ? lui demandait Mustapha chaque fois qu'il le croisait.

— Bien, disait l'autre.

Un carreau cassé laissait passer l'air froid et Bernier nous dit de placer un carton en attendant qu'on le changeât.

— Il y a un an qu'il est cassé, dit quelqu'un.

Le Magyar travaillait en veston boutonné dont le col se patinait de crasse. Je m'adressai à Mustapha.

— Pourquoi ne met-il pas un bleu ? Et vous aussi ?

— Un quoi ? Qu'est-ce que c'est ?

— Un bleu, répétai-je. Une veste et un pantalon de coutil comme... Daubat, par exemple.

— Moi, je ne porte pas le bleu, dit-il, choqué.

Comme il descendait de la voiture que je vérifiais, Arezki se montra.

— Ce soir, ça va ? On se verra ?

Je répondis que je ne pourrais pas. Je dis cela sèchement, puis je sortis et gagnai la voiture suivante. Il ne chercha plus à me joindre jusqu'à midi. Alors il m'apporta lui-même le tampon d'essence. Je demeurai muette ; il rejoignit Mustapha.

Daubat arrivait dans l'allée avec de vieux cartons d'emballage. Il en posa un près de moi. C'était pour le carreau cassé.

— Je leur mâche le travail. Ils n'ont plus qu'à le tailler et le poser. On ne va pas à la soupe ?

— J'allais descendre.

— Ça ne va pas aujourd'hui ? C'est le froid ? le travail ? Il y a eu des erreurs ?

Pour lui faire plaisir, je lui demandai conseil. Nous descendîmes ensemble. Cela m'arrangeait, ainsi je ne passerais pas seule devant les grands braillards des serrures qui mangeaient sur place, bien que ce fût interdit, et se couchaient ensuite dans les voitures.

Daubat se plaignit des fortes cadences qui ne permettaient pas de soigner le travail.

— Et puis, il y a trop d'étrangers, ils ne savent pas, et on n'a pas le temps de leur apprendre. Vous mangez au vestiaire ? Méfiez-vous des casse-croûte froids.

Le banc — mon banc — était libre. Je pouvais jouir à plein de l'instant. S'effaçaient les murs, le banc prenait des proportions gigantesques, mon corps aussi. Il fallait avoir souffert cinq heures debout pour ressentir la volupté d'être à l'horizontale, de n'entendre que les murmures du petit groupe des femmes. Le travail, la fatigue, la faim, le bruit mettaient le corps à la torture ; l'estomac, les jambes, les tempes, la nuque, ces quatre points les plus vulnérables, se fondaient jusqu'à vous laisser l'impression de n'être qu'un unique membre douloureux. Saliver en mâchant sans hâte mon casse-croûte tandis que les paupières papillotent et qu'une tiède torpeur m'enveloppe des pieds à la taille, c'était la jouissance incomparable que je me ménageais chaque jour.

Et tandis que je mangeais, je sentis dans ma bouche le goût du thé chaud qu'Arezki et moi avions bu ensemble à chacune de nos rencontres. Son parfum se mêla au goût du pain, l'imprégna fortement, et je commençai à regretter mon refus du matin. J'étais d'autant plus sensibilisée aux plaisirs, même modestes, qu'ils m'étaient rares. Ceux qui ont tout et qui considèrent le bien-être comme un dû, qui ne le considèrent même plus du tout parce qu'il est trop habituel, ne connaissent pas cette impression semblable à l'ivresse qui vous pénètre parce que vous avez chaud après avoir eu froid, parce que vous mangez bien, que vous avez bu un café. Tous les problèmes s'évanouissent, une sensation de puissance vous envahit. On se croit invincible parce qu'on a l'estomac garni ou les pieds au sec.

Les femmes s'étaient tues. Une ouvrière venait d'entrer, une rouquine, pas très belle, assez maigre et plus très jeune. Elle ouvrit son placard, remua ses affaires, et quand elle eut replacé le cadenas, elle en glissa la clé dans son soutien-gorge.

— Ça va, Irène ? demanda une femme.

— Et toi, ça va ?

Elle parlait comme les femmes qui ont grillé beaucoup de cigarettes. Sa voix gardait un halo dans les sons graves, elle les prolongeait jusqu'à les rendre sensuels. C'était son seul charme, car son visage, tout en angles durs, n'attendrissait guère.

Irène sortit. Il y eut des murmures dans le groupe des femmes. Je saisis cette phrase :

— ... elle marche avec les Algériens

C'était l'expression d'usage : marcher avec, toujours suivi du pluriel. Et c'était l'injure suprême : marcher avec les Algériens, marcher avec les Nègres...

Un instant, je m'imaginai prenant ces femmes pour confidentes. Je partagerais leur banc, je leur dirais : c'est étrange, qu'en pensez-vous ? J'ai eu quelques minutes de satisfaction vaniteuse quand j'ai dit non à Arezki. Si je le pouvais, je rattraperais ce refus. Vous êtes pour quelque chose dans ce non. J'ai peur de vous toutes. Mais le thé chaud, le contact de sa main quand il me quitte, et cette marche dans la nuit, je ne peux pas y renoncer.

Demain, elles diraient de moi « elle marche avec les Algériens ». Ces mots évoquaient des bouges tristes où la même femme passe successivement dans les bras de beaucoup d'hommes.

Il travaillait le plus loin possible de moi. Il lui arriva pourtant de prendre du retard et nous nous croisâmes, toujours entourés par nos camarades.

— Encore deux !

Le petit Marocain était soulagé. Alors je me sentis triste et je vis un grand trou sans fond devant moi.

La dernière voiture arriva. Arezki en descendit.

— Vous mettrez : pavillon déchiré. En posant le rétro, j'ai tiré fort.

— Je me suis arrangée, j'ai décommandé mon frère et je peux vous voir.

— Ah ?

Il resta surpris. J'avais débité si vite ma phrase, je me demandai s'il avait bien entendu.

Le Magyar, Mustapha et le petit Marocain nous rejoignirent. Arezki me fit entrer précipitamment dans la voiture.

— Écoute-moi vite. Tu prendras le métro. Oui? jusqu'à Stalingrad. Tu descends, tu t'assois et tu m'attends sans sortir du quai. En m'attendant, tu lis, avec le journal déplié devant toi. S'il y a des gens d'ici qui descendent, ils ne te reconnaîtront pas.

Je suivis ses instructions. Il me rejoignit sur le quai de Stalingrad où je m'étais enfouie dans les hautes pages de mon journal. Cela le fit rire. Il tapa du doigt sur le papier et me dit que nous irions aux Ternes.

— Près de l'Étoile. Je crois que c'est un bon quartier.

Arezki avait soigné sa tenue. Il portait une chemise blanche, une cravate cachée par une écharpe, et son costume marron, luisant d'usure, était d'une propreté parfaite.

Enfin, je vis Paris la nuit, celui des clichés et des calendriers.

— Tu aimes ça?

Arezki s'amusait. Il proposa que nous marchions jusqu'à l'Étoile pour retourner ensuite par l'autre trottoir. Ce devait être facile de se fondre et de devenir soi-même un élément du décor. Avoir conscience d'être à sa place dans cette belle ville, être intégré, être comme, être dans...

Nous discutâmes un bon moment de l'accident du Magyar. L'un comme l'autre, nous avions froid. Arezki jetait un coup d'œil sur les cafés en passant. « Il craint sans doute que ce ne soit cher. Dans trois jours la paye, il doit être comme moi, presque raide. »

175

En redescendant vers les Ternes, il me dit : « Tu as froid », et nous entrâmes dans un établissement où la terrasse était chauffée. Mais il préféra l'intérieur, choisit deux places et commanda deux thés. C'était toujours le même processus. Les voisins nous considéraient en silence pendant quelques secondes et il était facile de déchiffrer leurs pensées. J'essayai de me dire : « Quoi, c'est Paris, c'est la ville des proscrits, des fuyards du monde entier ! On est en 1957. Est-ce que je vais perdre contenance pour quelques regards ? Nous sommes un objet de scandale dans ce beau quartier. Faut-il en vouloir à ces gens ? »

... Mais que fait la police ? Voir un de ces types-là s'asseoir à vos côtés, dans un endroit convenable où vous avez donné rendez-vous à quelque belle fille que vous raccompagnerez dans votre voiture garée tout près de là, voir un Arabe accompagné d'une Française ! — elle est française et boniche assurément, ça se devine à son allure. On est en guerre avec ces gens-là... Que fait la police ? Non, pas les faire souffrir, nous sommes humains. Il y a des camps, des résidences où les assigner. Net-to-yer Paris. Celui-ci a peut-être une arme dans sa poche. Ils en ont tous...

Chacun de leurs regards disait cela. Le thé avait perdu son parfum troublant du vestiaire. Il me parut fade et je remarquai l'impatience d'Arezki. Il me fit signe et nous sortîmes. Par la suite, je me rendis compte qu'il se méfiait, souvent à tort, de ceux qui le dévisageaient. Il voyait la police partout et craignait les provocateurs.

Dans la nuit épaisse des rues transversales que nous avions prises, j'avais tous les courages. Nous allions sans hâte, un peu contractés par le froid. Arezki avait perdu la réserve déroutante des premiers soirs. Il me dit encore « la chance » quand je remarquai comme il parlait bien notre langue.

Derrière une fenêtre, au rez-de-chaussée d'un immeuble d'angle, nous vîmes un chat qui regardait la rue. Arezki se mit à rire.

— C'est bien d'un chat de se mettre derrière un carreau. Quand j'étais chez nous, il y avait un chat. J'étais fou de lui, mais il s'échappait toujours. Je me demande maintenant de quoi il vivait, comment il mangeait, il n'y avait jamais de restes.

— Qu'est-ce que tu veux que je te raconte ? dit-il comme je le questionnais sur son enfance. La misère, la misère, la misère.

Il avait un frère, débrouillard et costaud, qui, parti pour Alger, avait successivement travaillé comme garçon de bains, docker, marchand de beignets. A l'âge de treize ans, Arezki l'avait rejoint, et il avait, lui aussi, été garçon de bains. Il dormait la nuit dans le hammam. Il avait fait quelque temps le bagagiste mais, grâce à son frère, il n'avait jamais eu faim. Au bain, il avait connu un compatriote, un jeune bourgeois qui venait de vendre tous ses biens et de les donner au parti, clandestin encore. La petite flamme qui luisait dans les yeux d'Arezki, cet homme l'avait entrevue et entretenue. A partir de là, par goût de comprendre et de savoir, Arezki s'était adonné à l'étude solitaire, anarchique. Son frère l'avait encouragé d'abord, puis, un jour, à la suite d'une dispute, renvoyé dans leur village. Plus tard, ç'avait été la France et la nécessité de survivre.

— Je ne suis pas retourné là-bas depuis six ans.

Je restai muette, je pensai à la lettre d'Anna.

Arezki me regarda en riant comme s'il se moquait de moi.

177

— Si nous commençons à raconter nos misères...

— Les nôtres, dis-je, n'ont rien de comparable aux vôtres.

— Oui, je le pense.

Après un petit silence, il reprit :

— Si le secret est bien gardé, nous pourrons nous voir presque tous les soirs.

Je ne répondis rien, la joie m'envahissait. Nous avions beaucoup marché et nous nous trouvâmes sur une petite place, devant une énorme statue. Je m'arrêtai et la détaillai.

— C'est Balzac, dis-je joyeusement, je le reconnais. Regardez. La robe de chambre et la cordelière. Vous connaissez Balzac ? L'aimez-vous ?

— Est-ce que tu connais Amrul'Quais ? Est-ce que tu l'aimes ? demanda-t-il finement.

La petite place était isolée par le brouillard. Je vivais un moment de bonheur parfait. Il me semblait que si je quittais la place ce bonheur se diluerait.

— Viens, me dit Arezki. Tu vas avoir froid, ne reste pas ici.

Je n'avançai pas, je le regardai en souriant. Il me tira vers lui et m'embrassa trop vite pour que j'en ressente un autre plaisir que celui d'une chaleur soudaine sur ma figure froide.

Quelqu'un troua le brouillard et passa devant nous d'un pas rapide et sonore.

— Que j'aime Paris...

— J'aurais préféré que tu dises : que j'aime Arezki...

Sa voix était moqueuse. Il tenait encore mes bras au-dessus des coudes, et, ensemble, nous commençâmes à rire. Je jetais de petits coups d'œil à la statue, je grelottais et je retardais le moment d'avancer.

— Allons, viens.

— De quel côté ?

— Je me reconnais mal. Par là, les Ternes. Viens, nous allons retrouver le métro.

Je soupirai : « déjà ». Il m'attira et m'embrassa encore et plus ardemment que la première fois. Je me raidis par hypocrisie. Il me lâcha, prit ma main, et, à regret, je dis adieu à la petite place.

Le contact de nos mains me rassurait. Il parlait en effet avec détachement et d'un ton neutre, comparant les climats des diverses villes où il avait habité, et je devinai que ma retenue l'avait déçu.

— Quand es-tu libre ? demanda-t-il.

Sa question me déplut.

— Lequel de nous n'est pas libre ?

Je dis cela d'une voix sèche. Il marqua le pas, me traversa de son regard et me répondit avec dureté :

— J'avais pensé que tu étais une femme intelligente.

Il reprit sa marche, les mains dans les poches, tandis que je perdais pied et ne savais que dire.

— Quel froid, quel froid.

J'espérais qu'il reprendrait ma main.

Il me sourit ironiquement.

— Quel froid, oui. Il aurait fallu rester dans un café. Mais dans un café avec un Arabe... c'est gênant. Les gens te regardent. Les petites rues noires, c'est plus discret.

— Vous perdez votre temps. Et cette fois, j'aimai le ton de ma voix. Ce n'est pas de moi que vous parlez, je ne me sens pas concernée par ce que vous venez de dire, et vous le savez bien.

Ma colère lui plut. Nous étions devant la vitrine d'un marchand de chaussures, et le néon de l'étalage

179

projetait sur nos visages une lueur chatoyante. Arezki se détendit et je me retrouvai contre lui.

Pendant les quelques secondes que dura ce contact doux et tiède, ma pensée se détacha et j'imaginai avec épouvante qu'il pourrait un soir m'embrasser ainsi en public.

— Ne parle à personne de nos sorties. Demain soir, tu m'attendras comme ce soir, à Stalingrad, avec un journal.

Nous allions traverser pour rejoindre la bouche du métro lorsque Arezki me tira en arrière.

— Attends.

Il recula vers l'ombre d'un porche et regarda attentivement trois hommes qui faisaient les cent pas devant l'escalier.

— Quittons-nous là, dit Arezki. A demain, rentre vite.

— Mais pourquoi ? Et vous ?

Il parut impatienté et m'assura que ce n'était rien, mais qu'il fallait nous quitter. Je n'insistai pas. Son regard me dépassait. Je le quittai et traversai. En passant devant les trois hommes, je ralentis et les examinai. Rien dans leur comportement ne me parut anormal. Ils paraissaient attendre. Mais quand j'arrivai à la moitié de l'escalier, je m'arrêtai et remontai les marches pour observer Arezki. Sa silhouette filiforme disparaissait dans l'avenue à gauche. L'un des hommes qui était à l'ouverture de la bouche m'étudia rapidement et reprit son va-et-vient autour de la balustrade sans plus s'intéresser à moi.

Il était presque onze heures lorsque je rentrai dans ma chambre. Je dînai de fruits et traînai longuement devant la glace qui surmontait le lavabo. J'y cherchai un changement qui n'était pas visible.

Arezki, lorsqu'il me rejoignit à Stalingrad, déclara que nous n'irions plus aux Ternes, ça n'était pas un bon quartier.

— On va... au Trocadéro.

Nous avons été au Trocadéro. Nous y sommes même revenus le surlendemain. Nous nous sommes promenés dans les jardins où la brume givrante dressait autour de nous des murs protecteurs.

Nous avons été à l'Opéra et fait plusieurs fois le tour de l'édifice.

Nous avons traversé des ponts.

Nous nous sommes perdus dans les rues du quartier Saint-Paul.

Nous avons remonté les boulevards autour de l'axe Saint-Augustin.

Partis de Vaugirard, nous nous sommes retrouvés à la porte d'Auteuil.

La rue de Rivoli, nous l'avons parcourue dans les deux sens.

Et le boulevard Voltaire, et le boulevard du Temple, et les ruelles derrière le Palais-Royal. Et la Trinité, et la rue Lafayette.

Nous ne revenions jamais dans le même quartier. Quelque fait banal, un rassemblement, l'ombre d'un car de police, un flâneur qui nous suivait, et la promenade tournait court. Il fallait nous quitter, rentrer séparément. Ces soirées inachevées, nos conversations interrompues et l'inquiétude — ne pas savoir, le laisser derrière moi, attendre jusqu'au lendemain pour m'assurer que rien de grave ne s'était produit — m'attachèrent profondément à lui selon le phénomène banal qui nous rend plus cher ce qui est fuyant.

Il voyait la police partout. Je pensais qu'il exagérait. Je protestais un peu quand il me disait :

— Regarde, ce type-là qui est devant la vitrine, c'est un flic. Tu ne le crois pas ? Moi, je te le dis.

— Eh bien, qu'est-ce que ça peut faire ?

Nous continuions notre marche.

Il y avait beaucoup de rafles. Arezki les redoutait.

— Mais puisque vous êtes en règle...

— Tu crois que ça leur suffit ?

Et le lendemain soir, nous changions d'arrondissement. Je ne posais pas de questions, je ne demandais rien. Les jours passaient, nos rencontres étaient presque quotidiennes. J'essayais de lui dire « tu » car il s'était fâché, un soir, de mon « vous » continuel. J'aimais l'écouter parler. Sa langue faisait un petit roulement très doux quand il prononçait les r. Nous passions du grave au gai, nous nous moquions des camarades de chaîne. Je lui racontais la jeunesse de Lucien, je lui parlais beaucoup de la grand-mère. Elle lui était devenue familière ; il connaissait maintenant ses travers, ses expressions, ses manies. Mustapha, la grand-mère, Lucien, ces personnages dont nous faisions notre compagnie nous aidaient à nous découvrir. Par pudeur, nous nous servions d'eux pour parler de nous.

Imprégnée d'idées reçues, j'avais pensé, le soir où nous nous promenions dans les jardins du Trocadéro et où, choisissant un trou d'ombre, Arezki m'avait violemment embrassée : ça y est, maintenant, il va m'emmener dans sa chambre. Mais rien ne s'était produit. Notre accord était un miracle. Tout autre que lui se serait montré plus impatient et plus audacieux. S'il ne le fut pas, c'est qu'aux circonstances difficiles qui l'en empêchèrent s'ajouta le plaisir calculé d'avancer doucement avec moi.

Nous nous sommes longtemps observés avec une tendresse grandissante. Nous avons joué, vis-à-vis des autres, le jeu de l'indifférence, ce jeu où le moindre geste, un cillement des paupières, une inflexion de la voix, prennent une intense valeur.

Chaque fois que nous nous séparions, Arezki me recommandait le secret, et cela m'agaçait un peu. A la vérité, cela me convenait tout à fait.

Il pleuvait, il gelait, nous marchions. Paris était un immense boulevard piégé où nous avancions avec des précautions dérisoires. La tendresse magnifiait les décors de nos vagabondages. Rien n'était laid. La pluie astiquait les pavés où l'unique lumière d'une impasse se fractionnait en pierres brillantes. Les squares avaient la grâce de places de province et les hangars délabrés, des silhouettes de vieux moulins abandonnés. Notre plaisir transformait Paris.

Les soirées où il ne pouvait me rejoindre, je récupérais, je me jetais sur le lit où il m'arrivait de m'endormir tout habillée.

Une réserve tenace, dont je ne parvenais pas à me débarrasser, l'irritait parfois. Et moi, craignant qu'il la confondît avec quelque répulsion raciste, je m'obligeais à des gestes que je croyais audacieux quand ils n'étaient que naturels.

Autodidactes lui et moi, nous trouvions chacun la compagnie de l'autre enrichissante. Il avait une passion pour la géographie et se demandait lui-même d'où elle lui venait.

Quand je parlais trop de Lucien, il oubliait de m'écouter. J'en étais déçue. Un soir que j'évoquais le

Magyar, il me dit doucement : « Laisse tomber le Magyar, et ne lui souris pas trop. »

J'avais posé, deux ou trois fois, des questions indiscrètes que, sans se fâcher, il avait éludées. Je m'étais donc résignée à ne savoir de lui que ce qu'il voulait bien m'en dire. Nous parlions rarement de la guerre parce qu'elle se rappelait à nous partout, dans les yeux des passants, aux kiosques à journaux, aux issues des métros, parce que nous n'étions jamais sûrs de nous retrouver le lendemain. Nous parlions de la chaîne. Arezki m'avouait que ses bruits furieux et stridents provoquaient en lui une excitation sexuelle, la même qu'il ressentait dehors dans le fracas des boulevards. Le silence et le calme réveillaient ses angoisses.

Il excusait Mustapha et m'expliquait, par sa propre expérience, le comportement de son camarade envers les filles à l'usine.

— Quand j'ai commencé à travailler à Paris, disait-il, j'en étais ébloui, la tête m'en tournait. Les filles ici ont des corps qui font envie. Elles sont plus désirables que les femmes de chez nous pour des raisons... qui n'ont rien à voir avec la beauté. J'étais fou de les sentir autour de moi. Je baissai la tête pour ne pas les voir bouger ou se baisser. Les femmes, là-bas, nous les voyons si peu, et ici, presque à portée de la main. Tu imagines pour Mustapha qui vient du fond des montagnes...

— Et vous avez aimé beaucoup de ces belles femmes ?

Quand je reprenais le vous, il me savait contractée.

Quelquefois, il disait en se moquant :

— Lequel des deux est le sous-développé ?

Les jours passaient. Nous arrivions aux fêtes de Noël. Je ne me rendais plus compte. Noël devenait un mauvais jour, un jour sans Arezki ; les dimanches et les fêtes il n'était jamais libre. La semaine se décomposait en quatre jours fastes et trois autres gris.

Je reculais l'échéance de mon retour et construisais pour la grand-mère des mensonges éblouissants.

Lucien et Mustapha vinrent déranger ce périlleux équilibre.

Arezki avait dit la veille :

— Nous irons à Saint-Michel demain. D'abord pour que tu connaisses, et puis tous ces coins sont pourris. Je t'assure, c'est plein de police. Tu n'as pas vu tout à l'heure le type qui s'est levé quand nous nous sommes mis à côté de lui ? Alors, n'oublie pas. Tu m'attendras à Châtelet. CHA-TE-LET. Comme d'habitude, sur le quai.

Le lendemain matin, j'arrivai à trente-quatre au lieu de la demie, et le gardien me dit « trop tard, on a relevé les cartons. Revenez pointer à huit heures avec les bureaux ».

Cela m'amusa d'abord parce que je devinais l'étonnement d'Arezki, son inquiétude. Je paraîtrais à huit heures et j'observerais sa réaction. Cette malice puérile m'occupa et je partis me promener autour de l'usine. J'allai regarder depuis le boulevard Masséna les fenêtres de notre atelier. J'imaginai Bernier pestant parce qu'il devait me remplacer. Par mon absence je devenais un personnage important, chacun s'interrogeait : que lui est-il arrivé ?

Mais ce plaisir dura peu. Tandis que je regardais la tête levée vers les carreaux blanchis du deuxième étage, une angoisse brutale, une impatience inexplicable me firent souhaiter d'être déjà là-haut. Je repris ma lente marche autour de l'usine. « C'est la crainte de traverser seule tout l'atelier ; c'est la fraîcheur du matin ; c'est l'estomac trop vide. » C'était la peur, celle qui bourre l'estomac de ses coups sourds et fait avaler de travers la salive. En moi naissaient à la vue des hauts murs noircis, de la grille qui me séparaient d'Arezki, de sinistres images, et je n'arrivais plus à sourire de ma farce involontaire.

J'entrai dans l'atelier et je réussis à me faufiler jusqu'à la chaîne. Habitués à ma présence, les hommes ne manifestaient plus guère. En avançant, je regardai le tableau d'ensemble, je distinguai d'abord Mustapha qui levait les bras en parlant au petit Marocain.

Arezki me vit. Il descendait d'une voiture, et tenait ses outils contre lui. Il les posa dans le véhicule, à même le plancher, ébaucha un mouvement vers moi, mais se contenta d'un salut de la tête.

Bernier avait mis Daubat à ma place. Celui-ci dit : « Ah », quand il me vit, mais sans chaleur.

— J'ai manqué la porte, lui criai-je.

— Ça, dit-il sans sourire, il faut se coucher de bonne heure pour se lever le matin.

Puis il descendit de la chaîne et se dirigea vers le pupitre de Bernier.

— Vous vous êtes endormie ? demanda Mustapha.

Je souris et me hâtai de m'intégrer. J'avais l'impression que chacun me dévisageait. Contrairement à ses principes, Arezki m'attendait dans la voiture où je devais entrer.

— Qu'est-ce qu'il y a ?

Il posa la question sans me regarder, en continuant de visser.

— Rien. En retard.

— Ce soir, presse-toi à la sortie. Tu te souviens ? Châtelet. Je n'aurai pas beaucoup de temps et je dois te parler. N'écoute personne avant que je te parle.

Apparemment, c'était une matinée comme les autres. Arezki travaillait le plus loin possible de moi. La mécanique des gestes fonctionnait convenablement. Mais il y avait l'œil de Mustapha qui me regardait d'un air nouveau, celui du petit Marocain et, lointain et insistant, l'œil de Bernier. Quelque chose avait changé.

A la pause de midi, je me retrouvai par hasard et sans l'avoir voulu derrière Arezki dans l'escalier. Daubat, qui descendait rapidement, me fixa à l'instant où, projetée en avant par ceux qui dégringolaient les marches en vitesse, je prenais appui sur le dos d'Arezki.

Je m'arrêtai devant le vestiaire des femmes, et, comme je levais machinalement la tête, je vis Lucien. Il descendait lentement, blême et raide comme un homme ivre. Sur les tempes, ses cheveux étaient blancs et collés par la peinture. L'expression de son visage s'abêtissait à cause du durcissement des traits et de la fixité du regard. Cette figure tant aimée, tant épiée, qui se défaisait, me bouleversa. Je l'attendis pour lui dire quelques mots.

— Tiens, fit-il, tu es là ? Qu'est-ce qui t'est arrivé ?

Lui aussi ! Je lui demandai comment il savait.

— Je suis descendu ce matin pour voir une carrosserie. Je l'avais salopée, paraît-il. Bernier m'a arrêté pour me demander si je savais la cause de ton absence. Je ne savais pas. J'ai dit non. On est allés ensemble voir la carrosserie. Arezki travaillait dedans. Je lui ai demandé si tu allais bien hier au soir, quand il t'avait quittée.

Je le regardai, incrédule.

— Tu lui as demandé ça ? Devant Bernier ?

— Oui, devant Bernier. Pourquoi pas ?

— Il a répondu ?

— Il a bafouillé.

187

— Et Bernier ?

— Quoi, Bernier... il n'a rien dit. Les autres non plus. Ils n'ont peut-être pas entendu.

— Quels autres ?

— Oh, dit-il, tu m'embêtes. Le petit Mustapha, Daubat, je crois, un autre aussi.

J'étais accablée. Lucien s'étonna. Pourquoi se cacher, me demanda-t-il ? Avais-je honte ? peur ?

— Tu as l'air catastrophée. Enfin, quoi, je vous ai vus plusieurs fois, le soir, dans le bus. Vrai ou pas vrai ?

— Tu as commis une grosse bêtise, surtout vis-à-vis d'Arezki.

— Allons, Arezki n'est pas en jeu, tu penses à toi, surtout. Je te connais bien. Que veux-tu, c'est l'accident. Quand on s'amourache d'un Arabe...

Il parlait trop fort, avec un air satisfait. Avait-il agi sans réfléchir, spontanément ? Avait-il perfidement voulu m'acculer, m'obliger, comme il le faisait lui-même, à défier l'opinion ? Quand il m'apercevait descendant du bus derrière Arezki, quand il nous voyait nous diriger précautionneusement vers les rues calmes, protégés par la saison qui noyait Paris dans le brouillard et l'obscurité dès sept heures, ne pensait-il pas que je manquais d'audace, de dignité et qu'il fallait me forcer un peu la main ? Et n'avait-il pas pris plaisir à mettre dans l'embarras celle dont il avait des années durant supporté le regard, les jugements désapprobateurs ? Quelle revanche !... Je l'ai mouillée, devait-il se dire. Il devinait mon affolement et me regardait, calme et moqueur. Lui, avait coupé les ponts de tous côtés et réussi à se faire rejeter de chacun, partout où il allait.

Inutile d'expliquer. Quoi que je dise, le mal était

fait. Par chance, je verrais Arezki le soir même et nous en discuterions ensemble.

J'observai intensément les femmes qui déjeunaient dans le vestiaire. Elles ne firent pas plus attention à moi que les autres jours. Cela me rassura un peu. Retourner dans l'atelier, passer devant Daubat, Bernier, regarder Gilles en face... Forcément il saurait. Tous sauraient. « Elle marche avec... » Mustapha, le Magyar, cela n'avait que peu d'importance. J'avais peur des autres.

Lorsque le grand régleur vint me parler dans l'après-midi, je me sentis mal. Il me demanda comment allaient ses pavillons. Je dis que c'était bien, très bien même. Satisfait, il risqua une innocente plaisanterie, ce qui me rassura. Lui ne savait pas. J'écoutai ses explications professionnelles avec un intérêt qui le flatta. Je voulais, par avance, forcer sa sympathie. Incompréhensiblement, je me sentais une mentalité de coupable qui ne me laissait qu'une envie : gagner du temps.

Je m'affalai sur un banc de la station Châtelet et l'attendis, l'esprit vide. Arezki était en retard. A chaque rame qui se déversait, mon agacement augmentait. Quand il me rejoignit, je ne pus me détendre. Ma froideur le gagna. Nous sortîmes et nous nous trouvâmes sur un pont. Le décor en relief était âpre et l'eau, par endroits, avait des tressaillements lumineux. Arezki gardait le silence et je n'osai lui dire : « Arrêtons-nous un instant. » L'horizon vide sur le fleuve donnait une impression de liberté, d'espace sans fin.

— Tu connais ce bâtiment ?

Enfin, il parlait.

— C'est la Préfecture de police. On va contourner le quai.

Je dis, avec un détachement volontaire :

— Lucien a commis un impair ce matin.

Arezki me regarda, il paraissait étonné.

— Qui t'a dit ?

— Lui-même.

— Pourquoi l'a-t-il fait ?

— C'est Lucien tout entier. Il a parlé sans réfléchir.

— Oui.

Mais il restait préoccupé, et j'insistai.

— C'est grave ?

— Grave ! dit-il. Une petite chose comme ça. Seulement, c'est pour toi. Un peu pour moi, mais surtout pour toi.

— Moi, ça m'est égal.

J'avais crié cela. A cet instant, oui. Une molle douceur m'enveloppe qui me suffit. Anna disait cela très bien quand elle écrivait à mon frère : « Avec vous, je me sens. » Et moi, ce soir, je me sens et je sens l'existence de cette ville, au-delà d'Arezki mais à travers lui, polie par l'ombre qui s'ouvre devant nous.

La pluie, maintenant, vient multiplier les mirages.

— Mets ton écharpe, tu vas te mouiller.

J'aime ce geste. Il tient mon sac, j'attache les pans d'étoffe sous le menton et nous repartons.

— Qu'est-ce que tu veux faire ? Le secret valait mieux pour tous les deux. Maintenant ils vont nous embêter, toi surtout. Bah, ce n'est rien. Tu ne changeras pas pour ça ?

J'ai un petit rire assuré.

— Si je n'étais pas égoïste, je te dirais de quitter cette place et de chercher du travail ailleurs. Mais j'aime t'avoir devant moi, le matin surtout ; quand j'arrive, je te cherche, je te vois. Enfin... Attendons, nous verrons bien.

— Tu aimes ce quartier, reprend-il. Je m'en doutais. Moi aussi, mais c'est un quartier dangereux.

— Pourtant, il y a beaucoup de tes frères.

— Elle ne comprendra jamais, soupire-t-il. C'est justement. C'est un quartier à rafles. Et, en plus, ce n'est pas le mien. Moi, j'habite à Crimée.

Auparavant, il m'avait dit Jaurès.

— Ce soir, on s'en fiche. Viens, on va boire quelque chose.

Nous passons dans les rues moyenâgeuses. Mon plaisir est un instant gâté par les images qui surgissent, le passage des Trois-Chandeliers, notre porte, le Club, la grand-mère cherchant à la nuit des cageots vides. Arezki me tient contre lui et nous marchons du même pas.

Disparaissent la grand-mère, la porte et le passage.

— On va s'abriter, il pleut trop fort.

A gauche de la ruelle, il y a un café arabe. La porte en est entrebâillée. Il est bourré, bruyant, il y a de la musique. Un homme sort, regarde dehors, rentre et ferme la porte.

— Nous allons dans ce café ?

— Tu penses, ce n'est pas possible ! Je ne suis pas du quartier. Ils me prendraient pour un mouchard, un indicateur.

Mon écharpe a glissé. Nous nous sommes reculés sous un porche. Arezki, laisse tes cheveux s'égoutter, n'essuie pas tes joues. Tu m'as embrassée. Ton blouson où s'appuie mon visage est froid. Son odeur de cuir mouillé me grise. La pluie continue. La porte du café s'est ouverte. La musique arrive jusqu'à nous. Une phrase en leitmotiv se répète. Arezki traduit

« *Ana ounti : Toi et moi,* c'est égyptien. » La musique s'adoucit, la porte s'est fermée. Arezki a soupiré. Je lui ai demandé « As-tu froid ? »

— Non, dit-il, c'est l'idée de nous séparer.

— Déjà ?

— Oui, je dois rentrer de bonne heure.

La pluie diminue, nous reprenons notre marche. Ce moment trop court tombe comme une image au fond d'une boîte.

Le boulevard Saint-Michel était pour moi tout un monde symbolique. Henri, Lucien l'accommodaient toujours d'adjectifs fascinants.

Je détaillai les promeneurs. Ce soir-là, le boulevard ne me parut pas conforme à sa légende. Il y avait surtout de jolies filles qui léchaient les vitrines des trop nombreuses boutiques de mode. Elles ne semblaient pas pauvres du tout. Par endroits surgissaient des personnages portant comme un travesti des vêtements négligés, sales, qui, heureux hasard, moulaient les filles au bon endroit et flattaient ce qui devait l'être.

Arezki me tira par la manche.

— Cette chemise, tu vois ?

Il me montra, dans une vitrine, une chemise blanche, filetée, soyeuse, chère.

— Cette chemise, il me la faut.

— Mais, Arezki, elle coûte presque une semaine de travail.

— Tant pis... Je l'achèterai à la prochaine paye.

— Il y en a de belles ailleurs et tellement moins coûteuses.

— Ce n'est pas la même chose. Regarde-la bien. Une chemise comme ça, dis-moi si on l'imagine sur le dos d'un Algérien.

Il s'obstinait, et je lui fis remarquer.

— Ça n'est pas, en tout cas, la chemise d'un révolutionnaire.

— Certainement pas.

Il la regarda rêveusement pendant quelques secondes encore et me dit : « Viens. »

— Si je pouvais t'expliquer ça avec des mots pour me faire comprendre.

Nous traversions entre les voitures et je ne répondis rien. Sur le trottoir, il s'immobilisa et regarda sa montre.

— Nous n'aurons pas le temps de boire quelque chose.

— Eh bien, dis-je, résignée, ce sera pour demain.

— Après-demain. Aïe, aïe, murmura-t-il très vite, quitte-moi, marche devant.

J'eus un mouvement d'hésitation. Il s'arrêta, répéta : « file » entre ses dents. Nous arrivions à l'angle d'une rue où stationnaient plusieurs cars de police. Nous ne pouvions faire demi-tour. J'obéis. Arezki fit un pas vers la gauche pour s'écarter de moi et à ce moment fut interpellé.

Je traversai mécaniquement. Quand je me retournai, je ne le vis plus. Je ne voulais pas m'en aller sans savoir. Les flics, disposés en filet dans la rue descendante, happaient ceux qui passaient, Arabes ou à faciès arabe. La vie nocturne continuait sur le boulevard et les étudiants vrais ou faux se promenaient ou discutaient.

Il fallait partir. Je n'avais aucune chance d'apercevoir Arezki. Il devait être à l'intérieur d'un des gros cars, et je ne pouvais qu'attirer l'attention en restant collée, immobile, contre une vitrine.

Arezki ne vint pas travailler le lendemain matin. Je contrôlai courageusement les voitures. Des yeux m'observaient et suivaient mes gestes. Je guettai Lucien à midi, j'avais pris la décision de tout lui dire. Il ne se montra pas et je ne voulus pas aller jusqu'à la cantine pour le relancer.

A deux heures, quand le travail reprit, Arezki était là. Son regard me dit : « Oui, c'est moi. Patience. » J'étais si heureuse que je me contentai de ce message.

Arezki et Mustapha se disputaient. Arezki parlait à voix basse, et, sans comprendre sa langue, je devinai qu'il était violemment en colère. Bernier parut dans l'encadrement de la lunette arrière.

— Rezki, appela-t-il.

Celui-ci se retourna.

— Pourquoi tu n'as pas travaillé ce matin ?

— J'étais malade, dit Arezki.

— Encore ?

Il entra dans la voiture, s'accroupit, et dit en examinant le plafond :

— Si tu n'étais pas venu cet après-midi, j'allais charger mademoiselle, là, d'aller chercher de tes nouvelles.

Arezki posa son outil.

— Pourquoi mademoiselle ? demanda-t-il à Bernier.

Il le fixait de ses yeux en colère ; l'autre recula et descendit. Arezki descendit aussi.

Mustapha quitta la voiture et vint se placer derrière Arezki. Pendant quelques secondes, tous les trois s'observèrent, puis deux ouvriers passèrent entre eux pour gagner la voiture qui arrivait, et Bernier s'en retourna vers son pupitre.

Arezki m'appela d'un signe. Nous montâmes dans la voiture vide.

— Comment vas-tu ? demandai-je très vite.

— Ça va. Mais ils m'ont gardé jusqu'à ce matin.

194

— Pour une simple vérification ?

— Eh oui. Quand ils nous ramassent, ils nous gardent toute la nuit. Va expliquer ça à un chef. Bon, écoute-moi vite. Ce soir, je ne pourrai pas te voir. Demain, c'est fête. Dimanche... A lundi soir. Je ne peux pas te téléphoner ? Si oui, écris-moi le numéro, pose-le dans la boîte et je le trouverai tout à l'heure.

La chaîne marchait, la vie marchait, la guerre marchait, et, pris dans ces carcans, nous tentions d'arracher de calmes et doux instants de plaisir.

— Joyeux Noël ! vint me dire Gilles.

— Merci, monsieur.

Il me tendit l'enveloppe qui contenait la paye.

Je cherche, sans trouver, comment décrire ce qui se passait quand Gilles était là, devant vous. Il vous donnait envie de travailler. Il vous restituait la dignité que l'abrutissement de la chaîne et le mépris des chefs vous avaient ôtée. Il vous rassurait. Exigeant et sévère, il était d'une justice remarquable. Il écoutait Saïd avec le même intérêt qu'il portait au chef de fabrication. Il n'avait pas d'affection pour les ouvriers, mais une estime égale pour chacun d'eux. Enfin, par chance, la nature l'avait doté de ce visage aux traits énergiques et fins, à l'expression directe, ouverte et généreuse.

A cinq heures, la joie coulait au long de la chaîne. « Une heure, camarades, et c'est le repos ! Trois jours. Cette nuit, le réveillon. On va s'en mettre jusque-là, et demain, on recommence. Dimanche, on récupérera. Et lundi... Mais d'ici lundi, trois jours... La paye va y passer... »

— Vous allez faire la fête ? me demanda Mustapha.

— Moi ? Non, et vous ?

— Moi, dit-il, je ne peux pas. C'est la guerre, mademoiselle.

— Et moi non plus, je n'en ai pas envie.

— On se rattrapera après ! cria-t-il en descendant.

Il se retourna et se pencha un peu :

— … si on n'est pas mort…

Dans le vestiaire, la joie des femmes était bruyante. Elle ne me donna aucune amertume. Je ne les enviais même pas. Elles payaient assez cher les plaisirs qui les attendaient. Ces quelques minutes de liesse, le rire facile, la blouse sale jetée en boule, rappelaient l'excitation joyeuse des vacances écolières.

Noël parisien, presque doux, pluvieux ; serpentins profanateurs, pétards troublant l'aube magique. Je me réveille en sursaut. Ce sont les réveillonneurs qui rentrent, éméchés. Voluptueusement, je traîne dans le lit. Un coup au cœur, le visage d'Arezki a tué cette joie. Je découvre la fadeur des plaisirs non partagés. Mais reste l'espérance, l'incurable espérance, et la joie renaît. Je recompose Arezki pour moi-même, avec les détails que la mémoire me restitue, les images fichées dans mes yeux. Je ne pourrais parler de sa beauté, le mot serait impropre.

Sec, sans muscle apparent, les veines grosses sur le bras maigre, les doigts fins, il va de sa démarche calme, rentre légèrement le cou dans les épaules avec cette façon frileuse qu'ont les Arabes, qui marchent voûtés quand ils ne se tiennent pas exagérément droits, les bras en balancier. Ses cheveux, dont il prend grand soin, luisent, plus frisés sur les tempes, montent en rangs serrés, étirent son profil. Je cherche à deviner sa figure à venir, plus sarrazine encore. Des creux et peu de chair, et, sur la bouche restée rouge, la trace blanche de la moustache. Du visage et de son expression, j'allais dire qu'ils me font penser à quelque animal. J'ai le choix des comparaisons, les yeux de loup, le profil d'aigle. Mais non, le visage d'Arezki est un visage humain, changeant ; même la colère ne détruit rien de sa construction harmonieuse : la paupière longue sous le biais du sourcil, les tempes creuses légèrement, le menton fin. Les yeux sont noirs, noirs, noirs. Velours, braise, jais, tout ce que l'on voudra. Ses rancunes sont tenaces. Arezki pardonne difficilement. « Je te jure » et « ma parole » coupent dix fois ses phrases. Il aime le mot « frère », et il dit « notre peuple ». D'ailleurs, c'est avec prudence qu'il choisit ses mots, comme s'il leur conférait un pouvoir. Il ne parle qu'avec répugnance de la maladie. Il ne dit pas « je suis malade », mais « je suis fatigué ». Le mot peut attirer la chose. Il ne s'habille pas pour se préserver, il s'habille pour se parer. Il aime ce qui le magnifie, les couleurs brillantes qui font se dilater la pupille. Solitaire, isolé quand il n'est pas avec des frères, il a fini par se considérer supérieur à ceux qui le méprisent. Il se fige dans son isolement, et sa résignation — passagère — n'est pas de l'humilité. Imaginatif jusqu'au délire, son air pensif et son silence cachent les vagues folles, les ruissellements colorés qui courent sous ses paupières.

Au deuxième jour des fêtes, la solitude me pèse. Je m'interroge, j'hésite et me décide. Je rendrai visite à Lucien.

Je prends l'autobus qui me dépose devant la basilique. J'ai acheté des gâteaux comme je sais qu'il les aime. C'est étrange, je ne lui en veux plus, j'ai besoin de me sentir proche de lui. A cause d'Arezki. Je traîne jusqu'à deux heures autour de la basilique, avec ce paquet encombrant en forme de cône. Je frappe à sa porte et j'attends. La porte s'ouvre, Anna en gémissant se jette dans mes bras, puis recule, déçue. Elle ne s'attendait pas à me voir.

— Excusez-moi, je croyais que c'était Lucien.

Elle détourne son visage, mais j'ai l'œil prompt et j'aperçois les bouffissures des paupières, la rougeur du nez trop mouché. Pour échapper à mon regard, elle fait mine de s'habiller et me tourne le dos. Mais sa voix trahit les larmes versées. Je demande si Lucien va venir. Je guette avec satisfaction le moment où elle devra me faire face. La même satisfaction qu'hier en voyant se désintégrer Marie-Louise. Vais-je prolonger son supplice ? lui dire que je reste ? Elle s'est tournée légèrement et enfile sa jupe. L'angle vif du coude quand elle tire sur la ceinture, le creux de la taille, le peu de chair sur l'estomac allument mon vice incurable, le besoin de me pencher, de panser, d'être utile et nécessaire.

— Ça ne va pas très fort, n'est-ce pas ?

D'abord, elle ne répond pas et je me sens ridicule ; puis elle cède.

— Non, ça ne va pas.

Elle sourit pour faire passer son aveu, et ses pupilles disparaissent dans la tuméfaction des larmes. Elle est habillée maintenant et retape le lit. Elle calcule, elle s'interroge. Rapporterai-je à Lucien ses propos ? Je l'aide et lui parle de mon frère, de son travail, de l'usine, de l'étuve dans laquelle il baigne pendant des heures, du changement frappant de ses traits, de la nécessité de veiller à son repos, à sa nourriture. Elle m'a d'abord écoutée attentivement, puis j'ai senti son intérêt faiblir. Elle fixe un point du lit et cherche dans des souvenirs érotiques l'assurance que Lucien reviendra. Tout son corps dit le désir qu'elle a de lui en cet instant. Qu'il rentre, ils s'emmêleront et se perdront l'un dans l'autre. Là seulement elle se sent être. Mes arguments lui paraissent dérisoires. Elle estime que je n'ai rien compris. Ils se sont disputés. Il est parti dans la nuit. Elle attend, elle pleure. Elle a hâte d'être seule pour pleurer encore. Je laisse les gâteaux sur la table et je sors.

Les machines et les moteurs avaient dormi pendant trois journées, mais ils partirent au premier tour. Nos corps étaient plus longs à démarrer. La première voiture fila inachevée ; dans la deuxième manquaient les snapons. A la troisième, le rythme était retrouvé.

Arezki me surprit alors que j'entrais dans la voiture abandonnée par les hommes.

— Comment vas-tu ? dit-il très vite. A ce soir ?

Je levai les yeux vers lui.

— Oui, à ce soir. Tout va bien.

Le bref échange de nos regards, trois mots simples, cela n'avait duré que quelques secondes. Changés en statues, portés par la chaîne comme la mer porte un radeau, nous allions échouer trop loin de nos places habituelles pour que cela passât inaperçu. Mais Arezki paraissait d'excellente humeur. Il laissa Mustapha bourdonner autour de lui, il rit quand le Magyar montra sa nuque débarrassée de bouclettes douteuses, il échangea quelques mots avec Gilles venu inspecter les pavillons. A deux reprises, il posa sa main sur la mienne comme par inadvertance et s'excusa d'un sourire complice.

Je me rassurai. Rien ne me paraissait changé dans le comportement des hommes qui nous environnaient. Ils s'essoufflaient toujours afin de conserver la cadence. La prime dansait devant eux comme la carotte devant un âne. Bernier passa et repassa, s'arrêta, repartit et revint. Mais cela lui était habituel. Je remarquai seulement que Mustapha me parlait moins volontiers.

Restait l'épreuve du vestiaire. Je n'y fus l'objet d'aucun regard particulier.

En douce, Arezki m'avait précisé « Crimée, deuxième station après Stalingrad ».

Il s'y trouvait déjà quand je descendis du dernier wagon.

— C'est ton quartier ?

Il vit mon sourire, il rit aussi et dit :

— Non, j'habite à la Goutte-d'Or. Cette fois-ci, c'est vrai. Tu ne demandes pas où nous allons ?

Je dis qu'il m'importait peu de le savoir.

Nous marchions dans une rue calme, presque déserte, mal éclairée. Un immense mur très long, très haut, qui clôturait quelque usine s'élevait sur le trottoir de gauche.

— Mustapha a trop parlé, comme ton frère.

Je le questionnai. Qu'avait dit Mustapha ? Et à qui ?

— Mustapha habite la même rue que moi. Il a parlé dans le quartier. A l'usine aussi, puisque Saïd, celui qui est aux pavillons, me l'a répété. Tant pis. Je suis presque soulagé. J'avais pris mes précautions, maintenant, c'est fini, il ne faut pas le regretter. Nous ne nous cacherons plus. Seulement, tu dois comprendre que j'ai des... occupations ; je ne suis pas toujours libre. J'ai bien réfléchi. Ce qu'il nous faut, c'est un endroit où nous serions enfin seuls. Qu'est-ce que tu en penses ?

Je lui donnai l'impression d'avoir mal compris.

— Mais non, pas un café. Je voulais dire, il nous faut une chambre.

Il reprit aussitôt :

— A ton foyer, pas question. Moi, je n'habite pas seul. Il faut trouver. Maintenant, nous allons chez un oncle qui habite au coin de cette rue. Je vais essayer de le rouler. On verra bien.

— J'y vais moi aussi ?

— Mais oui, maintenant, ma chère Élise, tu fais ton entrée chez les frères.

La maison semblait abandonnée. Pas un bruit ne passait les murs.

— Évidemment, dit Arezki. C'est l'économat de l'usine en face. Il y a seulement trois locataires. Lui habite au dernier étage.

Il frappa à l'unique porte du septième. Personne ne répondait ; il frappa encore, appela, se nomma. La porte s'ouvrit. Un petit homme gros, broussailleux, apparut. Il couvrit Arezki de gémissements joyeux et nous fit entrer. Comme il questionnait Arezki en me désignant, celui-ci l'arrêta.

— Elle ne comprend pas, parle français. Je te présente Élise.

Il m'adressa un froid bonsoir et se tourna vers son neveu.

— Asseyez-vous.

Il nous désigna le lit. Ce dernier occupait la plus grande partie de la pièce. Il avait des montants de fer peints en blanc et un matelas si mince qu'en m'asseyant je sentis les ressorts. La chambre minuscule s'ouvrait sur le toit par un vasistas dont la barre de fer pendait au-dessus de la tête du vieil homme.

Par terre, entre des casseroles et des paniers, un réchaud électrique supportait une grande cafetière. Il était relié, par un long fil, à la prise qui supportait l'ampoule éclairant cette mansarde.

La conversation entre eux s'éternisait. Malgré lui, l'oncle revenait à sa langue, Arezki aussi de temps en temps. Alors, il se reprenait et se tournait vers moi.

— Excuse-nous, c'est l'habitude.

Je regardais autour de moi, j'imaginais la mansarde nettoyée et transformée.

Ils passaient en revue chaque membre de leur famille.

J'écoutais patiemment.

— Ma mère est sa cousine, précisa Arezki.

Et ils se lancèrent dans de nouvelles histoires de famille où je ne comprenais rien.

— Vous allez manger avec moi, dit l'oncle tout à coup.

Et sans tenir compte du refus d'Arezki, il s'accroupit et tira de dessous le lit une marmite ronde remplie de haricots.

— Regarde, c'est prêt. Je vais le réchauffer. Vous allez manger avec moi.

Quelque chose de rouge surnageait.

— C'est le piquant, m'expliqua-t-il. Il se tourna vers Arezki et lui dit quelques mots incompréhensibles. Arezki se mit à rire.

— Il me dit que la viande est dessous. Non, non, nous devons partir.

— Vous ne partez pas sans manger, s'obstina l'autre.

— Et le vin, dit doucement Arezki, où le caches-tu ?

L'oncle resta figé, la bouche ouverte, le bras levé. Dans son visage fripé, plissé, la moustache blanche roussie de tabac dessinait un accent circonflexe qui l'attristait et le vieillissait. Arezki gardait un sourire narquois.

— Ah mon fils, dit l'autre.

Son bras s'était abaissé. Il tenait maintenant la marmite par ses deux oreilles.

— Vous m'en faites des misères. Ils sont venus, à

deux l'autre dimanche. Je leur ai dit, tant pis, frappez-moi, tuez-moi, je peux pas m'en passer. Trente ans que je travaille en France. Vingt ans de fonderie. Dix ans que je fais le veilleur de nuit. Il faut que je boive. Je paierai l'amende, toutes les semaines si vous voulez. Mais à mon âge, les habitudes ne vous quittent pas. Je paierai.

Il répéta trois fois : je paierai.

— Et alors ? demanda Arezki.

— Et alors, ils m'ont donné l'amende. Et ils m'ont dit : tu en auras une jusqu'à ce que tu t'arrêtes de boire. Comme ça, tu ne pourras plus acheter de vin.

Il balançait douloureusement la tête au-dessus des haricots.

— Toi, tu peux faire quelque chose. Va les trouver et explique. Un vieux comme moi. Je ne suis pas dangereux.

— Où le caches-tu ?

Il posa la marmite, se redressa et se dirigea vers le réchaud.

— Dans la cafetière. Tu en veux ?

— Non. Et s'ils te demandaient une tasse de café ?

— Je dis : je vous en prépare du frais. Et je sors pour laver la cafetière au robinet du sixième. Toi, ils t'écouteront. Dis-leur que je paierai l'amende. A chaque paye. Mais qu'ils me laissent. Je ne fais pas de mal. Je suis tout seul, c'est pas moi qui gêne la révolution.

— La révolution, dit Arezki gravement, est un bulldozer.

Il fit un geste large :

— Elle passe.

L'oncle s'était servi un verre de vin et buvait avec

des soupirs. Quand il le reposa vide, Arezki lui demanda :

— Fais-nous du café, du vrai.

Soigneux, il versa le vin dans une casserole, la couvrit d'une assiette et sortit.

— Tu n'es pas trop déçue de cette soirée ?

Je rassurai Arezki. Il caressa ma joue.

Je bus sans plaisir ce café, mais je dis qu'il était très bon.

— Il est dégueulasse, trancha Arezki. Méfie-toi, l'oncle ; le vin laisse un goût. Maintenant, je veux te demander un service.

— Tout ce que tu voudras.

Quand Arezki eut terminé, le vieil homme sifflota. Ils échangèrent quelques phrases, mais comme ils avaient repris leur langue, je ne suivais pas. Arezki insistait. L'autre répondait par un petit grognement désapprobateur.

— A quelle heure commences-tu ?

— A dix heures.

— Nous allons te laisser. Réfléchis encore, je reviendrai.

— Venez manger !

— On verra.

Ils s'embrassèrent quatre fois. L'oncle ouvrit la porte, me tendit ses doigts, et nous descendîmes. Préoccupé, Arezki garda longuement le silence. A mes questions, il répondit d'abord distraitement, puis éclata. L'oncle ne voulait pas céder sa chambre, ni la prêter, ni l'échanger.

— Si je lui avais promis ce qu'il me demandait, il aurait accepté.

— Et pourquoi le lui refuser ? C'est un vieil homme.

— Tu me trouves dur ? Il y a des règles. Un homme

qui boit devient dangereux. Il parle. S'il n'a rien à dire, il dit n'importe quoi. Il se fait remarquer. Et puis, c'est la règle et c'est tout. Là, devant toi, tu vois ce feu rouge. Interdit de traverser. Chez les nôtres, nous posons des feux rouges. Nous avons tout à apprendre et nous travaillons dans le noir comme les taupes... Mais laisse tout ça. Viens, nous allons manger. Tant pis, nous chercherons une autre solution. Ses haricots m'ont ouvert l'appétit, mais j'avais peur que tu n'aimes pas ça. Il y a un petit café qui sert à manger. Le patron est de chez moi. Tu n'as pas peur d'aller chez les bicots ?

Mécontente, je m'arrêtai. Il fit semblant de s'étonner.

— Allons, viens, oreille sensible. J'ai faim et tu as froid.

A l'angle de la rue, nous allions traverser quand il me retint.

— Il faut trouver une chambre. Vite. Demande à ton frère, cherche de ton côté. Ce n'est plus possible de traîner la nuit dehors.

Je ne demandai rien à mon frère. Je me contentai de désirer ardemment qu'Arezki réussît à trouver.

Nous restâmes trois jours sans nous rejoindre. Il se glissait à côté de moi dès qu'il me voyait seule et me disait très vite « pas ce soir, je suis retenu. As-tu pensé à ce que je t'ai dit ? »

Bernier me surveillait. J'écrivais de petits mots pour Arezki que j'essayais en vain de lui glisser. Bernier était partout. Rôdant le long de la chaîne ou passant tout à coup sa tête rieuse par la lunette arrière, il semblait s'attacher à me prendre en défaut. Il me réservait ses aboiements et je ne pouvais me permettre la moindre faute. Lui-même était le déversoir de prédilection de ses supérieurs, du chef d'atelier jusqu'à Gilles, du chef de fabrication au chef magasinier, qui tous l'accablaient de remarques, reproches et exigences. Seul, Gilles parfois daignait suggérer et non critiquer. Mais, son petit esprit borné et mesquin n'en tirait que rancune à l'égard de son contremaître. Alors, il se retournait contre nous, s'agitait en tous sens. Indifférents, gélatineux ou hérissés, nous passions outre. Il nous avait par la prime, car il possédait le droit de nous la retirer. A quoi servait d'être devenu un adulte, parfois un homme proche de la vieillesse, pour retomber dans le monde infantile de la récompense incertaine ?

Je n'avais ni le vocabulaire ni l'assurance nécessaires pour lui tenir tête. A travers moi, il assouvissait la rancune entassée à l'encontre d'Arezki. Ce n'était pas seulement ce dernier qui était visé, mais, au-delà, ces foutus crouillats qui ne le craignaient guère, l'obligeaient à courir d'un bout à l'autre de la chaîne, responsables des réprimandes qu'il encaissait. Et cet Arezki peu bavard, dont les yeux le glaçaient, qui se faisait obéir de Mustapha, de Saïd et compagnie, il aurait souhaité l'humilier, l'atteindre par moi.

Je mentis quand Arezki me demanda si j'avais entretenu Lucien en ce qui concernait la chambre.

— Il ne sait pas. Il réfléchira et me le dira.

Je n'avais pas rencontré Lucien depuis plusieurs jours. Il ne me fuyait pas, c'était moi qui l'évitais.

Nous étions dans la rue à nouveau, promenant nos désirs et nos espérances.

— Une chambre où tu m'attendrais à l'abri. Tu le voudrais ? Si tu ne le veux pas, dis-le tout de suite, ne me laisse pas rêver.

— Mais toi-même, le peux-tu ? N'as-tu pas des empêchements ?

— Je t'ai déjà dit, j'aurais préféré le secret. Maintenant, il faut essayer de s'en tirer sans mal.

— A cause, n'est-ce pas, de ces... obligations qui...

Et je bafouillai, laissant ma phrase inachevée. Il sourit, sans me regarder et sans répondre.

Une boulangerie, une porte cochère entrouverte, deux fenêtres grillagées, une longue façade avariée, un tuyau en zinc qui suintait, fleurissant le mur de moisissures, un bistrot aux vitres opaques devant lequel les dalles du trottoir s'affaissaient, défilèrent à ma droite tout le temps de ce silence. Ils l'épaississaient, le matérialisaient, et, d'objets, devenaient témoins. A jamais ces pierres-là, ces enseignes, ces grilles, cet asphalte rongé se teinteraient de l'amère sensation dont je ne saurais l'origine : leur laideur misérable, étouffante, ou l'impossibilité d'être vraie envers Arezki. Les désirs contradictoires qui me ballottaient m'acculaient à la dissimulation. Il tenait chaudement ma main et parfois la portait à sa bouche. Il tournait à demi la tête vers moi. Il m'entretenait avec gravité et m'écoutait de même. Alors je secouais mes hésitations paralysantes. Les obstacles prenaient un tour exaltant et je rassemblais mes vertus ; ma vie avait trouvé un sens. Mais par toutes les failles de ma nature, reparaissaient la crainte, l'hésitation, et les prétextes ne manquaient pas pour retarder le choix héroïque. C'en était un. Pour lui aussi et il ne me le dit jamais.

Nous gardions, à l'usine, la même attitude réservée. Arezki prenait la seule liberté de m'informer de ce qu'il ferait le soir, d'une phrase brève à laquelle je répondais en deux mots. Il nous arrivait plus fréquemment de nous regarder ou, travaillant dans la même voiture, de nous frôler. Deux fois, Arezki répéta en me quittant le soir :

— Il nous faut une chambre.

Fébrile, je disais : oui, je vais chercher, secouer Lucien, voir son ami Henri.

Dès qu'il m'avait quittée, j'imaginais les montagnes à soulever et j'en restais accablée. Je me rappelais Lucien et Marie-Louise, la lettre d'Anna, les chambres d'hôtel. Rien jamais ne nous était donné. Il fallait tout arracher.

— Veux-tu venir avec moi samedi prochain ? Tu n'as pas peur de la boue, de la misère ?

— Arezki, je voudrais t'accompagner partout.

— Nous mangerons dans le quartier et nous irons ensemble à Nanterre. J'ai des amis à voir. Ils m'attendent et je ne peux pas y manquer.

Il me présenta : « C'est Élise. » Il était attendu. On l'embrassait. Et commençaient d'interminables conversations coupées par l'arrivée de quelque ami ou voisin. Ils s'embrassaient. « C'est Élise. » Je serrais la main tendue, le nouveau venu s'asseyait et la conversation reprenait. Je ne m'ennuyais pas ; je ne m'impatientais pas. J'observais, je réfléchissais. Je ressentais la quiétude que donnent la présence, le son de la voix aimée.

Tant de journaux, de témoins, de récits ont décrit, depuis, ces lieux où, parqués, agglutinés, survivaient des centaines d'êtres ; le faire, ce serait dire et répéter les mêmes mots, accumuler les mêmes adjectifs, tourner en rond autour des mêmes verbes : entassement misérable, souffrance physique, maladie, pauvreté, froid, pluie, vent qui secoue les planches, flaques qui se coulent sous la porte, peur de la police, obscurité, parcage inhumain, douleur, douleur partout. Un seul mot était inconnu ici, celui de désespoir. Tous disaient... « un jour... » et aucun ne doutait. Le présent, c'était la lutte pour la survie. Quelques-uns se débrouillaient bien. Mais la plus grande part, fuyant des souffrances multipliées par la guerre, cherchant à nourrir par des mandats une tribu mourant de faim, arrivaient des Hauts Plateaux, des douars kabyles reculés. Et commençait la course à l'embauche pour l'immigré ne sachant pas lire les pancartes, affolé par les bruits de la ville, sollicité à sa droite, à sa gauche, devant lui, sur les murs, partout, par les images, l'évocation érotique des affiches, des cinémas, des lumières, interpellé, vérifié, fouillé, inévitablement suspect, incapable de s'expliquer.

Le papier le plus précieux, le laissez-passer, le sauf-conduit, c'était la fiche de paye. Sans elle restait close la porte noire du fourgon. Sans elle commençait le long supplice de l'interrogatoire, des coups, et le renvoi vers le douar d'origine, en réalité centre de triage où l'on triait si bien que nombre de suspects n'en sortirent jamais.

— Quand je vois Mustapha jouer avec le feu, je me fâche. S'ils le mettent à la porte, il ne retrouvera peut-être pas d'embauche, et il se fera embarquer tout de suite.

— Mais Daubat le traite de raton. Je l'ai entendu. Comment veux-tu qu'il se domine ?

— Ah oui ? Si ça le vexe, c'est qu'il n'a rien compris. Il faut s'endurcir, devenir insensible. Moi, si on m'appelle raton ou bicot, ça me fait sourire. Tu demanderas à ton frère de t'expliquer, il le fera mieux que moi ; il me manque les mots justes.

— Toi, dis-je en voulant plaisanter, tu es sans défaut.

Et, parce que je le pensais, j'ajoutai :

— Tu es un exemple pour les autres.

— Là, remarqua-t-il, je peux me mettre en colère, car je pense que tu te moques de moi et je n'aime pas ça. Je suis comme les autres. Moi aussi, j'ai envie de casser la figure à quelques types, moi aussi j'ai envie de me saouler quand j'ai le cafard ou pour oublier, moi aussi j'ai bu en cachette. J'ai eu aussi envie de tricher avec le trésorier, et je ne vais pas aux réunions sans peur. Je voudrais passer mon dimanche au lit et non pas me lever à six heures pour courir le quartier, ne plus rendre des comptes, ne plus être commandé ; et il y a des frères que je ne peux pas souffrir. Mais c'est comme l'amour d'une femme ; on fait des efforts pour lui plaire, on se rase mieux, on se parfume, on veille tard pour la voir, on lui parle doucement, on porte ses paquets, on lui fait des cadeaux. Mais là, il faut un amour encore plus grand, car parfois le but s'éloigne, ou tu penses que personne ne vaut la peine que tu souffres. Nous sommes loin d'être des saints. Nous avons nos défauts propres, et, en plus, ceux que provoquent la lutte clandestine et la vie en commun. Nous nous disputons, nous nous en voulons, nous nous aidons comme des hommes nageant dans le même bocal sans pouvoir nous isoler, dormant côte à côte, nous lavant les uns devant les autres. Il y a des gais, des vaniteux, des sournois, des naïfs, des durs, des salauds, des timides. Des hommes. Et le miracle, c'est qu'on ait réussi à empêcher l'explosion de cent ou de mille caractères condamnés à se supporter, à se brimer.

Quand il se tut, un homme se leva, gratta le poêle et alluma la lampe à pétrole car la nuit qui, en janvier, descend à cinq heures, plongeait la cité lacustre dans l'obscurité.

— Restez manger, proposa quelqu'un en français.

Il fallait dire oui.

Arezki me regarda. Il allait refuser, il vit le petit signe que je lui adressai et ses yeux m'approuvèrent.

Un homme disposa les assiettes. J'eus droit à la plus neuve.

Arezki s'arrêta de manger pour dire :

— Élise est avec nous.

L'un des hommes le regarda, sceptique.

— Elle est avec toi.

— Non, elle était avec nous avant moi.

Gênée, je gardais les yeux baissés sur mon assiette.

— Tu en connais beaucoup de Français qui sont avec nous ?

Arezki protesta qu'il y en avait quand même quelques-uns.

— Des ouvriers ?

— Pas beaucoup, convint Arezki.

— Et tu sais pourquoi ils sont contre la guerre ? Parce qu'elle coûte cher. Pas à cause de nous, ni de nos gosses, ni de nos femmes. Parce qu'elle diminue leur bifteck.

— Ils sont mal informés, dit Arezki.

La soirée s'avançait. Sur nos visages descendait le rayon doux de la lampe à pétrole. Quand sa flamme vacillait, nos joues se fardaient de reflets mouvants. Sur une étagère, où s'alignaient des photos, un réveil au tic-tac haletant semblait nous dire, dépêchez-vous.

Il fallut promettre de revenir. Quand nous fûmes sortis des chemins vaseux, nous pûmes nous étreindre, nous embrasser, et j'y trouvai une délectation jusque-là inconnue. Arezki la perçut. Elle redoubla son plaisir.

211

Nous ne pouvions baisser nos bras qui enserraient l'autre.

— Il nous faut une chambre.

Mais ce fut moi qui le lui dis.

Moins dix. J'étais montée trop tôt, la plupart des ouvriers manquaient encore. Daubat m'avait adressé un demi-sourire en réponse à mon salut. Le régleur, qui mesurait l'écart entre deux voitures, s'était carrément détourné. Donc, il savait. Je m'y attendais, mais j'éprouvai un pincement désagréable. Je m'installai contre la fenêtre et tirai de ma poche les mots croisés détachés la veille du journal. Mon frère s'était souvent moqué de l'intérêt que je portais aux grilles. De quoi ne s'était-il pas moqué dès lors que cela venait de moi ?

La sonnerie. Je rangeai le papier. « Ondule sous l'effet de la brise. » En trois lettres. Blé, naturellement. Inutile de le marquer, je m'en souviendrais. Il ne fallait pas prendre de retard. Mais l'image resta, avec ses couleurs, sa sinuosité gracieuse, évocatrice de fraîcheur et d'espace. C'était de ces rêves qui sapent l'énergie.

Mustapha me fit un petit signe et je vis Arezki derrière lui. Je restai dans la voiture.

— Ne bouge pas, cria-t-il à mon oreille. Ne te retourne pas non plus, Bernier me suit.

Celui-ci passa, me vit écrire, regarda Mustapha qui, aidé d'Arezki, retendait un pavillon plissé au-dessus des portières, ne s'arrêta pas.

— Le café d'hier, tu es capable de le retrouver seule ? J'y serai à huit heures. Nous irons chez moi, il n'y a personne. Bien compris ?

Il me guettait derrière la vitre et sortit dès qu'il me reconnut. Le café faisait l'angle de la rue de Crimée.

— Oui, nous allons chez moi, rue de la Goutte-d'Or.

Goutte-d'Or. Le nom flambait. Mais il faisait nuit et je ne vis rien qui distinguât cette artère.

— Nous sommes fous. Je suis fou, s'exclama-t-il à plusieurs reprises.

Je le suivis dans un corridor où il pénétra le premier. Deux fois il se retourna pour me signaler un carreau mal joint ou fêlé. Au pied des marches, il me prit la main. Je me laissai mener. Je souhaitais l'escalier infini, éternelle cette montée silencieuse. Je redoutais l'arrivée, le moment où, la porte fermée, nous nous retrouverions dans la lumière. Le meilleur de l'amour, ne serait-ce pas cette ascension tranquille ? Impatient, il me tirait et m'entraînait plus vite, portant à sa bouche mes doigts qu'il mordait.

Il ouvrit une porte et j'entrai. Avant qu'il allumât, quelques secondes s'écoulèrent, et je restai immobile dans le noir. Il éclaira. La chambre avait deux lits, l'un assez large, l'autre pliant, poussé dans un angle. A combien dormaient-ils là ? Sur le grand lit, une pièce de tissu, à fleurs rondes, mauves et larges, en bouquets écartés, embaumait la chambre de son odeur de cretonne fraîche. Car l'étoffe gardait encore le pli marchand et la raideur du neuf. Juste achetée, sans doute. Achetée pour moi. Sur une table, dans le coin droit, des verres surmontaient plusieurs boîtes. Je regardai vers la fenêtre, les mains pendantes sur le manteau.

Arezki vint vers moi et les prit dans les siennes. Au-dessus des paupières, ses sourcils se rejoignaient presque en une barre épaisse. Ce regard sans gaieté, avec, au cœur des yeux, le reflet de l'ampoule, ce regard n'était plus un regard de désir. On aurait dit, tout à coup, que ma présence l'accablait. Il me montra la fenêtre sans rideaux ni volets.

— Attends, dit-il, je vais éteindre.

Les lumières des habitations d'en face suffisaient à éclairer la chambre. Dans l'ombre, je me sentis plus à l'aise. Je distinguais la peau plus luisante, plus brune autour de la bouche d'Arezki. J'aurais voulu parler, mais je roulais, j'étais emportée dans un remous violent.

Arezki sourit. Je me détendis un peu. Il m'aida à quitter mon manteau, le plia lentement, le posa avec soin sur la seule chaise. Nous ne pouvions plus nous asseoir que sur le lit, le lit et ses fleurs énormes. Il me tira vers lui.

Les fleurs fondaient, les murs tombaient, les lumières pâlissaient. Il parlait vite, disait des mots dans sa langue rude. A mon tour, je me sentais prise dans le filet de sa tendresse. J'aurais voulu qu'il mordît encore mes doigts. Je pensai en même temps à Lucien et Anna, à ce qui m'arrivait et c'était comme un tourbillon à l'intérieur d'un cercle où ma vie se rapetissait, se ratatinait ; les années, les mois, les jours, ceux à venir et ceux laissés, brusquement se pétrifiaient et cet instant se tenait au centre du cercle, point rond, lumineux, brillant, éblouissant, éclaboussant. Je me laissai couler dans ses bras, le visage écrasé contre le tissu rêche de son veston. Un concert fracassant envahit la rue. « Les pompiers », pensai-je. Arezki n'avait pas bougé. Les voitures devaient se suivre, le hurlement s'amplifia, se prolongea sinistrement et s'arrêta sous la fenêtre. Arezki me lâcha. Je venais de comprendre. La police. Je commençai à trembler. Je n'avais pas peur mais je tremblais tout de même. Je n'arrêtais plus de trembler : les sirènes, les freins, le bruit sec des portières et le froid — je le sentais maintenant —, le froid de la chambre. En face, les lumières des chambres s'éteignirent. Je ne savais que faire, sortie si brusquement de ses bras. Il mit d'abord une cigarette dans sa bouche et me tendit mon manteau.

— Tiens, dit-il, évitant de me regarder. Mets-le et rentre chez toi dès que le chemin sera libre.

Je le jetai à l'autre bout de la chambre. Dans l'hôtel, c'était le silence. Quand nous étions montés, un tourne-disque jouait « l'Aïd, l'Aïd ». Tout le temps qu'Arezki me pressait la musique m'avait enveloppée. Maintenant elle s'était arrêtée. Ne nous parvenaient plus que des sifflets et les voix des policiers se répétant des ordres. Ils montaient l'escalier en courant. Leurs pieds lourds cognaient contre les marches. Là, ils atteignaient le palier ; là, ils s'arrêtaient ; là ils repartaient. Pourquoi Arezki ne voulait-il pas me regarder ? Il fumait. Il avait allumé une cigarette et posé l'allumette noircie au bord de la table. Il fumait, calme en apparence, comme s'il ne comprenait, n'entendait rien. Avec le poing ils frappaient aux portes des chambres. Avec le pied aussi, cela se devinait à la force des coups.

— Police !
— Police !

Je ne pouvais parler, me détendre. Dans le noir, immobile, j'écoutais et, par les bruits, je suivais le déroulement de la perquisition comme une aveugle. On sifflait maintenant de l'intérieur de l'hôtel. Quelqu'un cria un ordre et les bruits de pas se précipitèrent. Ils avaient atteint notre étage, et couraient aux issues. Les voix prenaient un son étrange, le silence de l'hôtel les amplifiait. Ils avaient de grosses lampes dont le

215

faisceau pénétrait jusqu'à nous par les jointures usées de la porte. L'un, sans doute à la traîne, arriva en courant.

— A la ratonnade, plaisanta-t-il.

Il y eut des rires.

Le plus angoissant était ce silence. Pas de cris, pas de plaintes, aucun éclat de voix, aucun signe de lutte ; des policiers dans une maison vide. Puis soudain, il y eut un roulement, un autre, un bruit sourd de chute, de dégringolade. Et le silence par là-dessus. Dans la rue, quelqu'un criait.

— Allez, allez, allez !

Je fis un effort, je me mis debout et marchai jusqu'à la fenêtre. Des hommes montaient dans les cars cellulaires. A certains on avait passé les menottes. D'autres, dans la file, brossaient leurs coudes, rajustaient leurs pantalons. La nuit était claire, froide, pure. Le réverbère, près du car, éclairait la scène, les hommes en file dont je ne voyais de la vitre que les crânes allongés, la laine noire des cheveux. « Ô race à tête de moutons et comme eux conduits à l'abattoir... » Le poème qu'Henri nous avait lu autrefois, lorsque nous attendions la vraie vie. L'un, le dernier de la file, petit, dont les cheveux brillèrent quand il traversa le rond lumineux, ralentit et fouilla dans sa poche. Son nez devait saigner. Il renversait la tête, s'épongeait avec sa manche. Un des policiers l'aperçut, se précipita, saisit aux épaules le petit homme et lui bourrant le dos de coups, le jeta dans la voiture. L'autre manqua la marche, tomba la face sur le pavé. Je me détournai. Je ne bougeai pas tout de suite. Chaque geste me semblait indécent mais je n'en pouvais plus de rester dans ce noir, ce silence, dans cette fumée âcre qui sortait des lèvres d'Arezki, montait, se tordait, se perdait dans les angles. Pourquoi Arezki ne me parlait-il pas ? Il n'avait pas encore bougé. Cette fois, ils frappaient à la porte voisine. Les bizarreries de la construction avaient relégué notre chambre dans un embryon de couloir à droite des cabinets. Il leur fallait les visiter toutes avant d'arriver à notre porte. Mais que faisaient-ils là-dedans ? Et les autres, pourquoi ne se débattaient-ils pas ? ne criaient-ils pas ? J'allais bouger. Je retournerais m'asseoir auprès d'Arezki, je prendrais son bras, je m'y accrocherais. Un cri monta, bref, étouffé. Une galopade vers notre porte. Celui qui se ruait vit-il les issues gardées ? Il sembla piétiner, respirant vite et fort, mais les autres déjà le rattrapaient. J'entendis le choc, les exclamations, les coups, le corps traîné, lancé dans l'escalier, le roulement contre les marches. Une musique éclata. « L'Aïd, l'Aïd ». Des claquements de mains, une voix de femme en délire, un bruit d'objet brisé, le tourne-disque sans doute.

C'est à nous. Cela se fit très vite. Arezki alluma, tourna la clé. Ils entrèrent. Ils étaient trois. Quand ils m'aperçurent, ils sifflotèrent.

— Lève tes bras, Algérien, Marocain, Tunisien ?
— Algérien.

Ils tâtèrent ses poches, ses manches.

— Tes papiers, ta feuille de paye. La dernière.
— C'est là, dit Arezki, montrant son portefeuille.
— Déshabille-toi.

Arezki hésita. Ils me regardèrent.

— Un peu plus tôt, un peu plus tard, ça sera fait pour tout à l'heure. Vite.

Je ne détournai pas la tête. Je m'appliquai à ne pas bouger, les yeux au-dessus d'Arezki, comme une aveugle qui fixe sans voir. Arezki avait baissé les bras et commençait à retirer son veston. Je ne voulais pas rencontrer son regard, il ne fallait pas que mes yeux quittent le mur au-dessus de sa tête.

— Papiers, Mademoiselle ? Madame ?

Si j'avais pu ne pas trembler. Pour leur donner ces papiers il me fallait ramasser mon manteau, me baisser, me lever, me relever, autant de gestes douloureux.

— Vous n'avez pas le droit, dit Arezki. Je suis en règle, je n'ai pas d'arme.

— Pas d'histoire, mon frère, déshabille-toi. C'est avec ta paye d'O.S. que tu t'achètes des chemises comme ça ?

C'était la blanche, filetée, celle du boulevard Saint-Michel, je la reconnaissais. Devant la porte qu'ils avaient laissée ouverte, deux autres policiers passèrent. Ils encadraient un homme, menottes aux poignets, qu'un troisième par-derrière poussait du genou.

— Alors et là-dedans ?

Celui qui venait de parler s'appuya contre la porte.

— Il y a une femme, dit le policier qui se trouvait devant Arezki.

L'autre me regarda durement.

— Tu appelles ça des femmes !...

Ils sortirent dans le couloir. Arezki était toujours encadré par les deux policiers tenant leur arme à l'horizontale.

— Quitte la chemise !

Arezki obéit.

— Allons, continue, le pantalon, que je le fouille !

— Vous l'avez fouillé.

— Lève les bras !

En même temps, celui de gauche rapprocha d'Arezki la bouche de son arme. L'autre défit la boucle qui fermait la ceinture et le pantalon glissa. Arezki n'avait plus rien maintenant qu'un slip blanc. Ils rirent à cette vue.

— Ote-lui ça, il y en a qui planquent des choses dedans !

Tout en parlant il appuyait l'orifice de son arme sur le ventre d'Arezki. L'autre, du bout des doigts tira sur l'élastique et le slip descendit.

— Quand tu es arrivé en France, comment étais-tu habillé ? Tu avais ton turban, non ? Avec des poux dessous ? Tu es bien ici, tu manges, tu te paies de belles chemises, tu plais aux femmes. Tiens, le voilà ton pantalon, et bonne nuit quand même.

Ils sortirent tous ensemble. Je regardai vers la rue où les lumières revenaient peu à peu. La casbah de Paris recommençait à vivre. Je m'attardai à suivre dans le ciel l'écartèlement des nuages. Le plus difficile restait à venir : regarder Arezki. Je me tournai enfin. Il buvait un verre d'eau.

— Tu vas rentrer, dit-il d'une voix neutre.

— Oui, je vais rentrer.

Assis au bord du lit, il finissait de boire.

— J'en voudrais bien un verre, dis-je.

— Sers-toi, elle est fraîche.

J'allais vers lui. Quels mots lui dire ? J'aurais voulu connaître sa langue. Je me mis à genoux. La tête me tournait. Il avait les deux mains à plat sur les fleurs mauves du lit. Deux fleurs aussi. De bronze luisant les feuilles fermées, et les feuilles écartées, de rose mat. Je les pris. Les gestes d'amour m'étaient peu familiers. Gauchement je les tenais ne sachant qu'en faire. Je me penchai vers elles et les embrassai une fois, dans la paume chaude et charnue comme une gorge. Arezki ne les avait pas retirées. Je les embrassai à nouveau, sans retenue, grisée par leur odeur de peau moite et de cigarette, je les mordis, les embrassai, les mordis encore, les caressai de ma langue. Arezki dit un mot que je ne compris pas. Je posai ma tête entre les deux paumes.

— Rentre, répéta-t-il, il faut rentrer.

— Lucien, qu'y a-t-il ? On m'a appris au Foyer, que tu étais venu deux fois me chercher.

— Et tu n'étais pas là. On ne savait pas quand tu rentrerais. Henri voulait te voir. Son « reportage », tu comprends. Il fait une grande enquête et il comptait t'interroger. Toi, et... Arezki.

— Oui, je suis rentrée assez tard. Eh bien, je suis contente de te voir. La grand-mère a écrit. Elle me remercie pour le colis de Noël. Marie-Louise lui a rendu visite. Elle habite chez sa sœur, mais entre elles deux ça ne marche plus. Il y a un an bientôt que tu es parti, tu devines la suite.

Il fit oui de la tête.

— J'y pense. Pour l'instant, j'ai des problèmes plus urgents. Je dois beaucoup, beaucoup de fric.

— Tape Henri !

Il haussa une épaule et me toisa.

— Henri n'est pas un philanthrope. C'est un futur grand sociologue. Il me regarde me noyer en transcrivant soigneusement tous les détails de l'agonie. Et puis, tu sais bien qu'Henri est pour le chambardement total, non pour le repêchage individuel. En quoi je l'approuve... Henri, Henri, répéta-t-il plusieurs fois en s'éloignant.

Un bref instant, je fus tentée de le rattraper. Mais je craignis quelque ironie dans son regard ou ses exclamations. Il brisait tout élan ; même son aspect physique, la décomposition de son visage d'adolescent, l'abrutissement de son expression, l'avidité des yeux, la nervosité de la bouche trop mobile, décourageaient le regard ami qui se posait sur lui. En remontant l'escalier, je me demandai si le désir, quand il le saisissait, transfigurait ce visage, s'il trouvait auprès d'Anna « le petit quart d'heure de tendresse » comme elle l'avait écrit, un autre état enfin que le halètement inquiet qui, pour lui, symbolisait l'amour.

Mais j'étais encore si profondément marquée par les émotions de la nuit précédente que je ne pouvais me préoccuper que de moi-même. Et puis l'amour signifiait pour l'un ceci, pour l'autre le contraire, comment savoir et trancher ? Celui d'Anna et de Lucien, je le percevais comme un long cri prolongé, une violente ruade où ils s'exterminaient et renaissaient, un jeu fou qui les isolait, les condamnait à la solitude, un navire errant qui n'accostait nulle part. Je n'avais jamais fixé en mots absolus ce qui me jetait vers Arezki. Il ne m'avait jamais dit « je t'aime » et je n'avais jamais dit « je l'aime ». Arezki est. Il y a Arezki. Comme il y avait eu Lucien.

Les événements jouaient le rôle de divinités hostiles et un incident défaisait le laborieux tissage que nous avions mis des jours à édifier.

Durant trois jours, Arezki m'évita. Mais je n'étais pas malheureuse. Je sentais qu'il fallait que coule ce temps, volontairement perdu. Alors, nous pourrions faire semblant d'avoir trop de choses à dire pour nous souvenir d'un incident passé.

Je travaillais sous l'œil curieux de Mustapha qui m'observait à la dérobée. Il ne discutait plus avec moi et, comme il s'était aussi fâché avec le Magyar, il poussait parfois de longs soupirs tristes. Daubat venait souvent inspecter les pavillons en compagnie du régleur. A deux reprises, ils m'interrogèrent sur un ton de plaisanterie gentille qui me réconforta. Je leur répondis avec élan. C'était bon de n'être pas exclue tout à fait.

Crimée. Il a dit Crimée, à sept heures.

Nous marchons dans les rues qui nous paraissent les plus sages, en bordure du quadrilatère maudit dont la Goutte-d'Or est le cœur. Nous marchons en parlant prudemment, et c'est lui qui risque une allusion.

— Tu as peur ?

— Peur pour toi, oui.

Mais ce n'est pas vrai. Je mens. J'ai eu peur, et quand j'en parle, j'ai peur encore. Lucien, tu disais : « La police... peuh... ! » Mais moi je dis, j'ai eu peur. Jamais je n'avais concrétisé le mot force. Il est maintenant habillé de sombre, guêtré, casqué, ceinturonné. Il ont de larges épaules, des mains puissantes, de grosses armes. Ils luisent, du casque à la mitraillette. Ils sont les plus forts.

Nous entrons dans un café, puis dans un autre. Nous marchons, nous parlons, nous tournons, nous traversons.

— On va dîner ensemble. Dans un restaurant, une gargote, mais le frère du patron est marié à ma sœur.

Présentation : c'est Élise. L'homme a de gros membres noueux, un visage long dont la peau est quadrillée de rides comme une galette. Il tire la table du fond et nous sert copieusement. Nous ne pouvons nous toucher ni nous sourire, mais le fait d'être ensemble nous apaise. Des têtes curieuses nous regardent. Quand la porte s'ouvre, je me tourne, car Arezki s'est placé face à elle. Il me demande de ne pas faire cela ici. Je parle de Lucien qui m'inquiète. Mais les tourments de Lucien ne l'intéressent guère. Je lui résume la lettre de la grand-mère, la phrase finale dans laquelle la pauvre femme crie sa terreur de mourir à l'hospice.

Il m'écoute.

— Et si nous allions vivre là-bas ? Nous habiterions ensemble, tu irais la chercher. Je travaillerais. Je l'aimerai, elle m'aimera.

Je ne réponds pas que j'en doute. Un Arabe... L'épouvantail de la grand-mère.

— Mais pourrais-tu partir d'ici ? Es-tu libre de partir ? Tu as peut-être des choses importantes à faire à Paris, des responsabilités ?

Il se penche et très doucement :

— Au risque de te décevoir, je ne suis qu'un simple militant. Ça pourrait s'arranger. On est utile partout. Qu'en dis-tu ?

Je n'en dis rien, je suis déchirée.

Nous nous trouvons, mon frère et moi, dans la même queue qui attend l'autobus, à six heures quarante. Sans chercher à se rapprocher, il m'adresse un petit signe. Par le canal de la grand-mère, Marie-Louise m'a écrit. Mais en cette heure fraîche et vierge, je ne lui en dirai rien.

Les portes défilent. L'autobus ralentit, gêné par les voitures qui débouchent du Bois de Vincennes. J'efface la buée de la vitre où je m'appuie. Le jour se lève sur le stade de Charenton. Dans le brouillard qui se déchire, de jeunes garçons en survêtements bleus courent sur la piste humide.

Le jour se lève, leurs bouches boivent l'air pur, et par tous les pores les pénètre la joie du matin neuf. Les muscles bandés, la foulée large, ils courent, tandis que l'autobus avance vers le pont National. Le soleil émerge au-dessus des wagons remisés. Le jour se lève sur la porte de Choisy, et d'autres garçons courent vers les vestiaires où ils endossent leurs bleus graisseux.

Didi racontait qu'elle avait été à Paris le dimanche précédent.

— A Wagram, pour danser.

Certaines avaient entendu parler de Wagram. La majorité d'entre elles ne quittaient jamais leur quartier. Elles ne connaissaient pas leur ville, elles ne savaient rien de Paris. La grosse qui aidait le magasinier disait :

— Moi, ça fait quinze ans que je n'ai pas dépassé la place d'Italie.

Je ne savais que trop comment passe une vie que l'on regarde passer. Mais ici, à Paris, avec toutes ses légendes des faubourgs et des barricades, je me demandais pourquoi et comment. Le travail, l'usure, le manque de temps, mais aussi une passivité révoltante, quasi ancestrale, un instinct grégaire desséchaient une vie où le cinéma de quartier, le bistrot du coin représentaient la désaliénation suprême. S'élever signifiait avoir, posséder. S'en sortir voulait dire acquérir. Des meubles, une voiture, en vingt ans un pavillon. A partir de ça, vous commencez à exister, vous vous sentez admis.

En passant devant moi, Didi m'adressa un sourire. Nous entrâmes ensemble dans l'atelier, et elle me souhaita « bon courage » quand j'arrivai à ma place. Les hommes la regardaient goulûment. Ses yeux ne cillaient pas quand elle traversait les rangs des ouvriers rassemblés devant les machines. Elle aimait la sollicitation mâle, bien qu'insensible en apparence aux appels et aux sifflets.

— Tu dors, vint me dire Arezki. Il m'avait surprise les paupières baissées, les mains molles.

J'étais lasse. Il m'aida, me signalant les défauts qu'il avait remarqués avant moi. A quatre reprises, intrigué par ce manège, Bernier se dérangea. Mais il ne pouvait rien dire, cela n'était pas défendu.

— Ce soir, tu te coucheras de bonne heure. Tu as réfléchi ? Tu vas écrire à ta grand-mère ?

Je lui criai, « oui, je m'en occupe ».

Il n'était pas souhaitable, en ce début de l'année 58, d'être un Algérien dans Paris. Il y vivait en sursis.

Arrestation, chômage, refoulement, Arezki ne s'indignait de rien.

— C'est normal, disait-il. C'est la guerre.

Et il riait de mes révoltes. Il acceptait d'être un paria. Il me racontait parfois les souffrances qu'il avait côtoyées ou celles qui lui étaient rapportées. Je lui reprochai un jour de ne pas s'émouvoir.

— Un peuple qui a cinq cent mille morts. Et ce n'est pas fini ! Tu veux t'attendrir sur cinq cent mille ?

Un samedi, nous retournâmes à Nanterre. Il y avait un nouveau venu, un homme d'âge moyen, assis sur une chaise face au poêle, dont le costume démodé, croisé, aux larges revers pointus, noir, rayé de minces lignes blanches, flottait sur un corps sec au dos rond. Arezki se précipita. Ils s'embrassèrent plusieurs fois, poussant des exclamations joyeuses et s'étreignant à nouveau dès qu'ils en avaient fini de psalmodier.

Enfin, Arezki se souvint de moi, et rituellement dit :
« C'est Élise. »

L'homme, arrivé le matin même, venait, m'expliqua-t-il, de son propre village.

— Si Hacène, lui dit-il, Élise est pour nous. Quand les événements seront terminés, je l'emmènerai visiter notre pays.

Si Hacène ne broncha pas. Il me regarda d'un œil indifférent, puis se remit à parler avec Arezki. Leur conversation durait. Je ne voyais jamais sans terreur s'entamer une discussion entre Arezki et l'un des siens. Cela ressemblait à un long fil étiré pendant des heures, et dont on n'apercevait jamais le bout. Cette fois, Arezki ne demanda pas à Si Hacène de parler français. A un moment, il se leva et resta dehors quelques minutes. Il dit, en reprenant sa place, d'un ton presque joyeux :

— Il ne faut pas confondre. Les Français ne nous détestent pas. Même là-bas, certains nous aiment.

Les yeux de Si Hacène, bordés de noir, petits, peu mobiles, passèrent sur moi. Il racla sa gorge par deux fois, cherchant ses mots.

— Tu crois ça ?

Il le dit en français.

— C'est l'Algérie qu'ils aiment, mais pas les Algériens.

— Le Français aime l'Algérien comme le cavalier aime son...

— Sa monture, termina Arezki. C'est un proverbe de chez nous.

Si Hacène s'était levé et avait pris sur la table un paquet ficelé. Il le tendit à Arezki et celui-ci, soigneusement, le défit et l'ouvrit. D'un chiffon blanc, il tira plusieurs petites galettes.

— Ma mère. Elle a dû se priver pour m'envoyer tout ça.

Il distribua les galettes autour de lui et nous mangeâmes, tandis que l'un des hommes préparait du café.

— Elle a beaucoup souffert, et par la faute des nôtres. Son père, mon père, mon frère... et moi aussi.

— Ils vont nous déménager, dit Si Hacène, et loger tout le village dans un centre.

— Pour nettoyer la région! Et ça, qu'est-ce que c'est?

Arezki tenait une petite boîte en fer, ficelée elle aussi. Si Hacène eut un sourire. Arezki l'ouvrit. Elle contenait de la terre.

— C'est ta mère. Elle a dit : il gardera un peu de terre de chez nous, il y a poussé de la menthe.

Arezki se pencha, huma, puis, versant la terre dans ses mains, il la porta à ses lèvres et la baisa. Mais aussitôt il se mit debout et ramassa le crochet du poêle.

— Je ne veux pas garder ça, cette saloperie me ferait pleurer.

Quand il eut enlevé la rondelle qui servait de couvercle, il lança la terre sur le feu qui baissait; il y eut un grésillement et des étincelles.

Nous partîmes à la nuit; nous vîmes venir à notre rencontre un homme qui zigzaguait d'un trottoir à l'autre. Arrivé devant nous, il examina quelques secondes Arezki et, s'adressant à lui :

— Balak... la gare, dit-il.

Arezki s'arrêta, prit mon bras et nous fîmes demi-tour.

— Il a dit, attention. Il y a sûrement une rafle à la gare. Viens, on va essayer de trouver un taxi, du côté de l'autobus. Je dois être rentré de bonne heure.

227

Dans le taxi, il me questionna sur la grand-mère. Je répondis que j'avais écrit pour la préparer à cette idée. Il fallait avancer doucement, ne pas la brusquer.

— Je t'ai raconté comment j'ai vécu. Elle est habituée à me savoir disponible.

— Fais comme tu veux, mais fais-le. Ici, nous ne pourrons jamais habiter ensemble, à moins d'un miracle. Tu en as envie, n'est-ce pas ?

Si j'en avais envie !... Chaque fois qu'il fallait le quitter, je prenais la résolution d'écrire, puis je la subordonnais à cette irréalisable condition : avoir des économies. Ou bien j'imaginais de m'ouvrir à Lucien. Mais ses propres affaires suffisaient à l'absorber.

Ma chère Élise, avait écrit Marie-Louise, *je vous demande de me donner l'adresse de mon mari. J'ai quitté ma sœur et je suis revenue avec mes parents. La petite a grandi, elle est belle, elle ressemble à son père. Je travaille comme avant. Mais ce n'est pas une vie. Je veux voir Lucien. Votre grand-mère s'ennuie, elle compte sur vous, et moi aussi pour l'adresse.*

Je rencontrai plusieurs fois Lucien et ne lui en dis pas un mot. Il était très excité et, volubilement, m'expliqua que « ça bougeait ». Des avocats en appelaient à la Croix-Rouge internationale, des policiers avaient saisi les flans d'un livre dénonçant la torture, et aussitôt des comités s'étaient formés. Quand je rapportais ces propos à Arezki, il disait : « Oui, je sais. » Je lui proposai timidement, un jour, de disposer de moi si je pouvais être utile aux siens.

Il sourit et secoua la tête.

— Pas maintenant. Je penserais et ils penseraient que c'est uniquement pour moi. Et ça ne suffit pas.

Même Lucien n'en serait pas capable. Cet Henri, oui, je lui ferais confiance. Mais ton frère... c'est pour moi un autre Mustapha.

Je trouvai injuste et hâtive son opinion sur Lucien. Le lendemain de cette conversation celui-ci fit un éclat. Par les journaux du matin, nous avions appris le bombardement de Sakiet.

A la pause de midi, Lucien était parti aux nouvelles, et, profitant de l'heure de détente, il avait préparé une sorte de motion qu'il lut aux ouvriers rassemblés devant la porte. Elle évoquait les bombes, la mort des enfants, le viol d'un pays, l'extension de la guerre, les souffrances d'un peuple.

Grimpé sur la borne devant l'entrée de l'usine, il harangua ceux qui arrivaient, il sollicita les signatures de tous les ouvriers, leur fit honte de leur passivité, les accusa de complicité, les secoua, les pria, les adjura, en appela à leur honneur, à la solidarité de classe, à leurs sentiments, parla des camarades algériens arrêtés, torturés, de la misère et de la peur des enfants témoins de la guerre.

Un petit groupe l'écoutait. Certains, quand ils avaient compris qu'il ne s'agissait pas de revendiquer pour eux-mêmes, repartaient. D'autres restaient. Parmi ceux qui étaient là, attentifs, un homme l'interpella, alors qu'il concluait, la voix tout enrouée.

— Dis donc, cria-t-il, c'est toi qui nous causes comme ça ? Est-ce que c'est pas toi, par hasard, qui as lâché ta femme et ton gosse, comme ça se dit au bureau de l'assistante sociale ? Qu'est-ce que tu viens nous faire de la morale ?

— Et puis descends, dit le délégué qui avait écouté de loin. Ce n'est pas à toi de faire ça. De quel droit ? Qu'est-ce que tu représentes ?

Je crus que Lucien allait les frapper.

— Vous êtes tous des dégonflés, cracha-t-il en sautant de la borne. Qu'est-ce que ma vie personnelle vient faire ici ?

— Ça fait beaucoup, mon vieux !

Par bonheur, la sonnerie dispersa tout le monde. Lucien, resté le dernier, alluma une cigarette et se dirigea vers l'escalier. Je le rattrapai, j'avais de la peine, j'aurais voulu l'embrasser, j'aurais voulu qu'Anna se trouvât présente pour l'apaiser.

Il se retourna quand je le tirai par la manche.

— On est à la bourre, grogna-t-il.

— Il fallait que quelqu'un le dise. Tu as bien fait.

— On fait bien quand on réussit. Si on n'est pas efficace, on a toujours tort.

Dans le questionnaire rempli le jour de son embauche, Lucien n'avait pas omis de déclarer Marie. Sans doute s'était-il procuré acte de naissance et autres certificats puisque Anna percevait, chaque mois, les primes dues à Marie-Louise.

Mais un contrôle avait décelé la fraude.

Convoqué, Lucien jura qu'il envoyait cet argent à sa femme.

Il vint me trouver.

— Tu diras que c'est toi qui l'envoies et que tu as égaré les talons reçus, ou alors que tu l'as simplement glissé dans une enveloppe.

— Crois-tu que Marie-Louise le dira aussi ?

— Oui, si je lui écris d'une certaine façon. Et puis, vois-tu Marie-Louise faisant des démarches, portant plainte ?

Je ne l'imaginais pas, en effet. Le commissariat, ou

la plainte, ou l'avocat, ou le procès en divorce, ça ne dépassait jamais, en fait, les menaces verbales.

— Comment espères-tu t'en sortir ?

Il négligea ma question. J'allai chez lui, un soir. C'était plein de livres. Je remarquai sur une chaise un électrophone tout neuf et quelques disques soigneusement disposés. La chambre sourdement éclairée, ses angles tristes disparaissaient. Les livres neufs mêlaient l'odeur des pages fraîches à celle du café, et le disque, en sourdine, évoquait des bruits de source limpide sur des cailloux polis. Noire et blanche dans la pénombre, la joue appuyée au creux de la main, Anna suivait des yeux les jeux de l'eau, et la musique l'éclaboussait de ses gouttes brillantes.

Arezki et moi continuions à nous retrouver régulièrement. Nous marchions, nous allions dîner. C'était moi qui le raccompagnais jusqu'à son hôtel. Je l'avais supplié de m'accorder cette satisfaction depuis le soir où, revenant de me conduire au métro, il avait été interpellé et appréhendé :

— A quelle heure finis-tu ton travail ?

— A six heures.

— Et qu'est-ce que tu as fait depuis six heures ? Il est onze heures bientôt.

— Je me suis promené...

— Viens te promener avec nous.

On l'avait gardé toute la nuit et la matinée du lendemain.

J'étais plus tranquille quand je le quittais devant sa porte. Il me tendait la main, saluait celui qui se tenait en faction à l'entrée du couloir. Je partais rassurée. Et je composais, tout en marchant, la lettre que j'enverrais à la grand-mère.

Saïd, qui travaillait aux pavillons, fut licencié. Il habitait dans le treizième. Raflé, ramassé, gardé, il manquait souvent ou arrivait en retard.

— Que va-t-il devenir ?

— Les autres le nourriront. Mais s'il ne trouve pas d'embauche, je ne sais pas, il volera.

Arezki disait cela avec une telle simplicité que la chose me parut naturelle.

Impatient d'apparaître, le printemps bousculait février, et nous passâmes plusieurs soirées dans le square de la Chapelle. Nous savourions jusqu'à l'usure ces plaisirs modestes qui nous étaient permis. A l'approche de la nuit, le ciel éclatait ; des figures mouvantes se poursuivaient, se chevauchaient, se fondaient et s'engloutissaient derrière un mur pour remonter plus loin en spirales transparentes.

— Regarde la lune.

Arezki me tirait par le bras. Je disais « oh... », émerveillée. Alors il me secouait.

— Mais non, c'est le lampadaire. Regarde mieux, son pied est caché par les arbres. Les mirages de la civilisation...

Et nous partions à rire en nous appuyant au dossier du banc. Toutes les cinq minutes, le métro aérien fracassait le tendre soir. Des klaxons de police croissaient et décroissaient, et nos respirations suivaient leur rythme. Nous engagions des paris sur l'éclatement prochain des bourgeons. Les paumes de nos mains se frottant l'une contre l'autre cherchaient le creux mol où se couler. Peau contre peau, nos doigts vibraient.

Mais tout à coup revint la grisaille, matinées froides, horizons bornés et opaques ; mars commença ainsi jusqu'au 18, le premier jour clair après les brouillards.

Il nous surprit comme un sourire inattendu sur un visage morne. Les nuages lentement déchirés, le soleil parut enfin. Les regards suivaient chaque faille avec espoir. Ce 18 mars... A midi, nous ouvrîmes tous les carreaux. A une heure, nous retrouvâmes les voitures chaudes. L'air était doux. Il donnait envie d'être aspiré la bouche ouverte. Les hommes retroussaient leurs manches. Entre chaque portière, un visage brun surgissait dans la clarté. Cela se fit tout doucement. Quelqu'un d'abord dans le haut de la chaîne, frappant la tôle avec un outil, puis un autre frappant avec ses mains, les paumes sur la ferraille chaude, le soleil sur les chromes, mille soleils dans la voiture, des cils baissés quand la lumière les atteignait. Les gestes devenaient plus mous. On vissait et tapait, on vissait un peu et tapait davantage. Bernier se leva, inoffensif cabot, aboyeur trop mou pour aboyer longtemps, heureux de retrouver, après cet effort, son tabouret, ses papiers, son encre et ses gothiques.

Très vite, ce fut la bousculade. Certains qui s'étaient attardés couraient vers l'avant de la chaîne pour terminer leur travail, gênant les autres, bâclant d'un coup de tournevis ou de marteau, et, revenus en arrière, en retard à nouveau, repartaient vers la voiture déjà trop loin. D'autres, pour retrouver la cadence, se reposaient le temps d'une voiture, et, quand elle arrivait devant nous, il y manquait trop de pièces pour continuer le travail. On appelait, on criait, on faisait mine d'être découragés, on cherchait surtout un prétexte pour s'arrêter. Mustapha riait, les dents serrées, son grand nez froncé de plaisir. Il aimait le désordre de la chaîne, les jurons des professionnels, leur zèle inutile. Comme un grand chien grisé par les herbes, il traînait dans le soleil, ses bourrelets sur l'épaule, reniflant, les mains impatientes. Quelqu'un cria : « Coupez le courant ! » Une carrosserie bloquait l'entrée de l'ascenseur. La voiture, mal orientée, avait glissé, le capot vers la gauche. Il faudrait au moins une demi-heure pour la dégager. Daubat s'avança vers moi en s'essuyant les mains.

— Je vais voir ça. Vous venez ?

Je lui dis non et m'assis sur le bord de la chaîne. Personne ne me voyait, je me recoiffai. Plus haut, les Tunisiens fumaient. Arezki était avec eux.

Le chant partit de plus loin, de l'extrême bout de la chaîne. Un appel sourd, long. En face, les marteaux répondirent. Ils tapaient, cristallins, le même appel monocorde. Quelques mains bientôt se mirent à claquer. Mustapha courut dans l'allée. Il avait entendu.

— Oh, fit-il.

Il aspirait l'air, le gardait dans sa poitrine, « oh, oh ! » Grimpant sur un toit, il commença de taper en balançant la tête.

— Mus-ta-pha !

Deux fois, quelqu'un cria son nom. Il se mit à taper plus fort. Les Tunisiens se rapprochèrent, Arezki aussi. Toutes les mains claquèrent, scandant les mots que Mustapha du haut de sa voiture lançait dans le soleil. Il y avait dans l'atelier 76 un cercle d'hommes qui tapaient en chantant, les yeux presque blancs, roulant la tête. Ce n'était plus un jeu, c'était, au sens pur du mot, une détente, une revanche sur les gestes rétrécis de la chaîne, sur son rythme étriqué. Les Français mettaient un point d'honneur à ne pas s'approcher. Quelques-uns, pourtant, qu'étonnait ce délire, regardaient et riaient. J'aperçus Lucien. Il était descendu lui aussi. Il ne fumait pas, il écoutait, il entendait. Lui, goûtait cette musique née comme un fleuve d'une mince et morne note traînée, tremblée, hésitante, saccadée, chevrotante : la corde lâchée du gambri, toujours la même note, prolongée, douloureuse, une épingle dans la chair qui agrandit un trou quand la note se gonfle et quand la corde claque. Sans doute, s'il l'eût osé, il serait entré dans le rythme précipité des mains. Elles frappaient la tôle à l'avant et à l'arrière de la voiture, énorme tambour métallique où de longs doigts de bronze glissaient, couvraient la voix de Mustapha, s'arrêtaient quand le garçon, tel un muezzin, scandait le « elbi el-bi » traînard de toutes les plaintes arabes. Il chantait, tapait, haletait, les yeux noyés, ivre de sa propre voix. Il redevenait le berger assis sous l'olivier, gardant ses chèvres maigres, il descendait la roche jaune les pieds nus, petit berger en guenilles, qui, d'une note, ouvrait, fouaillait la chair des autres autour de lui, le peuple de clochards extasiés, essoufflés, la tête ballottante sur la tige du corps balancé au vent de la musique. Quand on croyait avoir saisi le rythme des claquements — deux fois la main gauche, une fois la droite, une fois la gauche, deux fois, une fois —, quand on allait s'y joindre, le rythme se brisait, le fleuve serpentait ; le chant coulait tantôt en cascade de cris, de battements, tantôt en filet comme la note de sa source, et, sans ordre, s'arrêtait brusque, reprenait calme, long torrent aux remous imprévisibles ; si l'on n'était pas dans le secret, dans la magie de cette musique, on ne pouvait y entrer sans se trouver à contretemps, sans cesse à contretemps.

Assise, la gorge serrée, presque tremblante, je me pinçais les jambes pour ne pas pleurer. Mustapha nasillait un appel, levait ses petits bras courts, et son gémissement nous déchirait tous.

Daubat contourna le cercle. Ce soir, il dirait à sa

femme : « Aujourd'hui, il a fallu se farcir un concert des ratons. » L'autre, le grand régleur à lunettes, devait penser : « Mon fils est là-bas, et eux, ici, ça chante et ça rigole. » Ceux-là qui auraient dû les accepter, les reconnaître, les avaient repoussés, eux qui clamaient dans leurs congrès : « Prolétaires de tous les pays, unissez-vous. » Des sauvages et leur musique de sauvages. Des norafs, comme ils disaient. Une marque pire que l'étoile jaune sur le cœur des juifs. Les hommes aux couteaux dans la poche, les fainéants, voleurs, menteurs, sauvages, cruels, sales, des norafs. Ce soir leur journal rapporterait « des Nord-Africains attaquent une épicière ». Et, plus loin, sous une image édifiante, « des Français musulmans saluent le ministre résident ». Dans les deux cas, des chiens. Ou de bons chiens fidèles, affectionnés, caressés, ou des chiens enragés. Mais pas plus. Rien ne ferait jamais admettre à Daubat, au régleur, à bien d'autres, que les norafs étaient leurs égaux. C'était une génération perdue. Il faudrait prendre l'autre, celle de Marie, et, comme Lucien l'avait souhaité, recommencer à partir d'elle. De petites vis frappèrent mon bras. Je me tournai vers Arezki. Il était loin de moi dans le cercle et dans le chant. D'autres vis me touchèrent encore. Cette fois, je le surpris qui les envoyait adroitement et de telle sorte que personne ne pouvait le voir. Il tourna la tête, ses yeux me trouvèrent. Mais oui, nous en sortirions, nous dépasserions les obstacles, nous démolirions ce qui nous gênait ! Un jour, il n'y aurait pas besoin de chambre où nous cacher. Je ramassai une vis, je visai droit et le touchai au dos. Tous les autres avaient vu mon geste.

Une petite sonnerie. La chaîne allait repartir. Le

cercle se défaisait. Mustapha descendit. Daubat, qui arrivait, l'attrapa.

— Tu as vu ce que tu as fait ?

Une grosse raie noircissait la peinture jaune. Mustapha, encore ivre, le saisit au col de son bleu.

— Si tu le dis au contremaître, je t'attends à la sortie, je t'ouvre le ventre et je te mange la viande.

L'autre avait pâli. Il y croyait. Arezki attrapa Mustapha et, le poussant contre la voiture, lui parla violemment. Le garçon s'éloigna et reprit ses bourrelets en sifflotant.

Lentement, le travail recommençait. Nous avions quelques minutes pour nous laisser un peu rouler, assis sur le bord d'une voiture pour un voyage, toujours le même, le bout de la chaîne.

Insensiblement, le cercle rétrécissait. Les regards devenaient hostiles. Le régleur ne me saluait plus. Daubat me tendit la main sans chaleur. Au vestiaire, où je ne m'étais guère familiarisée avec mes camarades, sensibilisée à l'extrême, je traduisais les silences, les coups d'œil curieux.

Ne restaient plus que de rares îlots où me mouvoir paisible. Je faisais le compte de ceux qui ne savaient pas : Gilles, le délégué, ma voisine de placard qui déjeunait dehors et conduisait un Fenwick, quelques autres à l'outillage. Avec ceux-là je me sentais à l'aise, j'avais des bouffées d'affection pour eux, je leur parlais avec gratitude. Et quand, dans un îlot où je me croyais en sécurité, j'apercevais un regard insistant, mélange d'ironie, d'incrédulité, de curiosité et de mépris, je perdais pied, je me troublais.

Didi fut cruelle. Quand elle m'interpellait, elle m'appelait Aïcha et dès que j'entrais dans le vestiaire,

elle claquait des mains, sottement, en chantant :
« Allah, Allah ! » J'aurais dû en rire.

Arezki me dit un soir que nous en parlions :

— Que veux-tu, pour les Français, nous sommes des déchaînés sexuels, et pour les nôtres, les Françaises sont des championnes du… raffinement. Quelques-uns s'accouplent pour ses raisons-là. Je préfère te dire qu'il y a souvent déception, de part et d'autre. Les légendes…

Il m'appelait Hawa, quand nous nous retrouvions. Il le disait aussi lorsqu'il me parlait doucement ou quand il m'embrassait.

Je ne lui demandai jamais ce que signifiait ce mot. Je préférais ne pas savoir et je lui inventais des traductions différentes.

Un après-midi, il était cinq heures, Gilles me fit signe de le suivre. Quand nous eûmes franchi la porte de l'atelier, il me dit de ne pas m'affoler. Lucien avait été pris d'une hémoptysie ; on l'avait conduit à Bicêtre où je pourrais, le soir même, lui rendre visite.

Il proposa de m'accompagner. J'avais rendez-vous avec Arezki. Je demandai à retourner à la chaîne et à terminer mon travail. Étonné, Gilles acquiesça. J'allai vers Arezki. Je lui annonçai la nouvelle malgré la présence de Bernier qui s'était assis au fond de la voiture en compagnie du régleur. Arezki comprit. Il dit très fort :

— J'espère que demain vous nous donnerez de bonnes nouvelles

Nous buvions en silence. Je savais que Gilles questionnerait. C'était un de ces moments rares et périlleux où se décide ou bien se perd une chance d'amitié. L'odeur de la bière me déplaisait. Il me

238

faudrait pourtant la boire crânement. Gilles avait une petite tonsure, visible quand il se penchait pour allumer sa cigarette. Le veston lui seyait moins bien que sa grande blouse blanche qui camouflait l'épaisseur de sa taille.

— Vous vous sentez rassurée ?

Il me posait cette question pour la troisième fois.

— Oui, monsieur, dis-je.

Et je le regardai avec reconnaissance. Il toucha ma main appuyée au bord du guéridon.

— Vous étiez pâle à Bicêtre.

— Pourtant j'ai l'habitude des hôpitaux. Je suis calme.

— Ce n'est pas si grave.

Il buvait vite, il paraissait très altéré.

— J'aime beaucoup votre frère.

— Vous êtes un des rares...

— Oh, pourquoi un des rares ?

Et il se mit à rire.

— Un accident pulmonaire, on en réchappe. Moi, en rentrant d'Allemagne, j'avais un poumon troué. Voyez-moi aujourd'hui.

— Oui, je sais, monsieur.

— Ne me dites pas tout le temps monsieur !

Je ris à mon tour et me sentis mieux. Il fallait boire. J'y allai un bon coup. Je ne réussis pas à vider le verre.

— Il y a un côté farceur et bouffon dans notre vie. On pourrait nous chanter « les deux orphelins ». A la fin de chaque couplet on se retrouve à l'hôpital. Quelquefois, j'ai l'impression que la Terre tourne dans un sens mais que Lucien et moi nous tournons dans le sens opposé, comme des équilibristes, au cirque.

Gilles avait terminé son verre. Il regardait par la

vitre habillée de rhodia. Je devinais qu'il n'avait pas aimé ce que je venais de dire.

— Dans un sens, ce n'est pas plus mal, dit-il. Il sera pris en mains, traité, guéri. Ça durera quelques mois. D'ici là...

Le garçon s'approchait. Gilles l'appela. Je crus qu'il fallait finir et se lever. Je bus le restant de mon verre d'un seul trait.

— Un autre demi, dit Gilles. Et vous, Élise ?

Pour que durât cette soirée, j'acceptai. J'avais envie de parler comme le premier soir, avec Arezki. Une envie de tout dire, le passé, le présent, le mauvais et le moins mauvais. Et maintenant que vous savez, débrouillez cela et parlez-moi à votre tour !

Je décrivis Anna, Henri, Marie-Louise ; je parlai de ce que je connaissais : l'affichage nocturne, les réunions, la peinture, l'étuve ; et de ce que je devinais : les conversations épuisantes avec Anna, les veilles, le manque d'argent. J'arrivai à la scène devant l'usine.

— J'en ai entendu parler, dit-il. Le lendemain, à la cantine, quand je l'ai salué, c'est à peine s'il m'a répondu. Nous avions sympathisé, au début. Il m'intéressait. Nous nous étions affrontés aussi. Lui, vous, les autres, vous avez votre travail en horreur. Je ne suis pas d'accord. Il faut faire bien ce que vous faites. Vous bâclez, vous cochonnez. J'en comprends la cause. Vous vendez vos bras, oui, et pour si peu. Mais respectez votre ouvrage qui est aussi celui des autres. Vu sous un certain angle, ce n'est pas beau, la chaîne ?

Je protestai :

— Et les cadences ?

— Oui et oui. Là, je suis avec vous, là je me bats pour vous. Et vous sciez mes armes parce que vous travaillez mal.

— Nous travaillons mal parce que nous n'avons pas le temps de travailler.

Je m'étouffais. Les bières étaient devant nous. Une machine à musique répétait « Julie, Julie la rousse ».

— Enfin, dit-il, comment vous êtes-vous retrouvés là-dedans tous les deux ? Vous n'avez donc jamais été suivis, conseillés, aidés ? Vous êtes partis dans la mauvaise direction.

Je savais que j'étais rouge. Je sentais la sueur coulant sous mes bras. Il fallait que je me calme et que je laisse Gilles parler. Il me raconta les débuts de Lucien, ses naïvetés, ses outrances. Je connaissais tout cela. Il me montra ses erreurs et m'en expliqua les raisons. Il ne niait pas le racisme des ouvriers, il accusait la grande mécanique sociale qui charriait les hommes, le système et ses rouages.

— Si le bicot n'existait pas, on inventerait quelqu'un d'autre. Comprenez, face à l'Arabe, ils s'affirment. Ajoutez l'ignorance, l'inculture, la peur de ce qui ne vous ressemble pas, la guerre par là-dessus... Tout cela, il faut l'extirper habilement par un long et patient travail et non par l'action brutale, directe et anarchique.

Il ne m'avait pas convaincue. Je m'identifiais à mon frère, ses outrances devenaient miennes. La bière aidant, je lui demandai s'il s'était senti d'accord lorsque le Parti blâmait l'aide directe aux militants algériens.

— Je suis d'accord avec des décisions qui ont été pesées, analysées et discutées. Il faut toujours rester prudent. Certains font la révolution pour eux ou pour des intérêts peu avouables. Êtes-vous en mesure de juger qui la représente valablement cette révolution ?

— Tous ceux qui ont l'audace de la faire.

Il planta ses yeux dans les miens, si profondément que je détournai la tête.

— Élise, dit-il.

— Oui.

Je voyais bien qu'il y avait de l'affection dans son regard.

— Il faut venir chez nous, croyez-moi. Seul, on n'arrive à rien. Vous serez pendant dix ans des révoltés, puis, un beau jour, vous deviendrez des résignés. Qui sait ? Vous passerez dans l'autre camp... Savez-vous, reprit-il, que je vous ai blâmée un jour pour votre attitude envers le petit des snapons ?

— Mustapha ? Je me souviens. Je n'avais pas marqué ses fautes.

— J'appelle ça du... maternalisme.

— Mais c'est mon attitude dans la vie.

— Il faut la réviser. Essayez donc de discuter quelquefois avec Arezki, celui qui pose les rétros.

Il ne savait donc pas.

— J'ai déjà discuté avec lui. Plusieurs fois.

— Il s'entendait bien, au début, avec votre frère. Mais ça n'a pas duré.

Les bruits mêlés, la bière, la liberté de nos propos me poussaient à m'ouvrir à lui. Et puis je me retins à l'ultime seconde. Quand j'eus dit : « Écoutez... », je pressentis que, s'il savait, son optique changerait. Inévitablement, il penserait : voilà, elle aussi, c'est une histoire de lit. Qui chercherait à comprendre ? Qui le voudrait ? Lui, moi, tous, nous jugions vite. C'est ainsi, nous prenions l'explication première, pour simplifier, parce qu'elle satisfaisait notre part de conformisme.

— Écoutez...

— Oui.

— Écoutez, vous vous êtes mis en retard pour m'accompagner à Bicêtre. Je ne voudrais pas que...

— C'est vrai. Je dois rentrer. Ma femme ne s'inquiéterait pas, mais... Il faudra que vous fassiez sa connaissance. C'est une militante, vous savez... Et puis, dit-il en reboutonnant avec peine son veston, si vous avez besoin de moi pour votre frère...

Caverne, joli petit mot évocateur de sortilèges. Caverne, fièvre, rouge de fièvre, rouge sang, radio, crachats, bacilles, hôpital, fiches, filière, prise en charge, examens, visites, piqûres, labyrinthe tortueux et son aboutissement : le sana.

Lucien séjourna peu à Bicêtre. Il revint à son domicile et j'allai le voir deux fois. S'il accueillit mal ma première visite, il parut satisfait la seconde fois, bien qu'Henri se trouvât près de lui, outrageusement optimiste, comme on se croit forcé de l'être en présence d'un malade. Il lui fallait partir, il ne pouvait s'y résoudre. « Trois mois, rétorquait Henri, qu'est-ce que c'est ? » « Ils te disent trois mois, ils te gardent six. » « Et après ? Tu liras, tu te reposeras... » Anna restait muette. Elle espérait que Lucien ne partirait pas. Je la regardais avec rancune, pensant, « sale, sale fille, c'est elle qui l'a contaminé. Elle porte le mal, maigre comme elle est, blême, avec cet air malsain. Sa mère en est morte ».

— Aincourt n'est pas si loin, nous te verrons chaque mois.

— Ah surtout pas, protesta-t-il. Épargnez-moi ça !

Ses yeux ne se posaient nulle part, ils accomplissaient le tour de la chambre, objet par objet, et recommençaient. Délabrement physique, fuite, désir de s'abstraire, il céda très vite et nous dit : « Je partirai. » Il ferma les yeux, fit le geste de chercher les cigarettes qui lui étaient interdites, et se donna une grande claque sur la cuisse.

— A vous tous de jouer. A moi de regarder.

Il entra à Aincourt le 15 avril. Ce départ résigné fut à l'origine du miracle souhaité par Arezki. Lucien me confia sa chambre. Anna consentit à l'échange. Elle prit ma suite au Foyer et moi j'occupai, ô revanche, les lieux dont sa venue m'avait chassée.

— Quinze mille pour elle qui ne travaille pas, c'est impossible. Prends la piaule et tu me la rendras à ma sortie.

Elle emporta les disques, l'électrophone et les livres. Telle était cette vie pareille à la jungle : les plaisirs et les joies y naissaient des douleurs d'autrui. Tandis qu'ils réglaient entre eux les détails pratiques, je caressai de l'œil la table, le lit, l'encadrement de la fenêtre d'où nous verrions les collines virer du bleu au pourpre.

Gilles vint à la chaîne et s'informa du sort de Lucien. J'essayai de rester sobre, sèche, brève, mais il s'aperçut de mon émotion. Il me renvoya vers la voiture qui arrivait, et, lorsque j'en descendis, il se trouvait encore là, mais Mustapha lui parlait avec beaucoup de gestes, alors, je restai à l'écart. Un peu plus tard, comme il traversait l'allée, il regarda de mon côté.

Le 20 avril était un dimanche. J'avais brusqué le déménagement d'Anna qui ne parvenait pas à fermer sa valise, prétextant une paire de chaussures dont les talons pointaient sous le couvercle fragile.

— Eh bien, tenez-les à la main.

— Naturellement. Vous avez raison.

Je regrettai ma sécheresse, à laquelle répondait sa feinte humilité. Je revoyais son visage bouffi par les larmes tel que je l'avais surpris le 1er janvier. Ce soir, me dis-je, il sera ainsi. Je l'imaginais dans la petite cellule du Foyer, saoule de sanglots étouffés par l'édredon.

Lucien, avant son départ, m'avait prise à l'écart.

— Si tu le peux, aide-la au début. Henri va s'occuper de lui trouver quelque chose. Ne la laisse pas seule. Je te revaudrai ça à ma sortie. Il paraît que, là-bas, ils vous apprennent un métier pendant la convalescence.

Mais je n'avais pu me résoudre à sacrifier ce premier dimanche. Depuis deux jours, je vivais par avance la venue d'Arezki, la liberté totale que donnent quatre murs...

Il m'avait dit : « Je t'appellerai, c'est chic maintenant de pouvoir te téléphoner. Je te dirai si oui ou non je viens. Il y a eu beaucoup, beaucoup de dégâts dans le quartier. Quinze arrestations. Tous des responsables. »

L'après-midi, je me couchai comme j'avais vu Anna se coucher, et je défis mes cheveux pour lui ressembler. Je lus un peu, j'allai à la fenêtre, je me recouchai pour retrouver l'apaisement des rêves. Arezki avait appelé à midi. « Non, je ne viendrai pas. Je t'ai expliqué. C'est impossible de sortir aujourd'hui, je dois rester ici. Demain, demain soir sûrement. »

Il fallut attendre jusqu'au mercredi pour nous retrouver. Arezki entrait le matin dans l'atelier; il marchait droit à la chaîne, serrait fort ma main et restait près de moi jusqu'à la sonnerie qui déclenchait les moteurs.

— Ne t'inquiète pas.

Il lisait ma mauvaise humeur dans les plis de mon visage.

Enfin, le mercredi, il me souffla :

— Crimée, à sept heures.

Je pris ma plaque et mon crayon avec allégresse. Mustapha travaillait en silence. Je lui demandai ce qui n'allait pas.

— Oh rien.

Daubat, passant dans l'allée, s'enquit de Lucien.

— Je ne sais rien encore. Je téléphonerai demain, mais il est sérieusement touché.

— La peinture ! Dommage, un jeune comme ça.

Il avait de lourdes poches rougeâtres et grenues sous les yeux et sa voix de titi mollissait.

— Moi non plus, ça ne va pas fort. Le matin, je ne peux plus me lever. Vivement la retraite.

Et tous disaient cela. Toutes le soupiraient. Vivement la retraite !

— Hawa, tu m'en veux. Mais qui devrait se fâcher ? Je t'ai demandé, supplié de partir avec toi, là-bas. On aurait habité avec la grand-mère. Hier je le pouvais, j'étais libre... ou presque. La lutte clandestine, tu es quelqu'un, tu n'es plus rien, tu redeviens quelqu'un... Pense, quinze frères arrêtés, tout le quartier désorganisé, mais ça ne fait rien. La guerre ne durera pas toujours. Tu es mon Hawa, ce soir je suis libre. Ce sera un peu plus dur qu'avant, tu sais, mais on s'en sortira. Tu l'acceptes, n'est-ce pas ?

Que signifiait Hawa ?

— Alors, on se verra moins ?

— Un peu moins, oui. Mais plus longuement chaque fois puisqu'il y a la chambre.

Lorsque nous arrivâmes à Saint-Denis et que nous fîmes le tour des commerçants de la place pour acheter la nourriture du repas, il perdit son entrain. Devant la porte de l'hôtel, je lui recommandai :

— Passons doucement, ils ne me connaissent pas encore bien.

Mais le gérant, qui descendait l'escalier, nous croisa et se retourna en même temps que moi. La porte refermée, Arezki se déchargea du pain et des fruits. Regardant le lit, il poussa un soupir et s'assit pour allumer une cigarette.

Puis il me tira vers lui.

— Hawa, je t'en prie, descends et va chercher du vin. J'ai besoin de boire ce soir. Tu veux ?

Le dîner se prolongea. Arezki avait retrouvé sa gaieté. Il projetait de venir deux ou trois soirs chaque semaine.

Il faudrait aussi que tu quittes l'usine. Mais attendons encore un peu.

Je parlais beaucoup. Arezki s'installa sur le lit, emportant le verre qu'il n'avait pas vidé.

— Laisse tout ça, la vaisselle... viens près de moi.

Je connus le plaisir de donner du plaisir. Nous avions laissé la fenêtre entrouverte et l'air de la nuit nous réveilla.

— Allume, demanda Arezki.

Il se mit à fumer pensivement. A cause de la chambre, je ne savais pas très bien si nous étions nous-mêmes ou Lucien et Anna — dont je prenais les poses. Nous conversâmes jusqu'à l'aube où le sommeil nous reprit.

— Je voulais refuser...

Arezki parlait d'une voix engourdie.

— Mais si je leur avais résisté, ils m'auraient frappé

devant toi ou t'auraient emmenée aussi. J'ai vu tout ça en quelques secondes.

— De quoi parles-tu ?

Il dormait déjà.

La sonnerie du réveil me secoua. Je me préparai sur la pointe des pieds, sans allumer. Arezki dormait toujours. J'allai le regarder, mais pour se préserver de la faible lueur du petit jour, il s'était entortillé dans le drap d'où quelques mèches noires dépassaient. La chambre s'éclairait, les objets prenaient forme, leurs contours gardaient encore un flou gracieux. Arezki remua. Je courus vers le lit. Nous nous regardâmes en silence.

Le gérant qui déposait les poubelles dehors nous vit sortir ensemble.

Arezki acheta un journal, mais le garda sans le lire, serré sous le bras. Je le pris et lui montrai les nouvelles qui se rapportaient à la guerre. Il haussa les épaules. Avant que l'autobus s'arrêtât à la Porte de Choisy, il serra très fort mes doigts, et je lui rendis la même pression.

La sonnerie retentissait lorsqu'il rejoignit sa place à la chaîne. J'étais là depuis quelques minutes, échangeant des banalités avec Mustapha. Une véritable ivresse me saisit, et tous les élans que je n'avais pas eus pendant la nuit affluèrent en moi. Je projetai de happer son bras lorsque les hasards du travail nous isoleraient, et de l'embrasser à la saignée, à cette place fragile où se croisaient ses veines exagérément gonflées afin que ce geste insolite, déplacé, lui donnât la mesure de mon attachement.

Depuis le départ de Lucien et malgré la présence d'Arezki, je me sentais isolée. Jamais mon frère ne m'avait été du moindre secours mais le savoir proche, présent, me rassurait. Bernier cherchait en vain à nous prendre en faute, suivant Arezki des yeux quand il s'approchait de moi. Si j'avais commis à cet instant quelque erreur professionnelle, il m'aurait impitoyablement sanctionnée. J'en fis des fautes ce matin-là... Gilles ne me cacha pas son irritation. J'essuyai ses reproches en silence, tandis que Bernier se délectait. A l'heure de la pause, Gilles vint me chercher. Il m'emmena devant une carcasse et me montra le tableau de bord. Je l'avais laissé passer sans en signaler le défaut, visible pourtant.

— Vous vous rendez compte ?

— Oui, il n'est pas de la même couleur.

— Et voilà ! Je pourrais vous en montrer d'autres. Qu'avez-vous ? Malade ? C'est Lucien qui vous tracasse ? Les événements ? Vous savez, Élise, la participation jusqu'au désespoir ne sert à rien.

Voyant que je ne voulais pas répondre, il n'insista pas. Je sortais de l'atelier quand le délégué m'arrêta.

— Il ne faut pas vous laisser faire. Un chef, même Gilles, n'a pas le droit de vous retenir après l'heure.

— Il s'inquiétait de mon frère.

— Devant une voiture que vous aviez contrôlée ?

Je m'éloignai et descendis pour téléphoner. J'appelai d'abord Anna au Foyer, mais elle ne s'y trouvait pas. Alors je demandai Aincourt. Je ne pus obtenir aucune indication sur l'état de mon frère.

Je me traînai tout l'après-midi d'une voiture à l'autre, et, le soir, je retrouvai la chambre et le lit où je m'endormis sans me déshabiller.

Le lendemain, le gérant me remit une lettre déposée par Anna.

— Je profite de l'occasion pour vous rappeler,

grogna-t-il, qu'il est interdit de faire dormir quelqu'un qui n'est pas sur le livre. Surtout des... étrangers.

Élise, je me suis rendue hier à Aincourt, mais c'était l'heure de la cure et je n'ai pu approcher Lucien. On m'a rassurée. Nous avons l'autorisation de lui rendre visite le 4 mai. J'ai averti Henri. Il nous conduira.

— Viendras-tu, Arezki?
— Non, qu'est-ce que j'irais faire?
— Tu connaîtrais Henri, Anna, et Lucien, j'en suis sûre, serait heureux de te parler.
— Non, ni Henri, ni Anna. Je n'ai envie de connaître personne.

Il vint le dimanche comme il l'avait promis. La veille, il m'avait appelée au téléphone, mais la présence du gérant me gênait pour lui répondre.
— Élise, tu m'en veux? Tu es fâchée? Supporte-moi si tu m'aimes. Tu m'aimes?
— Oui certainement.
— Je viendrai demain. Je serai libre dans la soirée et je resterai jusqu'au lundi. Tu es d'accord?
— Oui, bien sûr.
Nous fumions la même cigarette. Arezki trichait et aspirait deux bouffées, puis il me la passait, et je trichais aussi car je soufflais simplement pour que le bout rougît. Nous n'avions pas encore éclairé, bien que la nuit eût envahi la chambre, et dans les secondes où s'enflammait la cigarette, nous nous observions à la dérobée. Je ne savais pas l'heure; je la devinais tardive. Je n'osais rompre cette sieste nocturne dans laquelle

Arezki paraissait se complaire. Un soupir lui échappa et je le questionnai.

— Arezki, qu'est-ce que tu as ? Tu parais malheureux. N'avons-nous pas désiré une chambre pour nous deux ? Nous l'avons. Nous y sommes ensemble. Qu'est-ce qui te rend triste ? Qu'est-ce qui te manque ?

— Oui, tu vois juste. Il me manque quelque chose. J'aurais du mal à te l'expliquer. Il me manque l'imagination. Je ne peux plus imaginer l'avenir. Les rêves ne viennent plus...

— Et le présent ne t'intéresse pas ?

— Je le sens comme s'il était déjà passé. Tu comprends ça ?

Je touchai ses cheveux. Leur contact me fit vibrer. Pendant des années, j'avais eu envie de toucher les cheveux de Lucien. Lorsqu'il était petit, je les peignais moi-même et j'aimais y plonger les doigts, orgueilleuse de leur épaisseur, de leur brun brillant ; puis un jour, il avait repoussé brutalement ma main, et jamais plus je ne les avais caressés.

— Nous serons pareils aux morts d'il y a sept mille ans.

— Quoi ?

Je m'étais redressée et le regardais, gisant noir dont les lumières de la rue me permettaient de distinguer les contours.

— Non, n'aie pas peur. C'est un vers d'un poète arabe, j'ai oublié le début. Il dit qu'il faut vivre l'instant. Ils écrivent tous ça dans des époques tranquilles, ou quand le danger est passé. Nous aussi, vivons l'instant. Allume, Hawa. Tu n'as rien de fort à boire dans cette chambre ?

Je me levai et je cherchai dans le placard sous le lavabo. Je ne découvris qu'un petit échantillon de rhum comme on en achète pour parfumer les crêpes. Il était entamé et je versai le restant dans un grand verre. J'essayai par jeu, de soulever sa tête et de le faire boire. Je supportais mal sa tristesse, elle me gênait.

— Tu aimes la couleur bleue ?

— Oui, beaucoup. Mais il y a plusieurs bleus.

— Celui de la mer, un mélange de vert et de bleu. Mais tu n'as jamais vu la mer ?

— Non, jamais.

— Tu la verras un jour, et le mois prochain, je t'apporterai un grand peignoir bleu comme j'aime.

— Une robe de chambre, Arezki. Tu vois bien que tu imagines ! Désirer, c'est imaginer.

— Et parler fort, c'est se convaincre !

— Tu es surtout fatigué. A la façon dont tu t'es jeté sur le lit en arrivant, je l'ai bien deviné. Comment vis-tu ? Quand te reposes-tu ?

Il me demanda de lui passer les cigarettes qu'il avait laissées dans son veston.

— Je cours partout, à droite, à gauche... Les flics sont forts, tu sais...

Il sentit le verre, goûta et reposa sans boire.

— Je n'aime pas le rhum. Tant pis, donne-moi ce qu'il y a, n'importe quoi.

La petite lumière installée par Lucien filtrait sous l'abat-jour rouge, juste assez pour ôter aux visages leur angulosité. Quand Arezki fumait, il devenait loquace. Mais je l'écoutais mal. Je voulais me défendre contre lui, je refusais le désespoir et fermais la porte aux ombres. Il parlait. Il fixait l'abat-jour cramoisi et se plaignait d'une voix sourde, basse. Comme Lucien, il disait que le corps ne compte pas, qu'il faut l'user et s'en servir, et que la fatigue, les veilles, n'avaient pas d'importance. Il disait que la lutte, c'était tout ensemble apprendre aux frères à se laver, à ne pas cracher les boulettes dans le métro, à cotiser, à se méfier, à simuler, à se plier, à obéir.

— Les hommes, soupirait-il, tu ne peux pas t'imaginer ce que c'est. Moi, moi le premier. Ici, je bois ; ailleurs, je punis celui qui boit. La guerre, ça n'arrange pas les hommes.

Je l'encourageai, le rassurai. D'ailleurs, la guerre n'atteignait-elle pas son point culminant ? Il se dessinait dans l'opinion un ébranlement, une prise de conscience.

— Chez qui ? coupa-t-il. Chez Élise, chez Lucien, chez Henri ? Combien êtes-vous ?

Comme je protestais, il voulut me faire plaisir et me donna raison.

— Viens près de moi, mais ferme la fenêtre. Tu ne trouves pas qu'il fait froid ? Raconte-moi.

Nous avions recours à cet artifice, raconter. Raconter la grand-mère, le port, les paysages kabyles, objets et êtres figés, inoffensifs, apaisants. Et la ruse réussissait. Et puis, un mot, un soupir, un regret nous ramenaient au noyau, au point fixe.

— De toute la semaine, je ne pourrai pas te voir.

Je baissai la tête et demandai :

— Samedi ?

— Oh non, pas le samedi, tu sais bien.

— Crois-tu que le gouvernement va sauter ?

— Quel gouvernement ?

— Mais le français, bien entendu. Lucien disait avant de partir que ça pourrait tout changer.

— Quand vas-tu voir Lucien ?

— Dimanche prochain, avec Henri et Anna. Viens avec nous.

Il grimaça et dit :

— Dommage... Nous aurions passé tout le dimanche ensemble. Je serais venu le matin de bonne heure...

Je ne répondis pas. Un long silence nous coupa l'un de l'autre. Puis je m'aperçus qu'il s'était endormi et je le couvris.

J'ouvrais, le soir, les fenêtres de la chambre où, solitaire, j'attendais la nuit, et les clartés du crépuscule me suffisaient. Je n'allumais qu'à l'extrême pénombre. Jusqu'au vendredi, je restai ferme dans mon projet, n'imaginant pas de laisser à mon frère l'impression qu'Anna était son seul recours. Lorsque ce matin-là, je me glissai près d'Arezki et lui demandai :

— Viendrais-tu dimanche si je t'attendais ? il me l'assura, et je décidai de renoncer à aller voir Lucien.

Pendant la pause de midi, les délégués distribuèrent des tracts devant la porte de l'usine. Ils avaient été éconduits quelques jours plus tôt par la direction et nous invitaient à nous réunir le soir même. « Les promesses ne sont jamais tenues. Elles ne sont faites que pour désamorcer les revendications. »

Nous n'étions qu'un petit nombre le soir quand les délégués exposèrent la situation. Un ouvrier de l'atelier qui se tenait derrière moi me souffla :

— Et vos copains les Arabes, où sont-ils ?

Aucun des ouvriers étrangers n'assistait à la réunion.

Je mentis sans embarras lorsque Anna m'appela. Le prétexte que je lui donnai sentait la confection. Et, tandis que je parlais, je compris à quel point j'aimais mon frère et que l'abandon de cette visite exaspérait encore l'affection que je lui portais. Anna prit la chose avec un évident plaisir, je le découvris aux nuances de sa voix. Elle me promit de passer au retour et de m'apporter des nouvelles.

Tout le dimanche, j'attendis Arezki. Il ne vint pas. Vers six heures et demie, on secoua la porte. Anna entra et, sans s'asseoir, me fit le récit de sa visite à Lucien, écourtée par les soins qu'il devait recevoir. Ses yeux brillaient, sa voix tremblotante d'émotion avait un arrière-son joyeux en me rapportant les propos de mon frère. Il voulait sortir. Il avait déclaré qu'il ne resterait pas un trimestre loin d'elle.

« Un mois encore et je me taille la route. » Elle pensait me choquer et que je protesterais au nom de la sagesse, de la raison et de la santé. Je me contentai de lui demander : « Il n'a pas été trop déçu par mon absence ? » Stupide question à laquelle me répondit le pli moqueur de ses lèvres.

— La prochaine visite aura lieu le 2 juin.

— J'irai, je vous assure.

A huit heures, Arezki téléphona et me dit : « j'arrive. »

Je lui en voulais, j'étais assurée qu'il m'avait menti.

Il ne chercha pas à dissimuler.

— Oui, je l'ai fait exprès.

— Cela t'a donc fait plaisir ?

— Oui.

Il était détendu ce soir-là. Nous projetâmes de nombreuses sorties, dans un avenir indéfini.

— Il faut aussi que tu quittes l'usine, mais attends les congés, dans deux mois.

Je pensai : « Et la grand-mère ? » Je n'en dis rien, je ne parlai pas non plus de mon frère. Pour moi aussi, les rêves ne venaient plus.

Une lettre à Lucien qui n'y répondit pas, quelques soirées auprès d'Arezki, dehors ou dans la chambre, m'occupèrent jusqu'au mardi 13. Ce matin-là, Bernier vint jusqu'à moi et, sans perdre son gai sourire, m'annonça que ma prime avait sauté.

— Votre travail est mauvais, mauvais. Il faut refaire une vérification après vous. Vous oubliez des défauts. Pour bien contrôler, il ne faut pas tourner la tête, il faut regarder la voiture et non pas celui qui est dans la voiture.

Je lui demandai ce qu'il voulait dire.

— Ce que je veux dire ?

Arezki était là, tout près, qui nous écoutait.

— Jugez mon travail, et pas autre chose, je vous prie.

— Vous croyez que j'ai peur, s'écria-t-il, parce que votre bicot nous écoute ?

Il ne fallait pas qu'Arezki intervînt. Et pour l'éviter, j'aurais dû prudemment battre en retraite, mais perdant toute retenue, je lançai ma plaque et mon crayon par terre, clamant que j'irais voir le délégué. Je n'avais plus peur, les regards des autres ne me gênaient plus. Bernier se tourna vers Arezki.

— Qu'est-ce que tu fais là, toi ? Tu lui as bien monté la tête, hein ? C'est toi qui la pousses ?

Je n'entendis pas la réponse d'Arezki. Il soutint après qu'il avait seulement dit « fous-moi la paix ». Mais je vis qu'il bousculait Bernier qui lui barrait le passage. Bernier se raccrocha au col de sa chemise, et Arezki, pour se dégager, le poussa contre la voiture qui arrivait. Bernier n'eut pas de mal, mais il vacilla et se retrouva assis sur la chaîne.

— Tu seras fichu à la porte.

Il se releva, aidé par Daubat, qui, mystérieusement

prévenu, se trouvait là, et partit vers le bureau vitré du chef d'atelier.

A midi, appelé au bureau, Arezki fut informé de son renvoi. Il sortit de l'atelier sans rien me dire, après avoir serré les mains des Tunisiens et de Mustapha. A la reprise, celui-ci me remit un papier. Arezki m'attendrait à Crimée.

Il s'était placé face à la lumière qui le frappait juste sous les orbites, dessinant un masque sans yeux, impressionnant et sinistre.

— Je suis chômeur !

Il avait beau rire et réduire l'incident, j'en mesurais les conséquences. A mes questions il répondit :

— Oui, dès demain, je chercherai du travail.

— Moi aussi, je vais partir. Sans toi, je ne peux pas rester là-bas.

Comme nous sortions, quelqu'un dit tout haut :

— Il paraît qu'il y a eu du cirque à Alger. La radio vient de le dire.

Le propos nous effleura sans nous distraire de nos préoccupations. Je rentrai seule vers neuf heures, et, pour la première fois depuis longtemps, je pleurai. Il me faudrait partir le lendemain avec la trogne animale que donne le sommeil sur les larmes. J'avais promis à Arezki de tenir bon jusqu'à la fin du mois.

— Quand j'aurai du travail, tu quitteras. Il ne faut pas que nous manquions d'argent tous les deux à la fois.

A la Porte de Vincennes, je trouvai une place assise et j'ouvris le journal. Mais fatigue ou préoccupation, je ne compris pas l'importance des événements qui se déroulaient. Sans Arezki, sans son visage surgissant entre les tôles et la ferraille, je ressentais une impression pareille à la nudité dans le froid. Les jours morts m'apparaissaient comme le sommet du bonheur. Dans la soirée, Gilles passa en compagnie des blouses blanches. Je le sentais, il fallait partir et je l'expliquai à Arezki quand je le rejoignis place d'Italie. Nous marchâmes un peu, il faisait bon. La situation était grave, m'annonça-t-il, et je le vis à la grosseur des titres dans les journaux du soir. Il n'avait pas encore trouvé de travail. Il irait le lendemain se présenter là et là, et, forcément, il finirait par réussir, conclut-il pour me rassurer.

Les événements, soudain, me rendirent fébrile. J'en parlais avec une excitation qui faisait sourire Arezki. A ce moment-là, sa situation me causa moins d'inquiétude, préoccupée que j'étais par la lecture des journaux, les discussions à l'usine, les conversations téléphoniques fréquentes avec Henri et Anna. Nous vécûmes intensément ces journées, persuadés que l'heure était enfin venue où quelque fantastique retournement allait s'opérer, satisfaits d'être « dans le coup », nous ne savions lequel, mais nous nous y sentions dedans, indispensables, mobilisés, enfin utilisables. Tous les deux jours, j'écrivais à Lucien. Il répondait. Les nouvelles, connues là-bas, le rendaient fou. Il parlait de « tout balancer et de venir ». Il était, lui, en dehors du coup. A l'usine, l'atmosphère avait changé. Je revois Gilles dans le parc où s'entassaient les voitures, entre les portes d'Ivry et de Choisy. Autour de lui, un petit groupe. Il m'appelait, il disait aux autres « elle a une bonne position ». Il faisait le compte : « Dans tel atelier, il y a cinq gars du Parti, au 76, ils sont huit. » Gilles disait « ce qui compte, ce n'est pas hier, c'est combien nous sommes aujourd'hui ». Daubat lui-même sacrifiait l'heure de la pause et venait jusqu'à nous. Beaucoup vinrent, d'ailleurs.

Des femmes aussi. Gilles rayonnait. « En France, il y a une vieille tradition républicaine. Elle se réveille quand vient le danger. » Seuls quelques irréductibles refusaient de signer les motions, les résolutions, les appels, les serments. Il courait quelque chose à travers la chaîne, quelque chose d'épais, de chaud, de rassurant qui nous reliait les uns aux autres, que Gilles baptisait la fraternité ouvrière. Cet enthousiasme et ces élans connurent leur chant du cygne le 28 mai.

Arezki avait ricané.

— Ça sert à rien, c'est trop tard.

Je lui en voulais de son scepticisme et de son incrédulité.

Le 27 mai, il me téléphona. Je finissais de dîner. Nous n'avions pu nous voir le soir, il était retenu.

— Ça va. On m'a promis quelque chose pour le 15 juin. Ce n'est pas encore sûr. Il y a bon espoir. Je vais essayer de venir ce soir.

— Ce soir ?

— Oui. Dans une demi-heure, une heure.

Je pensai au gérant et à ses remontrances.

— Viens après onze heures, personne ne te verra passer.

— C'est trop tard, c'est l'heure des cueillettes. Tant pis, on se verra demain.

— Il y a la manifestation demain. Je ne sais pas quand elle finira.

— Ah, la manifestation !

Je laissai passer l'ironie.

— Bon, je fais mon possible et je viens après onze heures. Si j'étais empêché…

— Tu me téléphonerais demain. Viens ce soir, Arezki. Mais prends garde au gérant. Et si je sortais

259

pour t'attendre quelque part ? Nous rentrerions ensemble, ce serait plus prudent.

— Non, attends-moi dans la chambre.

Mais j'attendis en vain. Le 28, je me levai dans un état voisin de l'ivresse. J'ouvris la fenêtre, je regardai la rue, l'horizon sans fumées, la ligne orange au ras des toits qui annonçait une chaude journée. Nous travaillâmes jusqu'à midi. Lucien me manquait. Je l'imaginai dans la verdure d'Aincourt, écœurante comme une sucrerie à ses yeux affamés d'asphalte et de pavés. Puis en groupe, nous prîmes le métro. Pour s'y engouffrer, il fallait s'écraser, disparaître entre les épaules des métallos, des postiers, des maçons. A chaque station, de nouveaux groupes cherchaient à monter dans les rames surchagées. Les mêmes qui se querellaient le soir pour un coup de pied, un frôlement, riaient et s'appelaient camarades. Le métro passait, tel un fleuve où confluaient d'innombrables rivières d'hommes porteurs de banderoles, de pancartes, de calicots roulés, de drapeaux. Certains, les plus âgés, arboraient des cravates rouges. Des ouvriers m'entouraient que j'avais classés parmi les sales types, les racistes de l'usine, et ma surexcitation était telle que je ressentais l'envie de leur demander pardon de les avoir méjugés. Je ne comprenais pas encore qu'ils étaient là, éternels suiveurs de la vague, quel que soit le vent qui la soulève. Toute petite entre les hommes, je fermais les yeux de joie. Je préparais le récit que je ferais à Arezki. Rirait-il encore s'il voyait l'océan qui submergeait la place de la Nation ?

Gilles vint près de moi.

— Alors, Élise ? Ça y est !

— Oui, je crois que cette fois, ça y est.

— C'est 36, dit Daubat derrière moi.

— Les étudiants...

Ils dépliaient leurs banderoles. Lettres, médecine, Antony...

— Et voilà Renault !

Le fer de lance de la classe ouvrière avançait sous les applaudissements.

Nous marchâmes jusqu'à la République, nous donnant le bras et criant des slogans. Nous aurions marché bien plus loin encore. A la République, un jeune fou grimpa sur la statue et la fleurit. Paris entier, cœur et membres, était là qui n'arrivait plus à se disloquer. Des hélicoptères survolaient la foule. Quelqu'un, derrière moi, dit :

— Et si les paras débarquaient ?

— Qu'ils y viennent !...

Nous sauvions la République, nous étions le nombre, invincible et uni. Le garçon qui venait de parler ressemblait vaguement à Lucien. Il différait par l'expression résolue et tranquille de son visage, sa silhouette plus étoffée. Dans ses yeux, je voyais la joie, l'enthousiasme, et je pensai : « Voilà Lucien en modèle réussi. »

Je restai jusqu'à la fin, jusqu'à l'instant où le spectacle de la place déserte écorcha ma confiance. En rentrant à regret, je me répétais, pour moi-même, bêtement : « res publica, chose publique. » Arezki ne téléphona pas, mais je m'inquiétai à peine, j'étais trop lasse. Quand je me réveillai, le soleil était dans la chambre. Je regardai l'heure, il était trop tard pour aller Porte de Choisy. Tant pis, la matinée serait perdue. Plusieurs fois, je passai et repassai dans le rai de soleil. Je ressentais un bonheur physique intense. Il me semblait qu'une ère nouvelle s'ouvrait et que nous avions fait la veille une manière de révolution. Je sortis, j'achetai plusieurs journaux et du pain frais pour déjeuner. Je découpai les photos de *l'Humanité* et les rangeai pour Lucien. Le café fumait dans le rai de soleil venu maintenant jusqu'à la table. Le pain frais s'émiettait en craquant, et cette minute de flânerie prolongeait la jouissance de la veille qui m'imprégnait encore.

En parcourant les journaux, j'appris la mort de Lucien. Je me levai, je courus vers la glace où je me regardai tenant mon visage entre les mains. Je revins vers la table, je cherchai la clé, je descendis téléphoner. J'appelai Anna. Elle n'était pas là. Puis Henri ; « il est sorti », répondit sa logeuse. Je remontai, j'ouvris la porte, je poussai le verrou, je regardai le bol et les miettes de pain. Le journal était là, visqueux comme un serpent, et je n'osais le toucher. Je me mis à genoux, je dis : « Lucien, Lucien, Lucien. » Prise de nausées, je courus au lavabo, pour y cracher seulement ; j'ouvris les volets, je fixai le journal et ne le repris qu'après un long temps. C'était en dernière page, avec les faits divers, sous le titre : « Tragique accident à la sortie de Mantes. » Il me fallut attendre encore. Mes yeux se refusaient à lire les petites lignes, celles qui rapportaient :

« Mercredi matin, vers quatre heures, un jeune homme en vélosolex a trouvé la mort à la sortie de Mantes. Le conducteur du camion de la Société Laitière qui l'a renversé a été entendu par la gendarmerie. La victime, Lucien Letellier, âgé de 22 ans, était en traitement au sanatorium d'Aincourt. Le solex sur lequel il circulait avait été dérobé à l'un des employés de l'établissement. Selon les dires de l'automobiliste qui le suivait, le jeune homme roulait à vive allure et sans lumière. Aux appels de la voiture, il redoubla de vitesse. Maintenant mal la ligne droite, il s'écrasa contre le camion venu en sens inverse. La mort fut instantanée. On ignore pourquoi le jeune malade s'enfuyait en pleine nuit et quelle était sa destination. »

Je ne souffrais pas encore. Je trouvai le moyen de sortir, d'aller jusqu'à la poste d'où je rédigeai un pneu pour Arezki. « Viens vite, c'est urgent, Élise. » Ni Henri ni Anna ne se trouvaient à leur domicile. J'appelai Aincourt. On m'apprit que Lucien se trouvait à Mantes.

Je revins vers l'hôtel et choisis le côté soleil comme si cela pouvait encore me donner du plaisir. Alors s'ouvrit la plaie, et ce qui s'écoulait me vidait de toute substance, ne laissant en moi que la douleur. Je montai l'escalier en haletant, et, dans la chambre, je m'écrasai contre les draps pour étouffer mes cris. Le temps passa. Arezki ne paraissait pas. Je ne joignis Henri que le soir. Il savait. Anna savait aussi. Elle était chez lui, elle avait, me dit-il, un chagrin de folle, tragique et obscène.

— C'est épouvantable, Élise. Je ne le crois pas encore. Lucien ! Il venait à Paris, n'est-ce pas ? C'était fou. Pour une manifestation inutile. Vous avez lu les journaux du soir ? Bien sûr, comptez sur moi. Nous irons là-bas ensemble demain. Soyez forte, vous l'avez toujours été. A demain matin, ne bougez pas, attendez-moi.

Arezki m'oubliait-il, ne pouvait-il venir ?

J'attendais qu'il ouvrît la porte pour me précipiter contre lui et pleurer. Au matin, je me retrouvai sur le lit. J'avais dormi et rêvé de Lucien. Un beau rêve coloré dans lequel nous nous disputions pour des peccadilles. Lorsque Henri frappa à la porte, j'étais prête. Je laissai un message au gérant qui l'accepta à contrecœur. Arezki pouvait venir pendant mon absence, il devait savoir.

— Je vous en prie, demandai-je à Henri, faisons un détour par la Goutte-d'Or.

Et je lui en expliquai la raison.

J'entrai seule dans l'hôtel et montai jusqu'à la chambre où la police nous avait surpris. Je frappai. J'attendis. L'homme qui ouvrit questionna rudement.

— Quoi ? Qu'est-ce que vous voulez ?

— Arezki. Je voudrais le voir.

— Il est pas là.

Alors je me mis à pleurer, et je lui dis, comme s'il pouvait comprendre :

— Lucien est mort.

Méfiant, il poussa la porte, mais j'insistai.

— Il faut que je le voie. Je m'appelle Élise. J'ai des choses à lui dire. Graves.

Il était très laid, il louchait.

— Où est-il ? Pouvez-vous lui passer un message ?

Il ne comprit pas ce mot, car il dit :

— Quoi ?

J'insistai encore. Alors il se décida.

— Ils l'ont embarqué mardi soir, au métro.

— Ah oui ?

— Oui, c'est tout.

Bien sûr, c'est tout. L'un est pris, l'autre vient qui le remplace. « La révolution est un bulldozer. Elle passe... » Et je revoyais le geste.

Un petit vieux aux longues moustaches montait l'escalier.

— Vous connaissez Arezki ?

— Moi, je connais personne.

J'avais trop chaud avec ma jupe de drap. Elle se collait sur mes mollets. Henri attendait au coin de la rue, humant les senteurs de la Casbah, en conversation avec un Algérien qui, méfiant, se dérobait.

— Il a été arrêté. Mardi soir. Voulez-vous m'attendre ? je vais chez Feraht.

C'était le restaurant où nous avions dîné quelquefois. « Son frère est marié à ma sœur... »

— Je vous accompagne, Élise.

Feraht ne savait rien.

— Il y en a tant qui sont embarqués...

— Où l'ont-ils emmené ? Comment savoir ?

— Ça... dit-il. La Villette ou...

— Je ne peux pas partir, Henri. Il faut que je sache.

— Mais vous ne saurez rien. Qui vous renseignera ? La police ? Attendez patiemment, ils vont peut-être le relâcher.

Je pensai brusquement à Mustapha. Nous nous arrêtâmes Porte de Choisy, et j'attendis la sortie. Je courus quand la sonnerie se déclencha, et j'arrivai devant la porte comme le gardien l'ouvrait. Les gens me dévisageaient parce que je suais et que je respirais fort. Mustapha passa. Je le happai.

— Ils l'ont ramassé mardi avec Slimane, et lui est sorti hier.

Je le suppliai de me conduire auprès de ce Slimane.

— Je ne peux pas, je veux pas me faire foutre à la porte. Arezki, il avait pas sa fiche de paye.

Il m'expliqua où habitait Slimane et s'excusa, mais :

— Il faut que je mange.

J'eus la tentation de le rattraper pour lui apprendre la mort de mon frère. Et puis, qu'est-ce que cela changerait ? Il s'était endurci, lui aussi, tout comme Arezki. Il arrondirait ses petits yeux, il faudrait raconter comment et quand, sur un trottoir, en plein soleil, en pleine vie.

Henri, complaisamment, me conduisit rue de Chartres, à l'adresse donnée par Mustapha.

— C'est pas seulement la fiche de paye. Oui, s'ils l'avaient eue, les flics ne l'auraient peut-être pas gardé, mais... je peux rien vous dire, je sais rien.

— Mardi soir, vers neuf heures, il m'a téléphoné, il m'a dit : j'arrive...

— Je sais, j'étais avec lui. On a discuté dans un café, et on a marché jusqu'au métro. C'est là qu'ils nous ont embarqués.

— Et après ?

— Après, je sais rien. Moi, j'étais en règle. Lui, je n'ai pas vu où ils l'ont emmené. On nous a triés. On n'était plus ensemble.

— Allons, dit Henri, soyez raisonnable, Élise. Nous devons partir pour Mantes. Vous n'obtiendrez rien de plus. A notre retour, si vous voulez, je vous aiderai. Il faut patienter.

Nous arrivâmes à Mantes le vendredi dans la soirée, et le lundi matin, nous retournâmes vers Paris. Henri m'avait été d'un grand secours. Je faisais exactement ce qu'il me dictait. Ma peine était décente, montrable. Je ne ressentais qu'une mutilation que les diverses démarches, allées et venues, d'Aincourt à Mantes et de Mantes à Paris, anesthésiaient légèrement. Henri me dit qu'il ne fallait pas voir mon frère, que cela ne servirait à rien, que son beau visage de jeune fou devait seul désormais mériter nos pensées. J'acceptai docilement. Il me semblait que je préparais une cérémonie pour Lucien, d'où il était absent, mais rien qui ressemblât au vide, à la mort.

Le lundi à sept heures, nous sortîmes de Mantes. J'imaginai Lucien fuyant, affolé par le klaxon, se croyant poursuivi, maladroit, frissonnant, nerveux.

« Quelle folie, avait dit Henri. Pour une manifestation inutile... » N'était-ce que pour cela ? Le désir de revoir Anna n'avait-il pas précipité sa décision ? A cette dernière hypothèse, à laquelle il ne croyait pas, Henri m'avait répliqué d'un ton impatient :

— Mais Anna faisait partie d'un tout !

Là, dans ce plat paysage, avait fini l'aventure de sa vie. Vie manquée, mort dérisoire. Les jeunes héros du siècle mouraient au volant dans le fracas de leurs bolides et lui se tuait sur un solex. Il ne resterait donc de sa fin qu'une image caricaturale, sans romantisme aucun. Lui aussi il avait voulu être dans le coup ; il avait cru que Paris gronderait, Paris n'avait qu'éternué. Il n'y avait plus de Lucien qu'en nous-mêmes qui l'avions aimé.

— Et alors ? aurait-il dit de sa voix caustique. Et après ?

Nous traversions une bourgade lorsque je vis sur un trottoir un petit garçon tenant deux pains dans ses bras, qui s'élançait pour traverser. Alors me revint une chanson apprise par mon frère vers sa douzième année qu'il rabâchait dans sa chambre, dans l'escalier, qu'il sifflotait à ma figure en manière de défi :

Hanz de Tchloquenoque il a tout ce qu'il veut
Et ce qu'il a il n'en veut pas
Et ce qu'il veut il ne l'a pas

Hanz de Tchloquenoque il dit tout ce qu'il veut
Et ce qu'il dit il ne le croit pas
Et ce qu'il croit il ne le dit pas.

Hanz de Tchloquenoque il va là où il veut
Et où il va il n'y reste pas
Et où il reste il n's'y plaît pas.

— Hanz de Tchloquenoque, lui disais-je, c'est toi !
Et pendant longtemps, à sa grande colère, je l'avais
surnommé ainsi.

— Voici Paris. Je vous conduis directement chez
vous, n'est-ce pas ? Nous allons prendre les boulevards
extérieurs, ce sera plus rapide.

Henri avait compris que je ne désirais pas converser
et il s'était tu depuis notre départ. « Voici Paris. » Ces
mots me réveillèrent.

De Mantes, ville gracieuse, jusqu'au pont de Saint-
Cloud juste après le tunnel qui ouvre et clôture
l'autoroute, la verdure des arbres et des champs,
l'indécision du ciel ici gris plus loin rose, et toutes ces
heures que je venais de vivre dans les chuchotements
des couloirs d'hôpitaux, des bureaux administratifs, ce
voyage à Aincourt où m'avaient été remis les objets
laissés par Lucien, les trois réveils à l'hôtel quand,
ouvrant les yeux aux aboiements d'un chien ou aux
caquets d'une basse-cour proche, l'idée terrible crevait
cette joie naissante et me laissait stupidement inerte,
les oreilles bourdonnantes et l'haleine amère, la texture
mêlée de ces images et de ces émotions m'avait
enveloppée, séparée des vivants. « Voici Paris. » La
toile se déchire. La campagne et le vent doux dans les
feuillages de l'été proche prolongeaient encore le
cérémonial funèbre dans ce qu'il offre d'apaisant. Mais
ici commence la ville dans son débordement. Une
pendule marque l'heure. Les rues sont rectilignes et
sans mystère. L'horizon maintenant c'est un fragment

de ciel entre des bâtisses rapprochées. Il est bleu carrément. Il va faire chaud et les femmes portent des robes sans col ni manches. Des Arabes creusent un trottoir. Le viaduc d'Auteuil contourné, les embarras se multiplient. C'est Paris. Camions de livraisons, poids lourds, autobus, c'est le commencement d'une journée. Depuis la Porte de Versailles, nous roulons au ralenti et je scrute les gens sur le trottoir à ma droite, comme s'ils pouvaient répondre à mon interrogation. C'est qu'ici, dans le fracas de la ville, dans ses couleurs et ses amalgames, je viens de retrouver Arezki.

Apparaissent les bâtiments de la Cité universitaire. La brique rouge de leurs murs évoque des collèges anglais tels que je les ai vus dans les livres de classe de mon frère. Entre deux pavillons, une roseraie et des jardins donnent de l'ensemble une image de plénitude. Salles de lecture, chambres d'où l'on doit apercevoir le flou des roses dans la verdure..., à cause de cela, des vieilles pierres et de quelques étudiants qui gagnent le boulevard, je me dis qu'Arezki ne risque rien. Plus loin, sortant du pavillon du Maroc, un garçon bâille, le col ouvert. Il étire son bras libre. Et même si Arezki ne revenait pas, je remuerais Paris. Il y a les avocats, les journaux. La vie d'un homme, elle a du poids ici. Il s'en lèvera quelques-uns pour crier, protester, exiger, Le 28 mai, ce n'était pas un rêve.

A la Porte de Gentilly, la route amorce une descente douce. Le ciment des gradins du P.U.C. éblouit au soleil. Sur une pancarte, je lis : « Poterne des Peupliers. » Le mot ressemble à potence. Articles 76 et 78 « atteinte à la sûreté intérieure et extérieure... » On ne le lâchera pas si vite.

Nous passons devant un monument de pierre blanche « AUX MÈRES FRANÇAISES ». Les hommages, la

269

vénération, cela vient après, lorsqu'il est trop tard. La pente se redresse et monte vers la place d'Italie. Je connais trop bien, je regarde à peine à gauche sur cette vieille garce d'usine l'inscription « Automobiles, Machines à bois ». Il me semble que vient jusqu'à moi le bruit affolant de la chaîne. Je sens la tiédeur de la tôle.

Quand s'amorce la descente de Charenton, les mouvements oscillatoires de la voiture — le boulevard est en réfection — me balancent de l'espoir à l'angoisse. Et les souvenirs s'en mêlent quand nous passons devant le square de la Limagne. Arezki disait « de la Limace ». Il disait aussi : « Le Mont de Pitié », et j'aimais beaucoup ce dernier mot.

Sur le pont National, à la vue de l'eau, je pense aux cadavres qu'elle charrie. Corps que l'on jette certaines nuits de grosse rafle, dans l'ivresse de la haine ; corps des faibles qui ont trop parlé et que la mort punit. Insolite en cet endroit, l'*Auberge du Régal* regarde passer les routiers que n'arrête aucun feu rouge.

Boulevard Poniatowski se dressent ces bâtisses qui ceinturent Paris de leur laideur d'avant-guerre. Maisons antipathiques aux façades revêches, pierres ternes, ouvertures indécises, grandes cours intérieures privées de soleil, là vit toute une aristocratie ouvrière aspirant à la bourgeoisie. Foulée, broyée par l'indifférence, les idées reçues, la vie d'un Arabe est de quel prix ici ? Le goût de l'ordre sue de ces maisons. On l'a refoulé, renvoyé là-bas, dans la guerre. Je pourrai bien crier, qui m'écoutera ? S'il vit, où est-il ? S'il est mort, où est son corps ? Qui me le dira ? Vous avez pris sa vie oui, mais son corps qu'en avez-vous fait ? Mais, à la Porte de Vincennes, le boulevard se brise et sur un vaste carrefour s'élèvent des appartements neufs, clairs dont les loggias garnies de stores bleus ou orange évoquent les après-midi chauds où l'on boit un verre embué en écoutant un disque. Qui se souciera d'Arezki ?

Henri ralentit encore. Nous sommes derrière un camion qui crache sa fumée. Voici Montreuil à ma droite et la rue d'Avron à l'opposé. Les cours des Halles déborderaient la palette d'un peintre. La vue des fruits rangés, des pyramides de légumes, arrache un lambeau de mes espoirs. Vers les monticules de primeurs convergent des milliers de fourmis qui font comme un rempart devant les étalages.

Dans la montée de Bagnolet vers Les Lilas, la voiture peine entre deux autobus. Sur un chantier à la Porte de Ménilmontant des ouvriers font la pause et boivent. Demain l'un d'eux ne reviendra pas et cinquante surgiront pour prendre sa pelle. Il y en a tant, il y en a trop, réserve inépuisable, toujours renouvelée.

Après Les Lilas, dans le virage qui descend vers le Pré-Saint-Gervais, apparaissent les décors d'Aubervilliers pâlis par la brume de chaleur. Sur l'esplanade en friche une étrange église solitaire fait naître en moi le désir d'y pénétrer, mais Henri conduit maintenant très vite et ce n'est qu'après la Porte de Pantin que resurgiront les taudis de cet autre Paris qui ne vient à Paris que pour le 28 mai. Pas dangereux, facile à rouler, satisfait de peu. Nous entrons dans le tunnel sous la Porte de la Villette. Je pressens que je ne verrai plus jamais Arezki.

— Merci Henri.

— Si vous avez besoin de quelque service que ce soit, téléphonez-moi. Je vous appellerai un soir à propos de votre ami. Il ne semble pas qu'Anna désire vous rencontrer ces jours-ci et pourtant il faudrait lui éviter la solitude. Qu'en pensez-vous ?

Je n'en pensais rien. Le chagrin d'Anna m'était indifférent. Henri n'insista pas.

Les jours suivants je dormis beaucoup. Le sommeil venait à moi et je l'absorbais comme un calmant. Entre deux somnolences j'allai jusqu'à l'usine et je me fis régler. Revoir la chaîne, l'atelier, ç'aurait été provoquer l'émotion, je restai donc dans le bureau du personnel. Averti de ma présence, Gilles descendit. Sa compassion, mesurée parce que sincère, me toucha mais je n'allai pas jusqu'à lui parler d'Arezki. Il tirait les enseignements de ces derniers jours avec une remarquable lucidité et fonçait vers l'avenir sans découragement.

— Vous repartez, c'est décidé ?

Que pouvais-je faire d'autre ? Je m'accordais deux semaines avant de reprendre le train, j'irais partout, je frapperais à toutes les portes. Le temps des pudeurs était dépassé. Il ne me coûterait plus d'entrer dans un café d'hommes, de questionner, d'être vue et jugée. Je m'adressais de terribles reproches, me souvenant d'hésitations, d'arrière-pensées qui avaient étranglé l'ébauche de nos projets. Mais tout en accusant ma nature, je me savais incapable de la dompter. Arezki m'avait aimée sans rien en ignorer, jamais dupe sans doute de mes promesses. Il ne m'avait pas brusquée, calculant que le temps, l'attachement physique m'engageraient devantage.

J'allai chez l'oncle un soir. Il me reçut fort mal. Il ne voulait pas d'histoires, il disait ne rien savoir, pas même qu'Arezki ait été arrêté. Sa joue droite, de l'œil au nez, portait des cernes violets. La cafetière était

invisible; je me demandai où il cachait le vin maintenant.

Je revins chez Feraht mais il n'avait rien appris. Il
me fit asseoir, m'apporta une orangeade et nous
parlâmes d'Arezki, de la guerre. Ses propos avaient
une sécheresse effrayante et les mots de torture, de
mort, de souffrance s'évidaient en passant par sa
bouche. Il savait qu'un jour on l'arrêterait et que son
tour viendrait de savoir se taire. La disparition
d'Arezki était naturelle, elle s'inscrivait dans une fatale
logique dont j'étais la seule à m'émouvoir.

— Moi, mon idée c'est qu'ils l'ont « renvoyé » là-
bas. Ça serait mauvais. Pas beaucoup y arrivent. Il
pourrait se trouver dans une prison ici ? Comment
savoir ? Attendre ! Il avait peut-être sur lui des papiers
compromettants, mais ça m'étonnerait, il était trop
prudent. Quelqu'un l'a peut-être dénoncé ? Il y en a
qui flanchent. C'est pas facile, quand vous êtes seul
avec eux, les mains attachées... Ce n'est plus le
comptoir du café... il n'y a pas de témoin.

Je voulus lui laisser mon adresse, celle de chez nous,
puisque j'allais repartir. Il refusa.

— Pas de papier, pas d'adresse ! c'est trop dangereux.

Et enfin je rencontrai Mustapha. Devant lui j'osai
pleurer. Mon chagrin l'ébranla. Il consentit à prendre
mon adresse et si un jour Arezki reparaissait...

— Si c'est pas moi qui suis mort, ajouta-t-il.

Il me restait une question à lui poser.

— Que signifie Hawa ?

— Comment ?

Je répétai en m'appliquant à prononcer.

— Hawa ? c'est Ève.

— Merci.

Lorsque je lui annonçai mon départ, Anna questionna très vite :

— Et la chambre ?

— Mais vous la reprenez si vous le désirez !

Sa voix au téléphone était encore plus chuchotante.

— Oui, je n'aime pas le Foyer. Je vais travailler bientôt, et...

— Venez le 22, mes bagages seront terminés, je vous remettrai la clé.

— A bientôt.

Elle raccrocha la première.

Je me refuse à imaginer ce qui m'attend. La vue de Marie-Louise m'est, par avance, insupportable ; sa peine me fait injustement horreur. Elle est victime et je la déteste. Je devine aussi que je serai dure avec la grand-mère et que, les premiers attendrissements passés, je fuirai toute conversation. Il me faudra travailler et sans doute choisirai-je un de ces gagne-pain où les relations humaines sont inexistantes. La vraie vie aura duré neuf mois.

Anna vient de sortir. De la chambre et de ma vie. La reverrai-je jamais ? Elle s'est excusée.

— Je viens très tôt, mais je ne peux pas faire autrement. Oui, je prends la clé. Vous tirerez simplement la porte. Je ne vous oublierai pas, Élise. Oui, je travaille. Au tri postal ils engagent des auxiliaires chaque été. Je dois partir, les autobus sont rares le dimanche. Je laisse ma valise sur la chaise.

Sa main glacée m'a touchée.

Elle vient de fermer la porte et pour l'apercevoir une dernière fois, je me penche à la fenêtre et je la suis des yeux. Elle traverse et se dirige vers l'impasse, à l'opposé du refuge de l'autobus. Une voiture sort lentement en marche arrière. Celle d'Henri. Il ouvre la portière, elle monte.

Le gouffre noir de la solitude ne l'aspirera pas cette fois encore. Mais à quelle branche a-t-elle été se raccrocher ? Je la plains. Elle souffrira. Henri un jour l'émondera. Lucien restera la blessure sanglante de son sexe et de son cœur.

« Te voilà dans trente ans ! » avait-il ricané devant une clocharde. Avec Henri elle sauve quelques semaines, quelques mois. Il viendra la voir dans cette chambre. Le gérant ne se fâchera pas. Sur le même lit, chacun aura connu « le petit quart d'heure de tendresse ». Anna met Henri comme un baume sur une plaie. Ses amants successifs n'auront été que cela, des pansements sur une blessure, celle de sa vie, mal construite, congénitalement boiteuse. Mais après chaque homme, la plaie bée davantage.

Quelle force nous a manqué ? Où est la faille qui ne nous a pas permis de dominer ce qu'il est facile d'appeler le destin ? Jusqu'à quel degré sommes-nous coupables ? Ces belles fleurs qui se mêlaient en nous aux herbes vénéneuses n'auront donc servi qu'à tresser des couronnes mortuaires. Ce que nous avions à défendre, ce que nous devions conquérir, nous le laissons derrière nous. Ce sont Henri et ses semblables qui luttent à notre place. Que feraient-ils de la victoire s'ils la remportaient ? Que se retire de moi comme une marée houleuse tout ce qui est pensée. La douleur me guette, tapie dans mon futur, camouflée dans les souvenirs ; elle m'attend pour me frapper, mais je la contournerai et me défendrai hardiment. Je chasserai de moi jusqu'à la moindre image. Mais sous les cendres, l'inévitable espérance tiendra bon. Je ne sais d'où viendra le souffle qui l'attisera. Je ne sais vers quoi elle me poussera. Je la sens. Dans mon ensevelissement je la sens. Indistincte, informe, impalpable mais présente. Je me retire en moi mais je n'y mourrai pas.

DU MÊME AUTEUR

Aux Éditions Gallimard

UN ARBRE VOYAGEUR

Aux Éditions Denoël

ÉLISE OU LA VRAIE VIE
A PROPOS DE CLÉMENCE

COLLECTION FOLIO

Impression Société Nouvelle Firmin-Didot
à Mesnil-sur-l'Estrée, le 12 avril 2001.
Dépôt légal : avril 2001.
1er dépôt légal dans la collection : décembre 1972.
Numéro d'imprimeur : 55345.

ISBN 2-07-036939-0/Imprimé en France.
Précédemment publié par les Éditions Denoël.
ISBN 2-207-28016-0.